KING'S PROMISE; DES KÖNIGS VERSPRECHEN

EINE DUNKLE MAFIA-ROMANZE

VOLKOV BRATVA SERIE
BUCH EINS

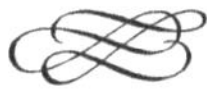

ZOE BETH GELLER

KINKY INK PUBLISHING

Des Königs Versprechen.

Eine dunkle Mafia-Romanze.
Buch Eins der Volkov Bratva Serie.
Von Zoe Beth Geller.

Triggerwarnungen: Entführung, Tod, Verrat, Unterdrückung von Emotionen, besitzergreifendes und dominantes männliches Verhalten.

In einer Welt, in der Macht und bösartige Allianzen regieren, findet sich Nikolay, der widerstrebende Erbe des russischen Mafia-Throns, in einem von Gefahren und geheimen Traditionen bestimmten Leben wieder. Nach dem Tod seines furchteinflößenden Vaters, des neuen Don, bindet ihn eine in der Vergangenheit festgelegte arrangierte Ehe, die dazu bestimmt ist, die Reiche zweier dominanter Familien zu vereinen.

Während die Kälte der russischen Unterwelt an seinen Fersen haftet, reist Nikolay ins Herz von London, eine Stadt, in der Geheimnisse aus den Schatten die fragile Ruhe bedrohen, die sein Vaters Herrschaft bewahrt hat. In einer Ehe verstrickt mit der unabhängigen Anya, muss er die stürmischen Gewässer von Loyalität, Liebe und die unaufhörliche Herausforderung navigieren, die sie darstellt.

Inmitten des kalten Funkelns der englischen Hauptstadt werden Allianzen auf die Probe gestellt, und eine neue Ära der kriminellen Unterwelt wird geschmiedet, während die Liebe trotz der eiskalten Griff der Gefahr blüht und Familien in einer Bindung stärker als Blut vereint. Mit jedem Leben, das ihm lieb ist und am Rande der Vernichtung steht, wird Nikolay als der Don aufsteigen, den sein

Vater vorausgesehen hat, oder wird ihn das eiskalte Tentakel der Mafia als ein weiteres Opfer seiner rücksichtslosen Ambitionen beanspruchen?

In dieser fesselnden Saga von Liebe, Macht und dem unnachgiebigen Griff des Schicksals wird jede Entscheidung, die Nikolay trifft, den Pfad der Zukunft des Reiches formen, zum Guten oder zum Schlechten.

Wenn Sie nach einer Flucht in die schnelllebige Mafia-Welt voller Verfolgungen, geheimer Identitäten und herrlich aufgeheizten arrangierten Ehen suchen, bekommen Sie all das und noch mehr in der Volkov Bratva Romantik Serie.

Dies ist eine arrangierte Ehe, Entführungen kommen vor und es gibt einen Maulwurf in der Organisation, sodass das Leben der Helden und seiner Heldin in Gefahr ist.

Wenn Sie nach einer Flucht in die schnelllebige Mafia-Welt voller Verfolgungen, geheimer Identitäten und herrlich aufgeheizten arrangierten Ehen suchen, bekommen Sie all das und noch mehr in der Volkov Bratva Romantik Serie.

Willkommen in der Familie Volkov. Dies ist eine Serie von drei in Russland geborenen Brüdern und ihren Liebesgeschichten. Das Schreiben dieser Serie war ein fantastisches Erlebnis. Es gibt einen allgemeinen Handlungsbogen und jedes Buch endet mit einem HEA (Happy End). Ich hoffe, diese charmanten Teufel gefallen euch.
Alles Liebe, Zoe

DANKSAGUNGEN

Herausgegeben von Partnern im Verbrechen und Cheryl Shackelford

Besonderer Dank gilt meinen engagierten ARC's Joyce Beard und Maureen Riley, Jeanne Jabour, Claire Trickett und C. Hill für ihre Hilfe beim Korrekturlesen.

Danke an meinen Ehemann, du bist mein Fels in der Brandung.

KAPITEL 1, NIKOLAY

*I*ch parke meinen schwarzen Porsche 911 Turbo S in der großen Einfahrt und begrüße den rechten Hand meines Vaters, als er die Glastüren öffnet, die mit unserem Familienwappen geätzt sind.

Unser Anwesen außerhalb von Wolgograd gehört zur Oberschicht von Russland. Wir besitzen ein schönes Stück Land, sechs Schlafzimmer, sieben Badezimmer, ein Fitnessstudio und ein Theater. Es erinnert stark an etwas, das einem A-Lister aus Los Angeles gehören könnte, nur dass es hier die meiste Zeit des Jahres Winter ist und die Menschen sich anders kleiden.

Die Paparazzi sind vorsichtig bei dem, was sie drucken. Andernfalls könnten sie verschwinden. Papa hat mehr Überwachungskameras, als ich zählen kann. Die meisten sind versteckt. Ich bin nicht überzeugt, dass es von Vorteil ist, da alles Unliebsame ausradiert werden kann. Ich denke, dass hunderte Jahre Unterdrückung, um ein ganzes Land unter Kontrolle zu halten, nicht durch moderne Technologie rückgängig gemacht werden können.

„Guten Morgen." Boris tritt zur Seite, damit ich vorbeigehen kann. „Dein Vater ist in seinem Büro."

„Danke dir." Er schenkt mir ein schwaches Lächeln, bevor er in die andere Richtung geht. Er hat sicherlich andere Aufgaben für Papa zu erledigen.

Warum wurden wir einberufen? Wir haben zur Zeit keinen größeren Ärger mit anderen. In diesem Jahr wurde noch kein Blut vergossen. Das Leben war gut.

Mit Zögern mache ich mich auf den Weg zum Büro meines Vaters. Mama ist nirgends zu sehen, ein weiteres Alarmsignal, wenn du mich fragst, weil sie nie eine Gelegenheit verpassen würde, Roman zu sehen. Sie durfte ihn verhätscheln und er ging nie wie Dmitry und ich auf ein Internat. Wir machen immer Witze darüber. Er ist verwöhnter, als ich es für gesund halte. Trotzdem zieht er sein Gewicht und ist gut darin, Missionen zu übernehmen, die wir benötigen, ohne darüber zu diskutieren.

Wir verschwenden unser Geld nicht für geschmacklose Dinge wie die neureichen, die in unserer Gesellschaft wie Unkraut aufpoppen. Sie sind in ihren Versuchen, zu beweisen, dass sie jemand sind und in unserer Welt hingehören, jenseits des Lächerlichen. Sie verstehen nicht – es ist uns egal. Neues Geld ist keine Bedrohung für uns. Wir haben unseren geschlossenen Kreis, der sich so schnell nicht ändern wird.

Wir sind in Russlands Landschaft verankert wie der Kreml. Aber ich bin nicht abgeneigt, schöne Dinge zu besitzen. Ich habe eine Schwäche für maßgeschneiderte Kleidung und schöne Frauen, die etwas älter sind. Ich mag Reife. Mama sagt, ich bin zu ernst. Ich weiß, dass die Bratwa an erster Stelle steht. Ich darf meine Wachsamkeit nicht verlieren, da ich eines Tages ihre Führung übernehmen werde. Unsere Familie steht an erster Stelle.

Meine neuen Lederslipper gleiten lautlos über die Perserteppiche im Flur. Er muss hier gestern Abend gewesen sein, zweifellos Cognac schlürfend, während er rauchte, denn eine Spur einer Zigarre hängt noch in der Luft, als ich mich seinem Büro nähere.

Ich betrete seinen Raum, der vollgestopft ist mit alten Büchern und Familienfotos in den vom Boden bis zur Decke reichenden eingebauten Bücherregalen. Ein nie bespieltes Schachset steht zwischen zwei Stühlen in einer Ecke zur Schau.

„Papa." Ich begrüße meinen Vater, während er um seinen Schreibtisch herumkommt, und wir umarmen uns kurz. Dunkle Ringe unter seinen Augen bestätigen meinen Verdacht, dass er letzte Nacht nicht ins Bett gegangen ist. Er kehrt zu dem großen Mahagonischreibtisch zurück, während ich meinen Mantel ausziehe.

"Es wurde auch Zeit, dass du zu uns stößt", sagt mein jüngerer Bruder von seinem Platz auf der Armlehne eines Ledersofas nahe dem Schreibtisch unseres Vaters. Obwohl es abgenutzt und ausgebleicht ist, hält mein Vater an ihm fest wegen der Erinnerungen, die wir darauf geteilt haben, als es das einzige Sofa war, das wir besaßen. Als Kinder durften wir nur dann amerikanische Fernsehserien schauen, wenn Dad zufällig zu Hause war. Nachdem er Milliarden gemacht hatte, änderten sich unsere Leben drastisch. Ich kann nicht leugnen, dass dies einfachere und ehrlich gesagt glücklichere Zeiten waren.

"Dmitry, ich freue mich, dass du uns beitreten konntest. Ich dachte, du würdest eines der Bordelle für deinen Geschmack der Woche besuchen", necke ich meinen jüngeren Bruder von der anderen Seite des Raumes. Wir sahen uns vor einigen Tagen, als wir für das Familienunternehmen arbeiteten.

"Jungs," kommandiert die Stimme von Dad, als er seine großen Hände mit betonender Wucht auf den Schreibtisch legt, um unsere Aufmerksamkeit zu erregen, bevor er sich hinsetzt. Unser Chef und Vater verharrt regungslos.

Sofort höre ich auf, meinen Bruder zu necken und finde einen Platz am Fenster mit Blick auf den Pool und das Gelände. Jenseits der Landschaft ziehen graue Wolken über den Himmel.

Dmitry sitzt aufrechter, als wäre er gerügt worden. Ich beobachte das Gesicht meines Vaters, um die Situation zu beurteilen. Ist er böse auf uns? Aus seinem fahlen Teint ist ersichtlich, dass er müde ist.

"Wir sind hier wegen einer ernsten Angelegenheit. Ich würde es schätzen, wenn ihr euch beide benehmen würdet." Er sieht zu mir, da ich der Älteste bin. "Wo ist dein Bruder Roman?"

Unter anderen Umständen hätte ich weiterhin freche Bemerkungen gemacht, weil ich es liebe, meinen Bruder zu ärgern. Aber in Anbetracht dessen, dass Dad offensichtlich verärgert und schlecht gelaunt ist, halte ich meine Zunge. Heute ist ein Beispiel für die Scheißwelt, in der wir unser Vermögen machen. Ich vermute, dass etwas Schreckliches passiert ist oder verhindert werden muss.

Bei dem Geräusch der sich nähernden Schritte schauen wir alle zur Tür. Die Fliesenböden sind so gemacht, dass sie wie Holz aussehen, und es ist unmöglich, einen lautlosen Eintritt zu machen. Roman ist so groß, dass er die Türöffnung knapp überragt und seine passgenaue Jeans muss speziell bestellt werden. Seine legeren Anzugschuhe sind keine Überraschung.

Er legt seine Lederjacke ab und wirft sie auf einen Stuhl. "Was ist los?" fragt er. "Ich bin erst gestern Nacht eingetroffen," erklärt er, während er sich neben Dmitry setzt. Er hat die düstere Stimmung im Raum erfasst.

"Gut." Das Gesicht von Dad entspannt sich bei der endgültigen Ankunft. Normalerweise freut er sich darauf, uns zu sehen und seine Geschäfte mit uns zu teilen. Heute scheint er jedoch gestresst zu sein. "Ich habe einige Neuigkeiten, Neuigkeiten, die ihr vielleicht nicht hören möchtet, aber sie müssen trotzdem gesagt werden. Nikolay", seine Augen finden meine, "du solltest dich setzen."

"Was kann denn so wichtig sein, Vater?" Ich war über die Jahre hinweg oft in diesem Raum, und nie war es lebensverändernd.

Sicher, ich habe als Kind oft gegen meine Ausgangsbeschränkung verstoßen. Ich bin immer mit der falschen Menge unterwegs gewesen, weil wir die falsche Menge sind, und dafür entschuldige ich mich nicht. Jemand muss in der Lage sein, in die Fußstapfen meines Vaters zu treten, wenn die Zeit kommt. Dad hat immer gesagt, es wäre ich. Gott, ich hoffe, er ist nicht krank. Ich bin noch nicht bereit, die Verantwortung für das Familienunternehmen zu übernehmen. Und ich bin definitiv noch nicht bereit, zu heiraten, was von einem Don erwartet wird.

Ich lasse mich in den großen Stuhl nahe unserem Vater fallen. Dort sollte ich sitzen. Wenn er nicht hier ist, habe ich das Kommando. Vater sitzt in seinem ledernen Bürostuhl mit dem Rücken zum Bücherregal. Er ist sicherer, wenn er nicht in der Nähe der Fenster ist. Traditionell assoziieren wir Drive-by-Shootings mit Amerika. Hier werden Morde wie Unfälle aussehen gelassen. Es scheint, dass es einen Nutzen für pensionierte, gesichtslose KGB-Agenten gibt.

"Zuerst die schlechten Nachrichten. Einer meiner engsten Freunde ist gestern gestorben. Ich habe erst spät in der Nacht davon gehört." Er holt tief Luft. "Mein Freund Igor Petrov führte eine Mafiaorganisation in London, und es scheint, er hat sich mit den falschen Leuten eingelassen. Mit den Falschen meine ich Beamte hier in Russland."

Vaters Stimme zittert. Ich frage mich, ob das daran liegt, dass er seinen Freund verloren hat oder etwas anderes vorherrscht. Vielleicht hat er uns nicht alles erzählt. Er ist zu clever, um eine schlechte Investition zu machen. Meine Sorge wächst, während ich mich frage, ob wir von Igors plötzlichem Ableben betroffen sein werden.

Roman lässt ein leises Pfeifen hören. Vertraue niemals gewählten Beamten. Vaters erste Geschäftsregel war, niemandem zu vertrauen, insbesondere den Mächten der Regierung. Die Mafias erblühten wie Wildblumen nach dem Fall der UDSSR, und wir sind unabhängig von der Reichweite des Kreml. Wollen sie uns besitzen? Ich bin mir sicher, die Spitzenführer können es kaum erwarten, uns zu kontrollieren, doch mein Vater hat ein Netzwerk loyaler Kumpels, die den Herrscher verachten und Dad helfen, sich fernab vom Radar zu halten. Wir wollen nicht, dass jemand unsere Geschäftsabschlüsse vereitelt. Genauso wenig wollen wir, dass sie uns um Gefallen bitten, wie Milliarden von Rubel zu verstecken und sie vor den Augen der internationalen Gemeinschaft zu verbergen.

Vater setzt fort, ohne auf Romans Bemerkung einzugehen. „Angeblich hat er sich in seinem gesicherten Bürogebäude erhängt, aber wir wissen alle, dass es besser ist. Ich versprach ihm vor Jahren, sollte ihm etwas zustoßen – ich werde darauf achten, dass seine Familie versorgt wird." Vater faltet und entfaltet die Hände auf dem Schreibunterlage, die die Oberseite seines Schreibtisches bedeckt. Er dreht sich zu mir und sieht mir in die Augen.

Das Einzige, was mir durch den Kopf geht, ist Scheiße.

Was zur Hölle haben wir uns da eingebrockt?

"Nikolay, ich brauche dich in London. Du sollst seine älteste Tochter, Anya, heiraten. Ich weiß nicht, ob seine Feinde den Rest seiner Familie ins Visier nehmen werden. Aber, ich schulde es meinem Freund, sein erstgeborenes Kind zu schützen. Du kannst für den Rest der Familie sorgen, wie du es für richtig hältst. Wir diskutierten irgendwann über eine mögliche Heirat von euch beiden. Ich habe es jahrelang verschoben, um dir Zeit zum Reifen zu geben. Du bist dreißig und sie ist gerade fünfundzwanzig geworden. Das ist angemessen."

"Nein" entflieht mir instinktiv.

"Was?" Vater erhöht seine Stimme wieder.

"Dad, das ist so altmodisch", meine letzten Worte mildern die Tatsache, dass ich respektlos bin. Er ist Don Volkov. Ich bin sogar nach Familienstandards unhöflich. "Das machen wir nicht mehr. Sicher gibt es eine andere Möglichkeit, das Mädchen zu schützen." Das gleiche Mädchen, in das ich verknallt war, als wir in der Schule waren. Sie war das erste Mädchen, das mich auf eine Weise getroffen hat, wie es keine andere Person je getan hat. Wir hatten eine Verbindung. Wo andere Angst vor mir hatten, stellte sie sich mir entgegen und rief mich aus, weil ich sie geneckt hatte. Es sind Jahre vergangen. Ich frage mich, wie sie jetzt aussieht. Wir waren nur Kinder. Ich bin sicher, unser Schwarm war nur das; vielleicht hat sie mittlerweile jemanden zum Lieben gefunden.

Ich kehre in die Gegenwart zurück. Ich habe wichtigere Dinge zu tun. Ich kann nicht verheiratet sein. Ich bevorzuge ältere Frauen, nicht jüngere.

"Ich bin Geschäftsmann." Ich setze mich in den Stuhl und lehne mich über meine angewinkelten Knie, um meinen Vater zu betrachten.

"Genau deswegen musst gerade du derjenige sein, der geht. Du bist derjenige, der übernehmen wird, wenn ich nicht mehr da bin. Wir brauchen eine größere Präsenz und Legitimität in London. Eine Heirat mit Anya wird uns automatisch in größere Kreise bringen, und unsere Bratvas werden eins sein. Zusammen könnt ihr besser herrschen als einzeln. Bis zu deiner Hochzeit müssen wir unsere Interessen in London schützen, und wir werden die illusteren Geschäfte unseres Freundes loswerden, die Teil von was auch immer für ein Debakel er sich eingebrockt hat." Vater reibt sich die Hände, während er sich in seinem Stuhl bewegt. "Der Tod meines Freundes war eine Folge seiner Weigerung, billiger zu verkaufen und Profitmargen mit einem Ölunternehmen aufzugeben, mit dem er sich letztes Jahr eingelassen hatte."

Ich atme tief durch. Ich habe das nicht kommen sehen. Mein Vater ist zu schlau, um mit der politischen Landschaft zu spielen. Unsere Regierung ist gefährlicher als unsere Rivalen im organisierten Verbrechen. Bei der Nachricht von Igor lasse ich mich in meinen Stuhl fallen. Anya... es ist so viele Jahre her, seit ich sie das letzte Mal gesehen habe, und Erinnerungen, die ich vergraben hatte, brechen wieder hervor. Ich schüttle sie ab, während mein Vater in seinem überfüllten Stuhl sitzt, wie man ihn in einem Luxushotel, nicht in einem Home Office, findet.

"Ich hab ihm gesagt, er soll es nicht tun. Ich habe selbst mitgemacht, also hoffe ich, dass es mich nicht betrifft. Ich wusste es besser, aber er konnte überzeugen. Das Gerücht geht um, dass die Regierung mal wieder Geld erhöht. Vielleicht wollte Igor keinen Verlust hinnehmen. Sie haben Igor getötet, um ein Exempel zu statuieren, so dass künftige Verhandlungen nicht auf Widerstand treffen. Ich hoffe, dass durch deine Heirat mit seiner Tochter alles wieder normal wird. In der Zwischenzeit gibt es keine Möglichkeit, dass Igors Frau das Geschäft leiten kann. Ich habe Liev informiert, dass du kommst. Er ist zurück in unserem Londoner Geschäft. Er wird sich um unsere Geldsammelaktionen kümmern und mit Igors Berater, Konstantin, zusammenarbeiten. Du wirst in der Position sein, unsere Geschäfte zu verschmelzen. Wir müssen stark bleiben, Sohn." Seine stählernen Augen, gefüllt mit Angst, treffen meinen Blick. "Andernfalls haben wir andere skrupellose Organisationen in London, die unsere Operationen Stück für Stück auseinandernehmen. Wir können einen Machtübernahmeversuch nicht riskieren; du weißt, was als nächstes passiert." Seine Stimme wird tiefer, als er an seinen Freund denkt.

"Krieg," wirft Dmitry passiv ein.

"Ich habe ein Leben hier." Ich stöhne. Ganz abgesehen davon, dass die Umsiedlung meine Wochenendpläne mit sexuellen Begegnungen in unserem Privatclub durcheinanderbringen wird.

"Du wirst unser riesiges Anwesen in London übernehmen. Nimm Anya mit dorthin, organisiere so schnell wie möglich eine Hochzeit und halte es geheim. Du wirst ein Ziel sein, wenn Insider den Thron wollen," warnt er, während er in seinem Stuhl schwenkt, sodass unsere Körper einander gegenüberstehen. Ich erkenne einen Funken in seinen Augen, als er mich daran erinnert, dass es meine Pflicht ist zu heiraten.

Klar, er hat mich jahrelang gedrängt, aber dreißig ist immer noch jung. Ich dachte, ich hätte noch ein paar Jahre Freiheit, bevor von mir erwartet wurde, den Familiennamen weiterzuführen. Vierzig schien mir eine gute Zahl, auch wenn ich mich selbst betrogen haben könnte.

"Auf deinem eigenen Revier kannst du die Sicherheit kontrollieren. Achte auf Hochstapler. Du musst vorsichtig sein. Richtig gemacht, senden wir eine Botschaft an unsere Bratva und unsere Rivalen. Anya soll eine von uns werden. Wir werden respektiert, da wir unsere eigene Stahlfirma und Werften besitzen. Du wirst dich um Igors Bücher kümmern. Geschäfte mit Partnern, die wir nicht wollen, liquidieren wir." Seine Stimme ist angespannt, als ob sein Hals verengt wäre. Ich frage mich, was er mir nicht erzählt. Er lehnt sich zurück in seinem gepolsterten Stuhl, nachdem er seine Botschaft übermittelt hat, und anscheinend entspannt er sich.

Indem er delegiert und die Last auf uns verlagert, beginnt er aus dem dunklen Ort herauszukommen, in dem er sich befand, als ich ankam. Jetzt bemerke ich, wie die Farbe in sein Gesicht zurückkehrt. Er scheint davon überzeugt zu sein, unsere Familien auszurichten und unser Einkommen zu erhöhen. Richtig gemacht, werden wir mehr Einfluss gewinnen und damit unsere Macht steigern. Ich sollte nicht beklagen, dass ich für die Volkov Bratva geopfert werden muss, da sie eines Tages mir gehören wird. Wir wurden erzogen, um zu dienen.

Vater nimmt ein Taschentuch aus seiner Tasche und wischt sich die Stirn. Ich habe nicht das Herz, ihn wegen dieser Alibi-Eheidee zu bekämpfen. Ich werde nach London gehen und versuchen, einen Weg zu finden, aus der Hochzeit herauszukommen, sobald er den Schock über den Tod seines Freundes überwunden hat. Wir wurden auch erzogen, niemals Gnade zu zeigen oder zu geben. Sie ist nur für die unmittelbare Familie reserviert, und ich mache davon jetzt als Mitglied dieser Familie Gebrauch.

Die Ehe mit Anya wird eine Vereinbarung sein. Ich werde niemals mein Herz geben. Es gehört der Bratva. Es ist kein Platz für Liebe, nur für Geschäfte. Selbst Kinder sind ein geschäftlicher Zug, denn eines Tages werde ich einen Erben brauchen.

Während ich über meine Veränderung im Plan nachdenke, reibe ich den Übernachtungsstoppel an meinem gemeißelten Kinn. Im Jet werde ich mehr Zeit zum Nachdenken haben. Zweifellos wird es leicht sein, Anya abzuschieben, da sie jung und unerfahren in den Dingen der Welt und des Bettes ist. Mir wurde gesagt, dass sie eine Jungfrau ist - eine Tatsache, die mein Vater mir anvertraute, bevor ich ihn verließ.

Ich hoffe, sie wird unterwürfig sein. Ich habe keine Zeit für eine junge Frau, die das Familienunternehmen nicht versteht. Wenn sie mir Widerstand leistet, werde ich meine Einstellung zu meinem Schwanz in Bezug auf Frauen ändern. Liebe machen ist sowohl ein Talent als auch eine Kunst. Ich beherrsche beides hervorragend. Man muss nur auf meine mit meiner teuren Kunstsammlung gefüllten Haus schauen, um zu verstehen, dass ich schöne Dinge schätze.

Ich gehe, um für meine Reise nach London zu packen. Auf dem Weg nach draußen treffe ich Mama, und sie verspricht, einige meiner Kunstwerke aus dem Lager nach London zu schicken. Sie erwähnt, dass das Herrenhaus im letzten Jahr renoviert wurde, um es auf den Tag vorzubereiten, an dem ich heiraten würde. Es ist Frauenarbeit, aber sie hat sich besonders bemüht, das Familiengut zu aktualisieren. Es ist eine liebevolle Geste, also danke ich ihr.

Nachdem ich mein Zuhause aufgeräumt und gepackt habe, gehe ich mit Pavel, meinem Berater, der in der italienischen Mafia als Consigliere bekannt ist, zum Abendessen aus. Er ist mein vertrauter Freund, den ich seit meiner Teenagerzeit kenne. Wir haben uns getroffen, nachdem ich von der kleinen Stadt, in der ich geboren wurde, hierher gezogen bin. Ich bringe ihn auf den neuesten Stand der bevorstehenden Veränderungen und gehe früh schlafen.

Es war ein langer Tag, und eine gute Nachtruhe ist nötig. Ich krieche in ein leeres Bett. Ich schlafe immer alleine, egal was passiert; so bleibe ich auf dem Laufenden und halte meine Emotionen auf das Geschäft, nicht auf Sex, konzentriert.

Das Telefon läutet und reißt mich um zwei Uhr morgens jäh aus dem Schlaf. Mitten in der Nacht passiert nie etwas Gutes. Für einen gemachten Mann ist es die Zeit in der Nacht, in der der Tod eintritt oder Krieg ausbricht. Widerwillig nehme ich den Anruf entgegen, wissend, dass es schlechte Nachrichten sind.

„Ja?"

Es ist Mama, und sie ergibt keinen Sinn. Russisch wird abgefeuert wie M14 Kugeln.

„Atme. Was ist geschehen?" Die Frage ist reine Semantik. Wenn sie mich anruft, ist Papa tot.

„Dein Vater ist nicht mehr. Er hat spät gegessen. Ich bin aufge-wacht. Er ist nicht hier. Ich habe gehört, dass man ihn auf dem Heimweg abgefangen hat. Dein Vater wurde erschossen. Boris ist auch tot." Ihre Stimme zittert.

Es ist zu früh, um zu wissen, ob dies ein Angriff auf die gesamte Operation ist oder eine Vergeltung. Papa war heute nicht er selbst. Ich habe ihn nie nervös gesehen. Ich nehme an, er und Igor haben bei einem Deal mitgemacht, der schiefgelaufen ist. Wie konnte er mir nichts anvertrauen?

„Ich komme gleich. Beweg dich nicht."

Scheiße. Ich rufe meine Brüder an, um mich im Haus zu treffen. Wir versammeln uns in Papas Büro, und so bin ich der König des Imperiums, der neue Don. Wir haben Aufgaben und leben, um einen weiteren Tag zu sehen.

Der Morgen graut. Papas Körper wird eingeäschert, und wir halten in drei Tagen eine kleine Trauerfeier ab. Die Brigadiers und enge Vertraute schließen sich uns bei der Beerdigung meines Vaters an. Der Regen ist passend für die Gelegenheit. „Selbst Gott weint", murmelt Mama.

Wir halten das Totenmahl einfach im Haus. Mama ist beschäftigt mit dem Essen und hat ihren Anteil an Wodka. Ich kann ihr den Komfort der Betäubung nicht absprechen. Ich bin sicher, sie gibt sich selbst irgendwie die Schuld. Ich zolle dem Mann Tribut, der mich zu dem gemacht hat, was ich bin, obwohl ich meine Trauer im Herzen trage. Ich werde später damit umgehen, vielleicht niemals.

Es gibt keine Neuigkeiten darüber, wer sein Auto überfallen hat. Die örtliche Polizei schert sich einen Dreck darum. Ich bin sicher, sie sind bestochen worden, oder es ist eine Vertuschung der Regierung; jeder gewählte Beamte ist korrupt. Es ist unmöglich festzustellen, wer bezahlt wurde, um was zu tun, aber das macht keinen Unterschied. Papa ist weg.

Ich füge mich der Tatsache, dass meine Heirat nun besiegelt ist. Es spielt keine Rolle, ob der Mörder gefunden wird. Gemeinsam kamen wir zu dem Schluss, dass es mit Igor zusammenhängen muss und dass Papa beteiligt war oder zumindest entfernt daran beteiligt war, denn niemand hat uns oder die Häuser unserer Männer gestürmt, um zu versuchen, die als Volkov Bratva bekannte Organisation zu übernehmen.

Als Pakhan setze ich Dmitry an die Spitze unserer russischen Operationen und erkläre Roman zur Allzweckwaffe, der dort einspringt, wo er gebraucht wird. Wir haben die Wachen um das Haus herum verstärkt. Wenn keine Schüsse fallen, gehe ich davon aus, dass die Attentate auf Igor und Papa das Problem, das da war, gelöst haben. Das Leben kehrt zurück zur Normalität, wenn man das als Normalität bezeichnen kann.

Wir können nicht zu viele Fragen stellen. Hier schlucken wir die Propaganda, die uns die Regierungsbeamten füttern, um nicht die

Aufmerksamkeit auf uns zu lenken, die uns ins Gefängnis bringen oder schlimmer- uns umbringen könnte. In Wirklichkeit werden wir vielleicht nie die Wahrheit erfahren. Ich versammelte die oberste Führungsriege der Bratva und meine Brüder, und wir alle stimmten zu, dass dies nach Regierungsvergeltung riecht.

Dmitry ist unser Technikexperte und vielleicht findet er in den kommenden Wochen eine Erklärung dafür, warum unser Vater mit zweiundfünfzig gestorben ist. Mama hat es schwer, den Verlust zu verarbeiten. Sie waren als Teenager verliebt und ihr Herz ist gebrochen. Sie nimmt Schlafmedikamente, die unser Hausarzt verschrieben hat, der auch Hausbesuche macht. Unsere Angestellten im Haus kümmern sich um sie und Roman kommt häufig zu Besuch, aber sie ist zögerlich, ihr Bett zu verlassen.

"Mama, ich muss nach London gehen. Um London zu festigen, brauchen wir das Bündnis mit Igors Organisation und ich werde sehen, was ich herausfinden kann. Ich weiß, dass du Papa immer vermissen wirst. Wir alle werden das tun. Ich muss die Bratva am Laufen halten, also mache ich meine Pflicht. Du wirst in ein paar Wochen eine Schwiegertochter haben. Die Familie wird wachsen, wenn wir vereint bleiben. Papas Tod wird unsere Bratva nicht spalten."

Mutter ist immer bis aufs Äußerste gekleidet, ihre Haare werden wöchentlich frisiert, deshalb bricht es mir das Herz, sie als ein Schatten ihrer selbst unter der Bettdecke zu sehen. Deswegen weigere ich mich, mich zu verlieben. Es ist die Qual nicht wert, wenn der Tod schließlich den fatalen Schlag versetzt. Ich habe geschworen, niemals zu lieben; ich habe Angst, jemanden aufgrund meines Status in der Organisation in Gefahr zu bringen. Deshalb war ich irgendwie glücklich, dass Anya nach London gezogen ist, obwohl ich sauer auf ihre Eltern war, dass sie sie weggenommen haben. Die Mauer um mein Herz ist eine Festung, die niemand durchbrechen kann. Viele haben es versucht und wurden enttäuscht.

Wie wird es sein, sie wiederzusehen?

Ich stehe auf, beuge mich dann über das Bett. Ich umarme Mama.

"Ich liebe dich, Nikolay. Pass auf dich auf. Ich kann dich nicht auch noch verlieren." Der Kummer in ihrer Stimme lässt mich eine Stunde länger bleiben wollen, aber meine Verpflichtungen liegen woanders.

"Es wird alles gut. Wir sind wachsam. Ich muss unsere Organisation in London stärken. Es kann nicht warten."

Sie nickt. Eine echte Bratva-Ehefrau weiß, dass niemand ihre Hand in einer Krise halten wird. Die Bratva kommt zuerst. Jeder ist bereit, sie um jeden Preis zu schützen.

Zwei Tage später wandelt Mutti immer noch gespenstisch durchs Haus, in einem Nebel aus Trauer gefangen. Sie wird zu einer Erscheinung; nur ein Geist würde sich bewegen. Sie tut es nicht. Ich wünschte, sie hätte mehr Rückgrat. Sie ist keine, die sich behaupten kann, und deswegen habe ich schon in jungen Jahren gelernt, dass es nichts zu verlieren gibt, wenn ich meine Meinung ausspreche. Ich wollte für mich ein anderes Leben und schwor, niemals einen Mann aus der Mafia zu heiraten.

Es gab viele Streitgespräche mit Papa, aber er hat mein Studium und eine Wohnung finanziert, damit ich aus dem Elternhaus ziehen konnte. Ich muss ihn wohl ordentlich verärgert haben. Verdammt, Vater-Tochter-Streits sind ein Ärgernis. Auf das Drama könnte ich verzichten. Ich bin sicher, es war Papas Entscheidung, dass ich ausziehe. Es hat sein Leben einfacher gemacht, selbst wenn er dafür Geld ausgeben musste. Er tut das überhaupt nicht gerne!

"Mutti, du musst was essen." Ich appeliere erfolglos an meine Mutter. Sie schnieft, führt ihr Taschentuch zur roten Nase und niest. Ich würde lachen, wenn ich nur könnte, sie klingt wie ein Schiffshorn, aber unter diesen Umständen, werden wir wohl noch Monate kein Lachen teilen. Derweil wird Papas Körper wegen einer Untersuchung nicht freigegeben, weil sie weitere Beweise für seinen Selbstmord suchen. Zahlreiche Ermittler haben uns nach seinem Gemütszustand gefragt. Konstantin warnte uns, nicht zu viel zu sagen, uns wurde mitgeteilt, dass das Ergebnis schon bezahlt sei und wenn wir Wellen schlagen, könnten wir das nächste unglückliche Unfallopfer sein.

Papa ist nicht mehr da. Unser Aufpasser, Sergei durchsucht täglich das Haus nach Wanzen. Ich kann nicht anders, als zu bemerken, wie geschmeidig er sich im Zimmer bewegt. Ich hatte einen Schwarm für ihn, als ich jünger war. Ich mag es wenn er mich anlächelt. Er sollte es nicht tun, aber wenn niemand hinsieht, tut er es. Er ist groß, mit goldblondem Haar. Ich finde große Männer attraktiv. Ich mag die Aufmerksamkeit, die ich von ihm bekomme, da Papas weniger als glänzender Ruf die Männer ferngehalten hat. Mit Sergei habe ich einen Mann im Haus, und ich denke keine Minute daran, dass er körperlich etwas unternehmen würde. Außerdem hatte ich Papa versprochen, mich für die Ehe aufzuheben, im Austausch für die Schule.

Ohne Papas laute Stimme ist das Haus still. Er liebte es, in seinem Büro zu sein, laut am Telefon zu sprechen, um seine Wichtigkeit zu demonstrieren. Ich vermute Konstantin, Papas Berater in der Bratva, bereitet unsere Soldaten auf den Krieg vor, weil er heute nicht da ist.

Papa hat uns aus seiner dunklen Welt herausgehalten, zu unserer Sicherheit. Meine Schwester, Katerina, ist nicht diejenige, der man Geheimnisse anvertrauen kann, da sie für ihr Alter unreif ist. Sie ist sehr von Videos und dem Posten des ausgefallenen Essens, das sie mit Mutter auf ihren Social-Media-Konten teilt, besessen. Ich betrachte sie als eher eine amerikanische Teenagerin. Jedoch ist sie zwanzig und für die reale Welt nicht vorbereitet. Mit Papas Tod wird sich unser Leben drastischer verändern. Ich frage mich, wer an seine Stelle treten wird als Anführer unserer Bratva.

Frauen ist es nicht gestattet zu herrschen; es ist eine patriarchalische Gesellschaft. Wir sollen gesehen werden, nicht gehört. Ich fühle mich wie eine Figur in einem dieser fiktiven Romane, in denen nur Männer Macht haben können, und ich lehne es mit meinem ganzen Wesen ab. Ich breche gerne Formen, die dafür gedacht sind, den Status Quo aufrechtzuerhalten.

Die einzigen Informationen, die ich über Papas Tod habe, stammen aus dem, was in den Zeitungen steht. Wenn es sich um einen Mordauftrag handelt, wird dieser vertuscht. Nur wenige Regierungen geben zu, dass organisiertes Verbrechen in ihrer Amtszeit stattfindet, auch wenn viele gewählte Beamte auf unserer Gehaltsliste stehen. Tatsächlich sind sie auch auf den Gehaltslisten anderer Mafiaorganisationen. Deshalb tauchen die Wahrheit über Morde und Territorialkämpfe nicht im Mainstream-Fernsehen auf. Ich bin nicht naiv genug zu glauben, dass Papa durch seine eigene Hand gestorben ist. Aber ich bin klug genug zu wissen, dass ich nicht öffentlich sprechen kann, ohne die Angst vor Vergeltung zu haben.

Mama sagt, sogar die Wände haben Ohren, und ich habe schreckliche Angst. Ist es vorbei, oder kommt noch mehr? Das russische Militär hat viele Söldner, und die Regierung ist dafür bekannt, Interpol dazu zu nutzen, jeden zu verfolgen, der sich gegen die populäre Meinung im alten Land stellt. Ich muss nicht darauf hingewiesen werden, dass wir in einer verwundbaren Situation sind. Mitglieder der Petrov Bratva können keine Bedrohung aus den eigenen Reihen riskieren, aber das passiert üblicherweise, wenn ein wahrer Nachfolger, wie ein Sohn, nicht da ist, um die Lücke zu füllen.

Mamas Stimme wird lauter, als sie mit Konstantin am Telefon darüber streitet, eine Untersuchung zum Tod einzuleiten, aber er redet ihr das aus, weil sein Tod bereits als Selbstmord eingestuft wurde. Papa würde sich niemals selbst töten, egal wie dunkel die Zeiten ihm oder seinem Unternehmen erscheinen mögen. Er würde nicht wie ein Feigling aufgeben. Er würde uns niemals absichtlich verlassen, obwohl er uns oft mit Verachtung behandelt hat. Er war zu eitel, um sein Gesicht zu entstellen.

Papa war streng, er veranlasste mich, in der Universität einen Alias für meinen Nachnamen zu verwenden, weil wir auf dem Roten Platz leben. Er ist berüchtigt verbunden mit russischen Oligarchen. Ich habe mich gut eingefügt. Meine Anwesenheit in der Schule und Papas Zahlungen dafür hingen davon ab, dass ich nicht auffiel. Als ich mich erfolgreich angepasst hatte, brauchte ich keinen Leibwächter mehr, der mich täglich begleitete.

Jetzt wird unser Familienname in den Nachrichten sein, und jeder wird denken, er hat sich in seinem Büro erhängt - von wegen. England liebt eine niedrige Kriminalitätsrate, und sie verbergen gern die Tatsache, dass sie reiche Russen ins Land lassen, solange sie bereit sind, Millionen hier zu investieren und dies als ihren Freifahrtschein betrachten. Ohne die Milliarden von Papa würden wir immer noch in Russland leben.

Das Ironische daran ist, wie diese Engländer die patriarchalische Ordnung aufrechterhalten und selbst Rädchen in der Regierung sind. Wie glauben sie, dass wir in einem kommunistischen Land durch legitime Geschäfte all dieses Geld gemacht haben?

Es ist absurd, aber es ist das, was uns ungehinderten Zugang zur europäischen und westlichen Welt ermöglicht. Ich finde es abstoßend, dass diese zweigesichtigen Politiker oft genauso korrupt sind wie die Unterweltgestalten und Diebe, die Papa vorgefunden hat. Es ist genauso schlimm wie zu Hause. Nur hier dürfen wir uns besser anziehen und können uns in der Öffentlichkeit innerhalb gewisser Grenzen über unser Heimatland äußern. Aber alles andere ist erlaubt.

Und Papas Tod? Ich bin sicher, man wird mir sagen, ich soll mich da raushalten.

Ich genieße es, dass ich mein Leben an der Universität genießen und ein paar Freunde finden kann. Ich bin so ein Nerd. Ich liebe

Hausaufgaben und das Lesen von Büchern zu jedem Thema. Wissen empfinde ich als befreiend und berauschend. Ich bin kurz vor meinem letzten Jahr im Jurastudium und habe es geschafft, mir ein Leben aufzubauen. Ich gehe sogar gelegentlich in Clubs, und ich habe mir nie Sorgen um meine Sicherheit gemacht. Ich habe ein normales Leben abseits meiner wahren Identität geführt.

Das Viertel hat sich verändert, seit die Nachrichten die Mainstream-Medien erreicht haben. Nachbarn gehen in ihre Häuser und ignorieren mich, während ich sie passiere, um zum örtlichen Lebensmittelgeschäft zu gehen. Keine Beileidsworte, keine 'Grüße' werden ausgetauscht. Es ist, als wäre ich befleckt. Ich bin sicher, sie haben Angst, irgendetwas zu sagen, aus Furcht vor Konsequenzen. Was gibt es zu sagen? Ich weiß nicht, wann oder ob ich jemals wieder das Vergnügen haben werde, unbekannt zu sein.

Es ist nicht das erste Mal, dass so etwas unsere Gemeinschaft trifft. Letzte Woche wurde eine Familie in Spanien ermordet, und die Erklärung passte nicht zum Tatort. Ein Vater würde seine Frau und das ungeborene Kind retten, nicht sie durch Strangulation töten, bevor er sich selbst tötet. Sie waren im Sommerurlaub. Das zeichnet nicht das Bild von jemandem, der einen Mord plant. Merkwürdig, wie sie auch Milliardäre waren, die mit großen Unternehmen in Russland verbunden waren. Ist es ein Zufall? Oder gibt es ein Muster? Und wenn es ein Muster gibt, was wird mit uns passieren? Werden gesichtslose Attentäter die Reihe heruntergehen? Ganze Familien wurden bereits ermordet.

Ich kann ein Frösteln, das mir über den Rücken läuft und sich in meinen Knochen festsetzt, bei dem Gedanken an die Brutalität dieser kürzlichen Morde nicht unterdrücken. Es ist so, als ob sie in gewisser Weise persönlich sind, und ich bin unglaublich dankbar, dass ich ein Leben außerhalb der dunklen Welt gewählt habe, in die ich geboren wurde.

Ich mache Tee und finde Mama im blauweißen Wohnzimmer. Sie trocknet ihre Tränen. Konstantin kommt an. Mama redet mehr als sie zuhört, was umwerfend ist. Sie äußert nicht zu allem ihre Meinung. Papa hat sie darauf trainiert, unterwürfig zu sein. Das ist ungewöhnlich.

Ich schwöre, ich werde niemals still darüber sein, Befehle ohne Fragen zu akzeptieren wie sie. Es ist die alte Methode. Ich gehöre zu einer neuen Generation und fordere Gleichheit.

Ich bin sicher, die Zwei-Zimmer-, Zwei-Bad-Wohnung, die Papa in meiner Nähe für mich gekauft hat, wurde als Investition erworben. Bequemerweise schaffte es Platz für meine Schwester, Katerynia, die mit zwanzig Jahren so verwöhnt ist, dass sie zwei Zimmer für sich hat. Papa hat so viel gearbeitet, dass er weiterhin kaufte, was sie wollte, und jetzt hat sie die Oberhand. Sie hat keine Ahnung, was sie mit ihrem Leben anfangen will, und sie ist seit Papas Tod in ihrem Zimmer geblieben.

Mama faselt auf Russisch, bevor sie das Telefon auflegt.

"Anya, es scheint, wir haben Hilfe von daheim. Nikolay, der Sohn des besten Freundes deines Vaters, kommt heute an. Er wird dein Mann sein." Sie legt ihre alternden Hände auf den Schoß, faltet und faltet ihr Taschentuch immer wieder.

"Was? Davon habe ich noch nie gehört. Warum jetzt?" Plötzlich rückt der Tod meines Vaters in den Hintergrund meiner Zukunftsziele. "Ich bin in der Schule. Ich ziehe nicht nach Russland. Ich bin in England. Ich mache mein letztes Jahr an der Universität, und wir brauchen keine Hilfe," spucke ich das letzte Wort in Trotz zu ihr.

„Anja, es sollte immer so kommen. Wir haben nicht den Mut gehabt, es dir zu sagen, bis die Zeit kam. Und es hat lange gedauert, bis es soweit war. Aber der Tag ist nun gekommen. Warum glaubst du wohl, hat dein Vater mit dir gefeilscht und dir gegeben, was du wolltest? Du musst nett zu Nikolai sein." Ihre graublauen Augen warnen mich, als sie über ihre schwarz umrandete Brille herabschaut. „Ich befinde mich in einer prekären Situation. Ich muss darauf warten, dass das Erbe geklärt ist, und Nikolai kann unser

Leben erleichtern, bis unser Geld freigegeben ist und wir bei ihm sicher sind. Wir brauchen ihn, um die Bratva zu führen. Beide Familien zusammen sind stärker. Das wird eine Übernahme und die Kontrolle der Regierung verhindern, die uns zurück nach Russland schicken könnte."

„Das ist lächerlich!", schimpfe ich und stampfe davon. Nun habe ich noch etwas zu betrauern: den Verlust meiner Freiheit und meiner Position als unverheiratete Frau.

Sergej taucht auf, er muss gelauscht haben, aber er ist unser Beschützer und Mitglied der Petrov Bratva und als solcher geschworen, uns sicher zu halten. Aber ich zweifle daran, ob er dieser Aufgabe gewachsen wäre.

„Bist du in Ordnung, Anja?", fragt er.

Ich funkle ihn wütend an, er hat es nicht verdient, aber er muss ein Wächter sein. Er ist kein Teil dieser Familie. Wenn er seine Arbeit besser gemacht hätte, könnte Papa vielleicht noch hier sein. Zugegeben, er war nicht sein Leibwächter, aber er ist unserer. Ich suche in seinem Gesicht nach Anzeichen von Traurigkeit, und sofort tut es mir leid, dass ich ihn angeschnauzt habe. Er hat eine Art, mich zu beruhigen, wenn er weiß, dass ich unglücklich bin.

Normalerweise würde ich Höflichkeiten mit ihm austauschen, aber heute kann ich nicht.

„Es geht schon", antworte ich barsch, als ich meinen Wintermantel und meine Handtasche schnappe, um zu gehen, und suche in meinem Zuhause nach Zuflucht. Ich kann nicht so bei Mama sein, und so sehr ich meine Schwester auch liebe, sie wird von selbst auf mich zukommen, wenn sie bereit ist.

Ich schlüpfe in meinen Mantel. Hier bin ich nutzlos. Ich bin lieber alleine mit meiner verwirrenden Trauer. Ich liebte Papa und hasste ihn. Die Tatsache, dass ich einen Russen heiraten muss, lässt mir den Magen umdrehen. Aber ich weiß, dass dies für das Überleben der Familie notwendig ist und wir Schutz benötigen. Im Moment überwiegt mein Überlebenswille meine Wahlmöglichkeit, wen ich heiraten werde.

Ich mache mich zu Fuß auf den Weg; der Himmel ist dunkel. Es würde mich nicht überraschen, wenn es regnet. Ich gehe schneller und schaue immer wieder über meine Schulter, um sicherzugehen, dass ich nicht verfolgt werde. Ich gehe davon aus, dass jemand, der meinen Vater in einem gesicherten Gebäude umbringen konnte, mich überlisten könnte, wenn er mich tot sehen wollte. Ich wünschte erst jetzt, ich hätte einen Wächter als zusätzlichen Schutz. Ich komme zu Hause an, bevor der Himmel sich öffnet; es wird ein kalter Regen sein, und ich habe keine Lust, krank zu werden.

Sicher, Papa war distanziert, beschäftigt mit großen Geschäften, bis er zum CEO eines russischen Ölkonzerns ernannt wurde. Ich wusste nie, warum er so getrieben war, wo wir doch mehr als genug Geld und Luxus hatten. Unser Zuhause mag bescheiden erscheinen, aber Papa ist Milliarden wert, gemessen an seinen Beteiligungen an Unternehmen und Aktieninvestitionen. Das hat nicht einmal das Geld berücksichtigt, das er neben den Büchern gemacht hat. Ich habe mich nie gefragt, warum wir nicht in einem schöneren Viertel lebten, bis jetzt. Ich nahm an, Vater wollte das Viertel, das er lieben gelernt hatte und wo er von anderen umgeben war, die alle mit ihm auf Russisch sprachen, nicht verlassen. Ich nahm an, es erinnerte ihn an seine Jugend.

* * *

ICH ÖFFNE meine Tür mit einem Code und betrete meine Wohnung, um die Sicherheitstür hinter mir als zusätzliche Maßnahme abzuschließen. Der plötzliche Tod meines Vaters macht mich paranoid.

Ich werfe einen Blick in mein Zuhause, um sicherzustellen, dass es leer ist, bevor ich mich entspannen kann. Das Erdgeschoss hat eine offene Decke, da es vor kurzem renoviert wurde. Ein Balken in der

Decke ist die einzige Trennung zwischen Wohnzimmer und Küche. Zu meiner linken Seite befindet sich ein Loft im zweiten Stock mit einem weißen Holzgeländer, das den darunter liegenden Bereich überblickt. Die Böden sind aus Eichenholz, und Kirschholz wurde um die Ecken der schmalen Wohnung gelegt, was ihm ein modernes Aussehen verleiht.

Ich habe ein Gartenhaus in meinem schmalen Hinterhof. Mein Volkswagen Jetta ist vor meiner zweistöckigen Wohnung geparkt, wobei jede Einheit verbunden ist. Wo ich wohne, gibt es Reihe um Reihe davon. Es ist fast unmöglich für eine alleinstehende Frau, ihren eigenen Wohnsitz zu besitzen, es sei denn, sie hat ein Haus, das seit vielen Jahren in der Familie ist, oder sie verdient sehr viel Geld.

Ich hänge meinen Wintermantel an den Wandhaken und ziehe meine Stiefeletten aus. Ich bevorzuge es, herumzulaufen, ohne die polierten Böden zu verschmutzen. Ich hasse das Putzen. Papa hat mir ihre Haushälterin gegönnt, um mehr Zeit zum Lernen zu haben. Mein Computer ist im Loft, also gehe ich die schmalen Stufen hoch und erinnere mich daran, dass ich dieses Semester nicht hinterherkommen darf. Es gibt keine Chance, dass ich meinen Abschlusstermin im nächsten Jahr verschieben werde.

Kaum bin ich oben, klingelt die Türklingel. Ich erwarte niemanden und hatte vor, es klingeln zu lassen, aber sie hören nicht auf. Ding, ding. Ich gehe die Treppe hinunter und blicke durch die vorderen Fenster. Kameras mit großen Blitzen leuchten mir ins Gesicht.

Ich tauche schnell aus dem Blickfeld und greife in meinen Mantel, um mein Handy herauszuholen. Ich rufe Mama an.

"Die Reporter sind auch hier, Liebes. Bleib drinnen. Sergei ist hier, aber du hast niemanden da, der dich beschützt", bedauert sie.

"Ich werde Musik aufdrehen, um sie auszublenden", sage ich und lege auf. Ich nehme an, sie werden schließlich wieder gehen. Ich werfe einen Blick durch die Fenster und die Medien haben sich in ihren Lieferwagen versteckt. Die, die noch stehen, schützen sich unter Regenschirmen, während der Regen auf die Dächer prasselt.

Ich verbinde mein Handy mit einem tragbaren Lautsprecher in der Küche und gehe wieder nach oben, wo ich mich von dem Trubel vor meiner Haustür ablenke. Ich bin gerade dabei, ein Lehrbuch zu lesen, zucke jedoch zusammen, als mein Telefon erneut klingelt. Ich bin alarmiert, als ich die Vorwahl aus Russland bemerke.

Verdammt, verdammt, und nochmal verdammt.

Das kann er doch nicht sein, oder?

"Privit", antworte ich auf Russisch.

"Kannst du Englisch sprechen, Anya?"

"Ja."

"Hier ist Nikolay. Schicke mir deine Adresse per SMS. Ich steige gerade aus dem Jet."

"Wie weiß ich, dass du es bist?"

"Unsere Väter kamen aus einer armen Kleinstadt namens Úglich und ihr erstes Geschäftsunterfangen bestand darin, Magnete herzustellen, um sie an Touristen in den Städten zu verkaufen."

"Wie weiß ich, dass du das nicht gerade nachgeschlagen hast?"

"Weil es nicht online steht. Russland stellt nichts auf einen Computer, was sie nicht ausnutzen wollen."

Er hat einen Punkt.

"Okay." Ich gebe meine Adresse heraus. "Und ich habe eine Waffe. Nur damit du Bescheid weißt."

Ich höre ein Lachen, bevor er auflegt.

Ich durchsuche meinen Nachttisch nach der auf meinen Vater registrierten Waffe. Ich bin sicher, dass ich wegen ihres Besitzes in

Schwierigkeiten geraten würde, aber niemand kommt hierher. Es ist eine der Regeln, die Papa mir auferlegt hat.

Meine Hände zittern, als sie das starke, glatte Metall berühren, das ich weiß, kann ein Leben nehmen. Ich weiß nicht, ob ich den Auslöser betätigen könnte, aber ich nehme an, ich würde mich verteidigen, wenn es um mein Leben oder das eines Killers geht. Ich bin froh, dass ich nicht auf meine Straßenerfahrung angewiesen bin, um meinen Lebensunterhalt zu verdienen, denn so bin ich nicht wie mein Vater aufgewachsen.

Ich bringe sie hinunter in die Küche und werfe ein Modemagazin darüber, um sie sozusagen vor aller Augen zu verstecken. Das habe ich in einem Mafiia-Film gelernt.

Ich renne die Stufen hinauf und nehme eine schnelle Dusche. Mein Herz schlägt wie wild. Ich habe keine Ahnung, wie Nikolay aussieht. Ich erinnere mich nicht daran, ihm jemals begegnet zu sein. So viele Jahre haben wir in England gelebt, dass ich keinen Kontakt mehr zu jemandem aus meinem alten Leben habe. Mit meinem Glück wird er ein fetter, haariger Russe sein, der nach Wodka riecht.

Ich trockne mich ab und tupfe etwas Schminke unter meine Augen, um zu verbergen, wie geschwollen sie vom Weinen heute Morgen sind, oder war es mitten in der Nacht? Es war dunkel, als Mum mich weckte.

Ich föhne meine blonden Haare und brenne fast meine Kopfhaut, weil ich es eilig habe. Als ich fertig bin, überprüfe ich mein Aussehen im Badspiegel und füge meinen Wimpern etwas Mascara hinzu, um meine saphirfarbenen Augen zu betonen.

Habe ich es übertrieben? Ich will nicht, dass er denkt, ich würde mir besondere Mühe geben, um ihn zu beeindrucken. Mein BWL-Unterricht hat uns eine Tatsache eingeprägt: Ich habe nur eine Chance, einen guten Eindruck zu machen. Subtile Verführungs-kunst könnte mir helfen, ihn zu überzeugen, von unserer arrangierten Ehe abzusehen. Ich bin sicher, er will nicht mehr heiraten als ich. Das wird ein leichter Verkauf.

Ich schlüpfe in meine teuersten vierzölligen Absätze, um sicherzustellen, dass ich neben einem großen Mann nicht zu klein wirke, und muss über den Namen Choo lachen. Es ist ein lustiger Name, weil er mich an einen alten Zug erinnert, aber er ist großartig für die Markenbildung. Ich gehe vorsichtig die Treppe hinunter, gekleidet in ein Top und enge Jeans. Kaum habe ich die Kissen auf dem Sofa aufgeplustert, höre ich ein deutliches Klopfen an der Hintertür.

Ich eile zur Tür, frage mich, wer eine Wand überwunden hat, um in meinen Hinterhof zu kommen, und finde mich durch das Guckloch blickend wieder. Ich schaue in die Augen eines Fremden. Er hält eine russische Schokoladenstange wie eine weiße Flagge. Vielleicht denkt er, es ist sein Glückstag, und ich würde darauf hereinfallen.

Pah.

Ich öffne die Tür. "Wie bist du hierher gekommen?"

„Kein Hallo?", tadelte er mich, als er hereinschneit, als würde er den Ort besitzen, was mir die Kinnlade herunterfallen lässt. „Du hast ziemlich viel los vor deinem Haus. Ich bin über das Tor geklettert." Er reicht mir die Schokolade. „Es war nicht allzu schwierig." Er schlendert an mir vorbei und wirft einen Blick in meine Wohnung.

„Nikolay", murmele ich.

Er dreht sich um, und sein langer Trenchcoat schwingt hinter ihm her und erinnert mich an Donald Sutherland in ikonischen Filmen aus den 80ern. Verdammt, er ist beeindruckend. Sofort hasse ich mich dafür, dass ich überhaupt in Erwägung ziehe, dass er in gewisser weise traumhaft wirkt. Seine düsteren Augen lächeln nicht, und er fragt nach etwas zu trinken.

Ich möchte ausflippen. Ich bin keine Dienstmagd, und doch bereite ich ihm ein Glas Wasser zu, wissend, dass seine Augen auf meinem

Hintern ruhen. Ich habe mich in meine Skinny Jeans gezwängt und einen modischen Pullover übergezogen, der so designt ist, dass er natürlich über eine Schulter rutscht. Das mehrfarbige Strickmuster harmoniert mit meinem dunkelorangen BH-Träger.

Ich brauche drei Schritte, um den Tisch zu erreichen, und finde ihn bereits sitzend vor, meine Pistole in seinen Händen.

Heilige Scheiße, habe ich meine Tür einem Mörder geöffnet?

KAPITEL 3, NIKOLAY

Ich kann nicht unterlassen, den kurvigen Hintern meiner Bald-Ehefrau anzuschauen, während sie zum Spülbecken läuft, um mein Glas Wasser zu holen. Die kleine Anya ist zu einer Frau geworden, und dazu noch zu einer hübschen. Bei jedem Schritt klickt ihre Absätze auf dem Fußbodenfliesen. Ich bin mehr daran interessiert, wie ihre Designer-Schuhe ihren Po anheben und ihre enganliegende Jeans betonen. Was den sexy Pulli angeht, der von der Stange zu sein scheint, hat ihr Vater ihr wahrscheinlich kein allzu großes Kleidergeld gegeben, und das meiste davon wurde für Schuhe ausgegeben. Vielleicht ist sie unserer Vereinigung nicht so abgeneigt, wie ich angenommen habe. Warum sonst sollte sie sich so kleiden? Ich frage mich, ob sie sich an mich erinnert.

Mein Schwanz zuckt in meiner Hose. Sie ist verdammt sexy; mein besitzergreifendes Knurren ist bereit auszubrechen. Ich kann es kaum erwarten, meinen Schwanz in sie zu stecken. Sie gehört mir. Sie weiß es noch nicht, aber bald wird sie mich anflehen, sie zu ficken. Ihr honigfarbenes Haar wippt hinter ihr, als sie zurückkommt. Ich unterdrücke ein Stöhnen. Es kostet mich alle meine Willenskraft, meine Augen oberhalb ihrer prallen Brüste zu halten, als sie sich umdreht.

Sie muss sich ihrer Wirkung auf Männer bewusst sein. Warum sonst würde sie einen Pulli tragen, der Dekolleté und eine nackte Schulter zeigt? Ich beobachte, wie die Farbe ihres Pullovers ihre perfekte, porzellanweiße Haut und ihre runden Brüste zur Schau stellt. Als sie sich vorbeugt, um das Wasser auf den Tisch zu stellen, setzt der Gedanke daran, was ich ihr antun werde, meine Fantasie in Brand. Ich kann es kaum erwarten, an ihren Brüsten und ihrer Pussy zu saugen und zu knabbern. Ich werde nicht zufrieden sein, bis sie vor Vergnügen unter mir stöhnt. Ich stelle mir vor, wie ich auf ihre Brüste komme, bevor ich ihre Pussy lecke, und mich an ihren süßen Säften ergötze. Ich freue mich schon auf den Tag, an dem sie meinen Namen schreit, wenn sie einen Orgasmus hat.

Ich muss über die Pistole lachen, die sie unter einer Modezeitschrift auf dem Tisch versteckt hat und, nachdem ich sie genommen habe, bewundere ich die Tatsache, dass sie aufgemotzt ist. Ein heimlicher, zuverlässiger Revolver mit zwei Läufen. Sie macht auf mich nicht den Eindruck einer Frau, die eine Pistole besitzen würde, also nehme ich an, dass sie ihrem Vater gehört und sie sie zum Schutz hat.

"Na?" Ihre Augen weiten sich, als ich ihren Notfallplan in meinen fähigen Händen halte.

Sie setzt sich auf einen Stuhl mir gegenüber, legt ein langes Bein über das andere und beginnt nervös, ihren Fuß immer schneller zu schwingen. Der Rhythmus ihrer Bewegung und meiner erregten Männlichkeit erinnert mich daran, wie geil ich bin, aber ich bin hier geschäftlich. Ich habe nie in Betracht gezogen, dass sie atemberaubend schön sein könnte. Es ist meine Pflicht, sicherzustellen, dass keiner von uns beiden umgebring wird, während ich die Leitung ihres Vaters Unternehmen übernehme, bevor ich es in unseres integriere. Es ist gefährlich, wenn man nicht weiß, ob eine Übernahme geplant wird, aber so oder so, wird es wahrscheinlich einige Opfer geben.

Unterdessen lege ich ihre Pistole auf den Tisch. "Nettes Stück." Sie könnte leicht als eine junge Frau durchgehen. Ich bin mir nicht so sicher, dass ich ihr glaube, wenn sie sagt, sie wisse nichts von den Geschäften ihres Vaters - zweifellos kann sie den Abzug einer geladenen Pistole betätigen. Das Mädchen muss etwas wissen, meiner Meinung nach. Wir alle lernen als Kinder mehr, als wir realisieren. Außerdem wäre es klug gewesen, wenn ihr Vater dafür gesorgt hätte, dass alle Frauen im Haus den Umgang mit Waffen zur Selbstverteidigung lernen. Das bin aber nur ich, und ich komme aus einer Familie von Männern.

"Danke, er gehört meinem Vater", antwortet sie, bevor ihr auffällt, dass sie das Präsens benutzt. Sein Tod hat noch nicht vollkommen eingesunken. "Ich glaube, er gehört jetzt mir", fügt sie nachdenklich hinzu.

Ich halte inne und erkenne, dass wir beide diese Woche einen Vater verloren haben, aber ich kann mich nicht in der Vergangenheit verlieren. Ich habe meinen Verlust vergraben. Es wird von mir erwartet. Es wird Zeit geben, meinen Verlust später zu betrauern.

Ich trinke ein paar Schluck Wasser, um meinen Durst zu löschen, aber nachdem ich das Glas geleert habe, habe ich immer noch Durst. Ich bin in einer Zwickmühle, als ich erkenne, dass mein echter Hunger erst gestillt wird, wenn wir verheiratet sind oder ich mit ihr geschlafen habe. Ich bin mir sicher, dass das Schlafen zuerst passieren wird. Ich habe kein Verlangen, sie mit einem anderen Mann zu finden. Ich gehe davon aus, dass sie noch Jungfrau ist. Es ist schwierig sich zu verabreden, wenn deine Familie deine Ehe arrangiert hat. Und zweifellos wusste ihr Vater über jeden ihrer Schritte Bescheid. Wir haben keine digitale Spur von ihr gefunden, und ich gehe davon aus, dass sie wenige Freunde hat. Über die Jahre habe ich genug gesehen, um zu wissen, wie schwierig es ist, ein Mädchen in einer Mafiafamilie zu sein. Sie ist eine Handelsware.

„Ich gehe davon aus, dass Sie von unserer", meine Stimme ist ruhig, während ich meine rechte Hand durch die Luft bewege, „Vereinbarung gehört haben."

„Ja, erst heute Morgen. Mir wird klar, dass hier jeder sitzen könnte. Ich muss Ihren Ausweis sehen." Ihre Augen sind streng, aber entschlossen.

„Mm", murmele ich, während ich ihre Bitte überdenke. Verdammt. Sie hat recht, nehme ich an. Ich wäre auch vorsichtig, wenn ich eine Frau wäre und mein Vater auch ermordet worden wäre. Zugegeben, mein Vater starb unter ähnlichen Umständen, aber weil es als Unfall eingestuft wurde. Es war ein Fahrerflucht und eine Schießerei, die als Straßenwut galt, jetzt frage ich mich. Trotzdem konnten wir ihn ohne lange Wartezeit beerdigen.

Ich bin beeindruckt, dass sie rational denkt, obwohl sie offensichtlich unter Stress steht. Ihr Selbstbewusstsein ist erfrischend. „Gut." Ich stehe auf, lege meinen Mantel ab, hänge ihn auf die Rückseite eines Metallstuhles im Stile eines 50er Jahre Diners mit einem modernen Touch. Ich greife in meine hintere Tasche, zupfe an meiner Geldbörse und ziehe meine Identifikation heraus. Ich halte meinen Ausweis vor ihre neugierig gefüllten Augen.

Sie fasst danach und ich halte es absichtlich länger fest als nötig, was unsere Finger aufeinanderprallen lässt. Ein Schub Energie schießt meinen Arm hoch, erinnert an statische Elektrizität, aber stärker. Sofort lasse ich die Karte los, damit sie sie nehmen kann, und sie hält sie wie einen Kelch zwischen ihren Fingern und liest jede Zeile.

„Zufrieden?" Ich setze mich wieder.

Sie gibt den Ausweis zurück. „Man kann heutzutage nichts sicher wissen. Ich wusste, dass Papa in etwas verwickelt war, als er anfing länger zu arbeiten. Er war gestresst. Ich habe das hier nie kommen sehen." Sie lässt sich in ihren Stuhl zurücksinken und stellt ihr Bein auf den Boden.

„Es tut mir leid für Ihren Verlust. Es scheint, als ob mein Vater dasselbe getan haben könnte. Er wurde diese Woche auch beerdigt. Der Zweck unserer Vereinigung besteht darin, die Bratvas zusammenzuhalten", erkläre ich emotionslos. „Ich muss mich auf das Geschäft konzentrieren, egal welche emotionale Belastung mir auferlegt wird; ich wurde darauf trainiert, es zu führen."

Sie nickt nachdenklich.

Obwohl ich den Tod in unserem Geschäft akzeptiere, ist es niemals eine gute Situation, wenn einer von uns gefallen ist. Zugegeben, ich bin hier, um die Petrov Bratva mit unseren Männern in London zu übernehmen, nachdem wir in den letzten Jahren gemeinsame Unternehmungen gemacht haben, es ist keine Überraschung. Es war jahrelang für beide Seiten vorteilhaft und wir ließen Igor hier eine größere Präsenz haben. Da wir keine Rivalen waren, ergab es Sinn, zusammenzuarbeiten. Papa wusste, dass Igor in Schwierigkeiten war, als er sich mit Leuten einließ, die ihm zu viel Geld boten, um den Posten des CEO eines Ölunternehmens zu übernehmen. Leider gehörten meinem Vater einige Anteile an derselben Firma. Igor wurde mit dem Älterwerden gierig und ich frage mich, ob mein Vater es auch wurde. Vielleicht finden wir Antworten, wenn Dmitry mit dem Durchsuchen beider verschlüsselter Computer fertig ist.

"Es tut mir leid um Ihren Verlust," flüstert sie.

"Haben Sie eine Ahnung, wer hinter dem Tod Ihres Vaters stehen könnte?" Frage ich höflich.

"Es gibt keine Möglichkeit, das zu wissen. Er hat seine Arbeit nie mit uns geteilt." Sie zuckt die Achseln. "Ich wünschte, er hätte etwas gesagt."

"Er hat es wahrscheinlich nicht kommen gesehen. So tötet man am besten, mit dem Überraschungseffekt," füge ich methodisch hinzu und drehe mein leeres Glas auf dem Tisch.

Ihr Gesicht versteift sich. Vielleicht habe ich zu viel geteilt.

"Ist das das, was du machst?"

Ihre Frage überrascht mich.

Ich wechsle unter meiner Sitzposition, rücke das leere Glas zur Seite und falte meine Hände auf dem Tisch. "Ich spreche nicht über meine Arbeit." Ich schenke ihr ein spöttisches Lächeln. "Das dient Ihrem Schutz und meinem. Aber wir müssen eine Einheit bilden. In zwei Wochen werden wir auf meinem Anwesen hier heiraten. Es ist ein Hochzeitsgeschenk meiner Mutter," füge ich hinzu, um sie zur Zustimmung zu bewegen. Es ist sicherlich besser als hier in den Vorstädten zu leben. Ihre Wohnung ist bewohnbar, aber ihr Vater war geizig, denn ich weiß, dass er ihr mehr leisten konnte. Im Vergleich zu dem, was ich anbiete, ist dieser Ort eine heruntergekommene Behausung.

Die Petrov Kassen werden die Volkov Bratva stärken. Sobald wir heiraten, werden wir sowohl hier als auch in Russland mächtig und gefürchtet sein. Zugegeben, ich werde einige von Igors Firmen abgeben müssen, wie das zweifelhafte Ölunternehmen und alles andere, was mit dem Tod unseres Vaters zu tun gehabt haben könnte. Ich will nichts damit oder mit seinen Besitzern zu tun haben. Ich könnte auch auf der Liste stehen, da ich kurz davorstehe die Leitung zu übernehmen, also werde ich alle Aktien abstoßen und hoffen, dass dies die Tür zu alten Geschäften und künftigen auf uns gerichteten Kugeln schließt.

"Ein Anwesen? In zwei Wochen heiraten? Ich liebe es hier zu leben," protestiert sie. "Ich bin Single. Ich habe ein Leben. Ich esse gerne alleine, am Küchentresen. Ich mache, was ich will." Sie stellt sich vor mich. Ihre Brust ragt heraus. Sie ist ein Wildfang und offensichtlich Jungfrau. Sonst würde sie ihren Körper benutzen, um von mir zu bekommen, was sie will.

Ich drehe meinen großen Körper, um ihre Wohnverhältnisse zu begutachten. "Sie werden einige Änderungen in Ihrer Routine vornehmen müssen. Ich bevorzuge ein sitzendes Abendessen. Ich bin sicher, wir kommen klar. Ihre Wohnung ist nicht geeignet.

Meine Villa wird unser Zuhause sein. Sie setzt das Statement, das wir senden müssen. Sie werden einen Wächter haben, um Sie zu schützen, und ich erwarte, dass Sie unsere familiären Verpflichtungen erfüllen."

"Ich kann verdammt nochmal keinen fremden Mann haben, der mir auf dem Campus folgt."

"Wie bitte?" Meine Stimme brüstet sich mit Missbilligung.

"Ich gehe zur Universität; ich werde Anwältin." Sie richtet sich auf, ihre frühere Traurigkeit verschwindet für den Moment.

„Keine Ehefrau von mir wird eine Universität besuchen oder arbeiten", informiere ich sie ernsthaft.

„Ich werde das nicht aufgeben. Ich bin fast mit dem Studium fertig." Sie kommt näher zu mir, und es ist ein Machtposition, da ich sitze, und sie es genießt, während sie ihre Forderungen stellt, über mir zu thronen. „Ich werde nicht zulassen, dass ein Mann mir vorschreibt, was ich tun und lassen darf", antwortet sie energisch. „Ich bin nicht meine Mutter. Ich weigere mich, in dieser lächerlichen Ehe als weniger als gleichwertig behandelt zu werden."

„Dein Vater hat deine Illusionen geduldet. Das ist nicht der Bratva-Weg."

„Schraub den Bratva-Weg", sagt sie pikiert. „Ich habe nichts davon gewünscht. Mein Leben war völlig in Ordnung, bis Papa starb und du aufgetaucht bist."

Ich stehe auf, nutze meine Größe, um sie einzuschüchtern. Ich bin dafür bekannt, dass ich Menschen gut einschätzen kann. Sie hat Feuer und Frechheit. „Du wirst mich oder den Namen Bratva nicht respektlos behandeln. Es ist nun die Volkov Bratva. Dein Nachname wird Volkov sein. Vergiss jegliche Vorstellungen von dem unabhängigen Leben, das du unter deinem Vater hattest. Diese Fantasien sind vorbei."

Sie zuckt zusammen und macht einen Schritt zurück. Sie muss lernen, sich zu unterwerfen; ich könnte genauso gut jetzt die Regeln festlegen. Sie wurde nicht auf die Rolle als Bratva-Ehefrau vorbereitet, weil sie ihren Platz kannten. Deshalb bevorzuge ich ältere Frauen; sie sind reifer und wissen, wann sie einen Kampf aufgeben sollten. Sie wissen auch, dass Sex dazu verwendet wird, Männer zu manipulieren und zu bekommen, was sie wollen. Er wird als Währung in Ländern, besonders in Russland, verwendet.

„Fein, ich bin auch Bratva", betont sie. „Ich habe noch ein Jahr, und ich gebe es nicht auf. Es ist mein Ticket zur Freiheit." Ihre Worte grämen meine Ohren. Mein kleiner Vogel sucht bereits einen Weg aus der Familie. Tatsächlich plant sie dies schon seit Jahren. Würde sie mich am Altar stehen lassen? Ich entscheide mich schnell, dass ich das nicht herausfinden möchte.

Sie ist in einem goldenen Käfig, wenn auch einem mit Vorzügen, die für einen König würdig sind. Ihr Leben wird kompliziert, da sie nicht mehr die Freiheiten genießen kann, die sie jahrelang hatte. Veränderungen sind schwierig, besonders wenn wir uns dagegen wehren, was wir wissen, dass getan werden muss. Es ist schlecht, dass ich es sein muss, der sie einengen muss. Aber ich habe auch eine Pflicht, meine zukünftige Königin sicher zu halten.

„Was ich sage, gilt." Ich erhebe meine Stimme. Dieses Schuldilemma muss ihr wichtig sein. Ich habe keine Ahnung warum. Sie hat mich, um sich um sie zu kümmern.

„Wir leben in einer freien Gesellschaft hier, und Frauen müssen nicht hinter Männern herlaufen", spuckt sie mir entgegen.

„Das werden wir noch sehen." Ich drehe mich um und rufe: „Pavel."

Die Hintertür öffnet sich, und herein kommt meine rechte Hand.

„Das ist Anya. Sie braucht einen Bodyguard, der von dir überprüft wurde."

Er nickt.

„Anya, pack fürs Erste einen Koffer. Du kommst mit uns."

„Kann ich nicht packen und nach der Hochzeit umziehen?" Ihre Augen flehen mich an, aber es ist zwecklos.

„Nein, es ist nicht sicher, und du musst tun, was dir gesagt wird. Geh. Pack. Wir warten, aber mach schnell."

Anya rutscht an uns vorbei und verschwindet nach oben. Ihre Absätze knallen auf die Stufen. Ich bin sicher, sie murmelt bei jedem Donnern ihre Unzufriedenheit.

„Ganz die Hübsche, und da dachten deine Brüder, sie wäre unansehnlich", scherzt Pavel.

„Schönheit liegt nur an der Oberfläche. Sie hat alberne Vorstellungen davon, Männern gleich zu sein", murmele ich auf Russisch.

„Sie ist hier aufgewachsen, es ist das, was sie kennt."

"Das werden wir noch sehen." Diese Schulbildung scheint für sie ein Problem zu sein. Ich werde für meine Frau sorgen. Das ist mein Stolz und unsere Tradition. Dass sie arbeitet, würde als Peinlichkeit für den Pakhan betrachtet werden. Egal, wie oft sie ihre langen Wimpern klimpert, ich werde nicht zulassen, dass sie mich in irgendeiner Weise mindert. Ich muss zugeben, dass ihre Kühnheit mich angemacht hat und mein Schwanz erst jetzt wieder in seinen normalen Zustand zurückkehrt. "Außerdem wurde sie in Russland geboren. Unsere Väter kommen wirklich aus derselben Heimatstadt. Sie wird sich anpassen müssen," murmle ich Pavel zu.

"Nun, ihr Vater war ein geiziger Bastard." Seine Augen nehmen ihre bescheidene Wohnung in Augenschein. Ich hoffe, ihrem Vater wurde nicht heimlich alles gestohlen. Wir haben seine Geschäftsangelegenheiten noch nicht durchleuchtet.

Eher als erwartet, erscheint Anya mit einem Rucksack auf der Schulter auf der Treppe und kündigt an, dass ihr Koffer gepackt ist. Sie lässt ihr Gepäck oben auf der Treppe, damit Pavel es holt.

Ich schlüpfe in meinen Trenchcoat und gehe zur Haustür, um ihren Mantel und ihre Handtasche von der Wand zu holen. Ich spähe nach draußen. Die Presse ist immer noch da.

"Wir werden durch den Hinterausgang gehen müssen."

"Ich starte das Auto," bietet sich Pavel freiwillig an, während er das große Titan-Gepäck trägt und seine Hand nach ihrem Rucksack ausstreckt. Sie gibt ihn her, als sie bemerkt, dass ich ihren Mantel halte. Sie schlüpft leise in ihre Ärmel und hängt ihre Handtasche über die zierliche, zarte Schulter, die ich nur allzu gerne küssen würde.

"Gut," antworte ich und bemerke ihre jede Bewegung, "du musst vielleicht die Schuhe loswerden. Wenn die Medien uns entdecken, rennen wir zum Auto."

"Draußen ist es nass." Sie legt die Stirn in Falten.

"Vielleicht wären praktischere Schuhe angemessener gewesen," stelle ich selbstgefällig fest.

Anya zieht ihre Schlüssel heraus, schließt die Tür hinter uns ab und wir machen uns auf den Weg zu einem Holztor in den Hecken. Der Gehweg ist mit Pfützen übersät.

"Vielleicht muss ich dich tragen," murmle ich.

"Es geht mir gut," schnaubt sie, während sie durch Pfützen spaziert und ihre Schuhe ruiniert.

"Also gut. Wir sollten versuchen, wie ein glückliches Paar auszusehen, falls die Boulevardpresse ein Bild macht."

"Mir ist egal, was die Presse denkt. Es ist nicht so, dass ich wichtig bin," antwortet sie, während ich meinen Arm um sie lege. Ich kann nicht leugnen, dass ich es mag, sie zu beschützen, während meine Augen schnell die Umgebung auf Eindringlinge absuchen.

"Das wird sich ändern," knurre ich. Der Name Volkov wird mit meiner Eröffnung der Familienvilla in London prominenter.

Normalerweise würde ich zur Küste Frankreichs reisen, wenn sich im Herbst die Blätter färben. Die Elite reist, um im Winter warme Urlaubsziele zu genießen. Allerdings könnte mit einer spontanen Hochzeit ein schneller Abstecher auf meiner Yacht zur Côte d'Azur für eine Flitterwochen-Destination ausreichen. Es wird sicherer sein, als hier zu sitzen, während wir herausfinden, wer Igors Feinde sind. Es ist besser, ein bewegliches Ziel zu sein, wenn wir ein Ziel sind. Vielleicht bin ich aber auch übermäßig vorsichtig.

Anya macht sich steif, als ich sie näher zu mir ziehe. Ich lege meine andere Hand über ihren Arm, um sie bei der Stange zu halten. So wie es sein sollte. Sie wird mit der Zeit lernen, wie man eine Bratva-Frau ist. Sie ist jung. Sie wird lernen sich anzupassen. Junge Mädchen neigen dazu, oberflächlich und unreif zu sein. Sie leben auf ihren Handys und können kein Gespräch führen.

Das vertraute Klicken hochleistungsfähiger Kameras hängt in der Luft, als wir in den SUV steigen. Pavel fährt uns außerhalb der Vorstadt zu meinem weitläufigen Anwesen. Zweifellos gehörte es einst einem Earl oder der Königin selbst.

„Was werden sie mit den Bildern machen?"

„Vermutlich schräge Bildunterschriften erfinden."

Sie lehnt sich zurück in den Sitz und nimmt hin, dass ich neben ihr sitze, ohne ein Aufheben zu machen. „Frau von einem Schläger entführt", murmelt sie.

Ich unterdrücke mein Kichern.

„Wer ist der Bodyguard deines Vaters?" Es steht so viel in so kurzer Zeit an. Ich hoffe, Igor war klug genug, verschlüsselte Informationen sicher zu verwahren.

„Baran."

„War er an dem Tag bei deinem Vater… du weißt schon?"

„Soweit ich weiß. Warum?"

„Schau das nach, Pavel", befehle ich.

„Jawohl." Er schlägt sich durch den Verkehr und das SUV manövriert durch Kreisverkehre.

„Gibt es andere Bodyguards? Ich nehme an, du hast mehr als einen?"

„Sergei, er ist nett. Er bleibt meistens im Haus, falls wir ihn brauchen. Warum?" Ihre Augen flehen mich an, mehr Information preiszugeben.

„Ich muss diese Leute treffen, und du bist diejenige mit der Liste der Spielfiguren auf dem Schachbrett", antworte ich überheblich.

„Sind sie Verdächtige?", fragt sie vorsichtig. Gesprochen wie eine hingebungsvolle Tochter.

Ich wende meinen Körper ihr zu und erinnere mich daran, dass ihr Vater gerade gestorben ist. Ich muss ihr Zeit lassen, den Verlust zu verarbeiten und sie nicht mit Informationen konfrontieren, die sie in Gefahr bringen könnten. Ich halte mich beschäftigt, um den Verlust nicht zu realisieren und frage mich, wie Mama zu Hause klar kommt. Die Hochzeit wird sie aufheitern, so wie auch die Londoner Kulissen.

„Ich habe keine Ahnung. Glaubst du, jemand ist bestechlich?" Meine Augenbrauen rücken zusammen wie zwei einander küssende Raupen. Ihr Blick trifft den meinen. Mein Schwanz füllt meine engen, überteuerten Jeans.

„Ich habe keine Ahnung. Ich glaube nicht, aber ich hätte auch nicht gedacht, dass wir diese Woche zur Beerdigung von Papa gehen würden. Oder dass ich heiraten würde." Sie zuckt mit den Schultern.

„Da sind wir schon zwei." Ich starre an ihr vorbei in den grauen Nachmittag. Es passt zu meiner Stimmung.

„Wir werden einen Bodyguard für dich haben. Du wirst das Anwesen nicht ohne meine vorherige Kenntnis verlassen. Verstanden?"

„Wir werden sehen." Das ist nicht die Antwort, die ich hören wollte, und die rechte Seite meines Gesichts verzieht sich bei ihrer Weigerung, der Tatsache zuzustimmen, dass ihr Platz bei mir und in meinem Zuhause ist. "Ich hoffe, ich muss dir nicht nachjagen, aber das werde ich tun, wenn du mir nicht gehorchst", warne ich.

„Ich habe Verpflichtungen." Sie wirft mir einen Seitenblick zu, als ob sie mich herausfordern würde.

„Wir werden später sprechen." Ich fahre mir mit der Hand über das Kinn, während ich tief in Gedanken versunken bin. Sie ist nicht das sanfte und unterwürfige Mädchen, das ich mir vorgestellt habe. Ich atme tief ein und nehme den schwachen Duft von Sommerblumen wahr, der sie umgibt. Es passt zu ihren Gesichtszügen und mildert ihre Stimmung in ihrer Not. „Hoffentlich liegt das alles bald hinter uns und die Hochzeit wird deine Mutter und Schwester aufheitern", sage ich und wechsle das Thema.

Warum bin ich nett? Es ist mir scheißegal, ob jemand glücklich ist. Mein Leben besteht nicht aus Vergnügen außerhalb der privaten Clubs, die ich besuche. Wir haben einige Sexclubs in London. Vielleicht kann ich mir vor der Hochzeit noch ein bisschen Vergnügen verschaffen. Es ist ja keine richtige Ehe. Ich plane, Anya auf der anderen Seite der Villa zu halten, um uns beiden Privatsphäre zu gewähren.

„Ich verstehe nicht, wie wir weitermachen sollen", sagt Anya nachdenklich, ihre Stimme zittert. Sie wendet ihr Gesicht zum Fenster, so dass ich ihren Ausdruck nicht sehen kann oder, was ich vermute, ihre stillen Tränen.

„Du bist fähig zu mehr, als du denkst", ist der einzige Trost, den ich gebe. Jede andere Beruhigung wäre meiner Meinung nach fehl am Platz. „Ich werde dich beschützen. Ich nehme an, ich bin in ein

Wespennest getreten. Es ist klug, das Schlimmste anzunehmen und das Beste zu hoffen." Meine Stimme ist gleichmäßig in ihrer Lieferung. Ich bin pragmatisch. Ein Anführer darf nicht emotional sein.

Ich bin erleichtert, dass meine Brüder bald hier sein werden. Ich bin in einem fremden Land mit einer Frau, die ich heiraten soll, und obwohl ich der Don bin, macht es mich nicht glücklich zu wissen, dass dies auf Kosten des Lebens meines Vaters gekommen ist. Es ist eine Realität, über die wir selten gesprochen haben, als er noch am Leben war.

Ich frage mich, wann wir Kinder haben werden. Offensichtlich muss ich den Familiennamen weiterführen. Außerdem gibt es keinen Grund, einen Sohn in der Bratva zu haben, wenn sie nicht darauf trainiert sind, sich um das Familienunternehmen zu kümmern.

Wenn wir eines Tages einen Sohn haben, hoffe ich, dass er Anyas helle Haut und leuchtend blaue Augen hat. Mit meiner Größe und ihren hohen Wangenknochen würden wir wunderschöne Kinder haben, vielleicht sogar Models. Gott weiß, jemand muss meine nachdenkliche Stimmung mäßigen und meinen Söhnen eine bessere Optik verleihen. Anya ist klug. Sie wird mir mit der Zeit gute Dienste leisten. Wie ich gehört habe, steht sie ihrer Schwester nahe und hat eine fürsorgliche Seite, um ihren unabhängigen Geist zu besänftigen.

Ich schüttele den Kopf. Was zum Teufel denke ich eigentlich? Diese Füchsin ist bezaubernd und die Tatsache, dass ich mich aus unserer Kindheit an sie erinnere, ist beunruhigend. Was hat sie, das mich verrückt und besitzergreifend macht? Ist es möglich, seine Seelenverwandte schon im Teenageralter zu treffen? Glaube ich überhaupt an die Liebe? Ist es Schicksal?

„Ich werde Ihre benötigten Besitztümer zum Haus bringen lassen. Offensichtlich passen Sie gut zu den Einheimischen. Sie werden andere Kleidung benötigen. Das muss bald erledigt sein. Ich habe mir erlaubt, für den Anfang ein paar Dinge für Sie zu kaufen. Aber Sie werden einkaufen müssen."

„Ich habe Kurse. Es ist nicht so einfach. Und auf welche Kleidung beziehen Sie sich?" Sie wirft mir einen fragenden Blick zu und tupft mit ihrem Finger die Ecken ihrer Augen ab. Ich gehe davon aus, dass sie die Feuchtigkeit entfernt, die von Tränen zurückgeblieben ist. Wie ich, ist sie wieder sie selbst, und ihr Ton ist kantig.

Ich habe ihren Modestil infrage gestellt, und sie war eindeutig verärgert. Das kommt nicht gut an.

„Kleidung, die nicht so …" Ich lasse meine langen Finger durch die Luft schweben. Ich möchte 'du' sagen, als in sexy, mit straffen Brüsten und einem Hintern, den ich gerne quetschen würde. Stattdessen pausierte ich, bevor ich ausspuckte, „informell". Ich atme tief durch. „Es wird Veranstaltungen geben, an denen wir aus geschäftlichen Gründen teilnehmen müssen. Ich brauche Sie, um die Vorstellungen zu machen."

„Ich kenne die Spieler aus den Boulevardzeitungen. Aber ich bewege mich nicht in diesen Kreisen. Papa hat meine Schwester und mich so gut wie möglich davon ferngehalten."

„Das wird sich zu einem gewissen Grad ändern. Vielleicht wäre es gut für Sie, weiter zur Schule zu gehen und Ihr Leben so normal wie möglich zu führen. Für Ihren Schutz wird ein Wächter bei Ihnen sein müssen. Aber es gibt Verpflichtungen, die Sie nach der Hochzeit eingehen müssen. Wohltätigkeitsarbeit, gesellschaftliche Ereignisse..." Ich höre auf, von Kindern zu reden. Es ist zu früh.

„Ich brauche keinen Wächter; ich habe keine Probleme. Die meisten Leute haben keine Ahnung, wer ich bin", protestiert sie.

„Ich habe gesagt, du wirst einen Wächter haben, und das ist endgültig", schnauze ich erschöpft von meinem Flug und davon, dass meine Welt durch einen einzigen Satz meines Vaters auf den Kopf gestellt wurde. Eine arrangierte Ehe, hm? Ich könnte jede Frau haben, die ich will. Frauen liegen mir zu Füßen und wären gern meine Ehefrauen, und hier bin ich mit dem Mädchen von nebenan, buchstäblich. Ich glaube nicht, dass sie sich an unsere Vergangenheit erinnert. Sie war das erste Mädchen, das ich geküsst habe, auf die Wange, weil sie noch so jung war. Ihre Augen blickten in meine; es war, als ob wir die Welt besäßen. Lustig, wie es mir jetzt wieder einfällt. Nicht dass ich sie jemals vergessen könnte.

„Ugh", murmelt sie und dreht sich zur Autotür.

Wir kommen auf meinem Anwesen an und halten am schmiedeeisernen Sicherheitszaun an. Er wird von einem bewaffneten Wächter bewacht, der seine Waffe verbirgt, und er öffnet das Tor.

Pavel fährt durch einen perfekt gepflegten Rasen und parkt hinter dem Haus. Männer in Schwarz stehen vor dem Eingang zur Hintertür. Ich bleibe ruhig, als ich meine Beine strecke und langsam ein paar Schritte vom Fahrzeug fort gehe. Ich nehme das riesige Anwesen in Augenschein und mein Kopf arbeitet. Wer hätte Igor tot sehen wollen? Wer hätte am meisten davon zu gewinnen? Es ist nicht meine Aufgabe, das Rätsel um seinen Tod zu lösen. Aber ich muss wissen, wem ich vertrauen kann.

Um mein kompliziertes Leben noch weiter zu verkomplizieren, ist Anya nicht leicht zu vergessen, vor allem, weil sie zu einer schönen Frau herangewachsen ist. Ich muss mich auf meine Arbeit konzentrieren, aber ich finde sie anspruchsvoller als ein Pokerspiel mit Fremden. Sie erscheint neben mir und ich führe den Weg ins Haus. „Wir haben Personal, aber möglicherweise brauchst du mehr", verkünde ich, während wir durch die riesige Küche und ins Herz des dreistöckigen Hauses gehen.

Mutter hat dafür gesorgt, dass Hazel das Haus für unsere Ankunft vorbereitet. Sie ist eine Engländerin, die kocht, putzt und das Anwesen verwaltet. Sie begann als Kindermädchen, als wir über die Jahre England besuchten und war uns immer treu.

Meine Familie hat ein Standbein in London, aber wir sind eher auf der Arbeitsebene und haben es nicht so weit gebracht wie Igor.

Sagen wir es so: Wir sind nicht auf dem Radar von Interpol. Anyas Familie steckt mit Politikern, Fußballvereineigentümern und milliardenschweren Unternehmen unter einer Decke. Es ist nicht so, als hätte ich nicht schon mit den Haien geschwommen. Nur sind meine Raubtiere normalerweise Nachts unterwegs auf den Straßen, nicht auf schicken Galas.

„Das ist wunderschön." Anya hält an, um den Prunk der Marmorböden, der eleganten Kronleuchter, der großen weißen Sofas und der passenden Stühle im Wohnbereich zu betrachten. Dies ist nur einer von vielen Räumen. Ich habe viele schöne Erinnerungen, als ich hier mit meinen Brüdern spielte. Mama wusste schon immer, dass ich verheiratet sein und in London leben würde. Ihr Timing ist immer perfekt. Wie versprochen, machen ihre Renovierungen das Haus eleganter. Die Atmosphäre ist elegant und ihre Liebe zum Detail ist makellos.

„Komm, ich zeige dir dein Zimmer, damit du dich einrichten kannst." Auf dem Weg entdeckt sie eine teilweise geöffnete Tür.

„Eine Bibliothek!" Ihre Stimme ist voller Freude. Sie liebt es zu lesen. Und hätte ich an die Anya von vor Jahren gedacht, hätte ich ihr das zuerst gezeigt. Sie war schon immer die Leseratte; es ist logisch, dass sie Anwältin werden will.

„Du kannst sie benutzen. Das Büro ist tabu."

Pavel bleibt unten, während wir die Treppe hinaufsteigen, und als wir oben angekommen sind, führe ich sie den Flur hinunter auf die andere Seite des Hauses. Ich werfe verstohlen Blicke auf sie und ihr Haar, das in Wellen über ihre Schultern fällt. Heimlich atme ich tief ein, um eine Spur ihres Wesens aufzufangen.

Ich frage mich, wie lange es noch dauern wird, bis ich ihre Lippen kosten, ihre Haut streicheln und sie zu meiner eigenen machen kann. Wärme strahlt zwischen uns aus, und wenn das so weitergeht, stehen meiner Zukunft viele kalte Duschen bevor. Meine

Absicht war es, sie weit weg von mir zu halten. Jetzt bin ich mir nicht so sicher, ob mir diese Idee gefällt.

In wenigen Stunden haben die Klatschblätter Fotos von uns online und ich werde als der 'mysteriöse, attraktive Mann' betitelt, der zu ihrer Rettung gekommen ist. Ich lache über ihre Unverschämtheit, diesen Unsinn an die Öffentlichkeit zu verkaufen. Andererseits wollen die meisten der ehrbaren Bürger nichts von meiner Existenz wissen oder dass ich daran arbeite, die Straßen von vielen unappetitlichen Charakteren zu säubern und jedes Jahr Millionen zu verdienen.

KAPITEL 4, ANYA

Auf der Fahrt hatte ich Zeit, Nikolay zu studieren, und arrogant gewinnt als die treffendste Beschreibung für diesen unglaublich gutaussehenden Mann, der mein Ehemann sein soll. Er liebt sich selbst und ist wahrscheinlich gut in seinem Job oder welcher dunklen Tätigkeit er auch nachgeht, um seinen Lebensunterhalt zu verdienen. Mit der Zeit werde ich mehr herausfinden, und das löst in meinem Bauch ein Gefühl von Aufregung und Furcht aus.

Ich wusste nie, dass Papa einen Plan B hatte. Diese ganze arrangierte Heirat ist der Preis, den ich zahlen muss, um Mama und meine Schwester am Leben zu erhalten. Ein Urteil, das ich ertragen muss, in der Hoffnung, dass meine Schwester aus Liebe heiraten kann. Und angesichts der Umstände könnte es viel schlimmer sein.

Papa war nicht leicht zu ertragen, ständig hat er mich niedergemacht und mich das Haus putzen lassen, während Mama den ganzen Tag Seifenopern geschaut hat. Wenn es mich nicht gäbe, wäre Katerynia von der Schule abgegangen, weil sie zu faul war, die Klassenarbeiten zu erledigen. Sie ist eher ein Gesellschaftsmensch, und ich bin die Bücherwurm. Daher ist das Jurastudium genau das

Richtige für mich, zwischen Rechtsprechungsforschung und Schriftsatzarbeit.

Mein Vater wollte nicht, dass ich meine Ausbildung weiterführe. Er sagte mir, es wäre Unsinn und ich würde es nie schaffen. Er machte mich so wütend, dass ich riskierte, bestraft zu werden, wenn ich ihm widersprach. Ich stritt, bis er nachgab und mir die Wohnung kaufte, um mich aus dem Haus zu bekommen. In meiner eigenen Wohnung fühlte ich mich zum ersten Mal in meinem Leben normal. Ich kann mich nicht dazu überwinden, Männern zu vertrauen. Es ist sicherer, mich selbst zu versorgen und Männer, attraktive Männer wie Nikolay, auf Abstand zu halten.

Ich habe Katerynia nach Updates zu Papas Beerdigungsarrangements gefragt. Sie informiert mich, dass Sergei und Konstantin Mama helfen. Ich mache mir Sorgen, weil niemand von Baran gehört hat. Wo ist er? Ich dachte, er würde im Haus sein wollen und sicherstellen, dass wir nicht von Rivalen angegriffen werden, aber dann hätte man Papa wohl auf der Straße erschossen, wenn es ein offener Mafiakrieg gewesen wäre. Jetzt denke ich an Verschwörungstheorien.

Sein Tod wurde so inszeniert, als wäre es Selbstmord gewesen, also will derjenige, der ihn getötet hat, keine Untersuchungen. Das bedeutet, dass es in seinem Geschäft mehr gibt als auf den ersten Blick zu sehen. Jemand hat eine Botschaft geschickt. Die größte Frage schwebt über uns. Ist es vorbei? Oder steht noch mehr bevor?

Ich bin klug genug zu wissen, dass einige Londoner Bobbies bestechlich sind. Mafia und Kartelle existieren nicht ohne einen gewissen Einfluss auf das Justizsystem. Das steht in jedem Thrillerbuch, das ich lese. Ich liebe das Lesen, denn das Leben hat eine Art, Kunst nachzuahmen und umgekehrt. Heute werde ich daran erinnert, dass die wirkliche Welt gefährlich ist, und für einen kurzen Augenblick bin ich erleichtert, dass Nikolay hier ist. Wenn ich vom Leben überfordert bin, ziehe ich mich in meine Lieblingsbücher zurück, wie Little Women, in denen die Zeiten nicht so kompliziert waren und arrangierte Ehen an der Tagesordnung, nie träumend, dass ich im einundzwanzigsten Jahrhundert in der gleichen Situation sein würde.

Nachts meine Tür abzuschließen wird mich nicht in Sicherheit bringen. Das Schloss ist eine Illusion, die mich in die Irre führen soll, dass ich die Kontrolle über mein Zuhause habe. Wenn jedoch jemand in Russland mich tot will, wird nichts ihn davon abhalten, dies geschehen zu lassen. Und allein aus diesem Grund bin ich froh, dass Nikolay und Pavel beide groß sind. Wenn ihre Muskeln genauso gut funktionieren, wie sie aussehen, wenn sie gegen den Stoff ihrer Hemden spannen, bin ich dabei. Ich war naiv zu denken, ein Leben des Verbrechens würde sich auszahlen. Das Leben ist einfacher, wenn ich so tue, als ob die Dunkelheit, in der wir leben, nicht existiert. Heute bekomme ich die Realität zu spüren.

Ich war heute nach dem Besuch bei Mum zu Tode verängstigt, weil ich dachte, jemand könnte mir auf dem Heimweg folgen. Ich habe versucht, nicht ständig über die Schulter zu sehen. Ist es so schlimm, einen virilen Mann die Kontrolle über meine Sicherheit übernehmen zu lassen? Ich frage mich, wie er im Schlafzimmer ist. Ein Mann wie er hält sich wahrscheinlich in Sexclubs auf. Laut den Gerüchten auf dem Campus sind diese der neuste angesagte Ort für die Elite. Die Mitgliedschaften sind nur auf Einladung, und der Gedanke daran, was dort passiert, macht mir Angst.

Ich bin sicher, Nikolay hat mit seiner perfekten Nase, markantem Kinn und teuflisch dunklen Augen keine Probleme, Frauen zu bekommen. Allein der Gedanke an ihn lässt mich erregt werden, aber ich bin mir nicht sicher, ob ich mit seiner rauen und gleichgültigen Natur klar komme. Sein Auftreten ist grob und derb. Er ist ein lebendiger Widerspruch, einerseits zieht er mich an, doch bevor ich einatmen kann, stößt er mich schon wieder weg.

Wie kann ich ihm böse sein, dass er meine Freiheit genommen hat, wenn ich mich in seinen glühenden Augen verliere? Ich kann ihn nicht aus meinem Kopf bekommen, selbst wenn ich mein Zimmer betrete und er nirgendwo zu sehen ist. Die prickelnden Gefühle zwischen meinen Beinen kann ich nicht ignorieren, während ich darüber nachdenke, zum ersten Mal mit ihm zusammen zu sein. Wie würde sich seine Haut anfühlen, wenn ich meine Fingerspitzen über seinen Rücken oder Arm ziehe? Ich erröte bei dem Gedanken, ihn nackt vor mir zu sehen. Wird er seine Hände über meinen Körper laufen lassen? Wird er mit warmen Lippen meinen Hals hinunter streichen und mich an Stellen küssen, die noch kein Mann berührt hat? Oder werde ich nur ein Objekt für ihn sein, um sich zu befriedigen? Er ist sexy wie die Hölle, aber es scheint, als wären Frauen für ihn nur Objekte zum Herumkommandieren.

Er ist ein Rätsel. Er hat einen vertrauten Geruch, der mich an Russland erinnert, aber ich kann ihn nicht einordnen. Er stammt aus meiner Kindheit, so viel weiß ich. Wir gingen zur Schule in unserem Dorf, und er sagte, unsere Väter stammten beide aus der gleichen Stadt. Ich frage mich, ob wir uns schon mal getroffen haben.

Ich setze meinen Rucksack und meine Handtasche auf das Bett und schaue mich in dem Zimmer um, in dem ich schlafen und, nehme ich an, studieren werde. Es ist vertraut und einladend, dekoriert in Blau und Weiß, ähnlich wie meine Wohnung. Der Zufall ist verblüffend. Ich setze mich auf das Bett, und es gibt leicht unter meinem Gewicht nach. Erst jetzt merke ich, wie müde ich wirklich bin. Mein Tag begann nach Mitternacht, und der Stress und Schock machen sich bemerkbar.

Wie kann ich Nikolay heiraten, wenn er mich mit seinen stechenden Augen voller Verachtung nervös macht? Ich bin unruhig in seiner Nähe. Seine Intelligenz beeindruckt mich. Sein Tonfall ist bestimmend. Ich finde es erregend, ein Mann, der das Sagen hat und geschworen hat, mich zu beschützen. Gleichzeitig kann er so nervtötend sein. Ohne Zweifel wird er von mir erwarten, Kinder für seine Bratva auszutragen. Ich habe noch nie einen Mann gesehen, der so verliebt in seine Bruderschaft war wie er vor heute.

Seine rebellische und düstere Art ziehen mich an. Es gibt eine Mauer um ihn herum, die mir das Gefühl gibt, er sei unerreichbar, aber die Verbindung zwischen uns kann nicht nur meiner Fantasie entspringen. Seine Augen necken mich, und es gibt eine Vertrautheit zwischen uns, die ich nicht erklären kann.

Ich habe meine sexuelle Freiheit aufgegeben, um zur Schule zu gehen und Jura zu studieren, und nahm an, dass es nur eine kurzfristige Opferung für ein langfristiges Ziel wäre. Ich hatte Dates, aber nichts Ernsthaftes. Ich ziehe es vor, bei mir zu bleiben und habe nur eine Freundin, Darci, die etwas wild ist. Wir haben uns erst vergangenen Semester im Kurs kennengelernt. Wir ergänzen uns; sie bringt mich dazu, etwas zu unternehmen, und ich bremse sie, wenn sie übers Ziel hinausschießt. Sie kommt aus guten Verhältnissen, ihr Vater ist ein Popstar und sie liebt es, inkognito zu sein, weil sie früher oft Clubs besucht hat, als sie noch minderjährig war. Ich habe sie nie online aufgesucht oder war bei ihr zu Hause. Ich habe ihre Familie noch nie getroffen, aber wie viele von uns machen das heute?

Komisch, ich dachte, ich hatte meine Eltern mit der Universitätssache an der Angel. Jetzt merke ich, dass ich in ihre Falle getappt bin. Die ganze Zeit war ich Nikolay versprochen. Deshalb sollte ich keusch bleiben. Ich bin sicher, er erwartet, dass ich noch Jungfrau bin. Papa hatte seine eigene Agenda. Er hat immer mit mir verhandelt. Verdammt ihn. Er ist tot und das ändert nichts daran, wie wütend ich bin, weil er mich benutzt und meine Zukunft verschenkt hat, ohne mit mir darüber zu sprechen.

War es nicht genug, dass er mich den größten Teil meines Lebens ignorierte? Papa hatte ein Anwesen außerhalb der Stadt. Ich wusste, er hätte sich eine nettere Wohnung für mich leisten können. Stattdessen sagte er mir, ich solle dankbar für alles sein, was er mir gibt. Das ist ein weiterer Grund, warum ich niemals zulassen werde, dass ein Mann über mein Schicksal bestimmt. Wenn ich eine Ausbildung habe, kann ich meine eigenen Regeln aufstellen.

Er behandelte meine Mutter schlecht und im Laufe der Jahre zerfiel ihre Ehe. Wenn er am Wochenende geschäftlich verreist war, hörte ich die Wachen über die Partys sprechen, die er schmiss. Ich bin mir ziemlich sicher, dass Mum wusste, dass er sie betrog, aber was sollte sie machen? Mit einem dürftigen Gehalt kann man sich in dieser Gegend nicht leisten. Mum hat nie gearbeitet. Sie und Papa stammten aus dem selben kleinen Dorf in Russland und heirateten, bevor sie zwanzig waren.

Ich starre auf mein Telefon und Nikolays Nummer, bevor ich sie in meinen Kontakten unter Nikolay der Kontrollfreak speichere.

Nichts in meiner Vergangenheit hätte mich auf das Gefühl der Flatterns in meinem Bauch vorbereiten können, als Nikolay meine Küche betrat. Es beunruhigt mich, wie mein Körper sich entspannt, wenn ich seinen Duft wahrnehme, während er an mir vorbeigeht, oder den Schauer, den ich empfand, als unsere Finger sich berührten. Die geheimnisvolle Aura um ihn macht mich neugierig auf seine Persönlichkeit unter dem ernsten und manchmal bedrohlichen Gesicht der Bratwa. Ich bin erleichtert, dass er glaubt, dass Papa Opfer eines Verbrechens wurde, und wir beide wissen, dass es vertuscht wird.

Ich öffne meinen kleinen Computer und werde durch ein Klopfen an der Tür erschrocken. Offenbar bin ich trotz aller Sicherheitsvorkehrungen immer noch angespannt. Ich drehe mich um, als die Tür aufgeht.

Pavel steht in der Tür. "Ihr Gepäck", kündigt er steif an.

„Danke. Was ist das Passwort für das Haus? Ich brauche es für das WiFi."

„Sie müssen mit Nikolay sprechen." Er verschwindet.

Das ist lächerlich. Atmet hier jemand ohne seine Erlaubnis?

Ich stürme aus meinem privaten Bad und gehe zu Nikolays, nehme an, er sei dorthin gegangen, um sich nach seinem Flug frisch zu machen. Als ich näher komme, höre ich, wie er auf Russisch spricht.

„Ich will, dass Baran gefunden wird und ihr wisst, was zu tun ist. Kein Wächter überlebt diesen verdammten Fehler."

Sofort wird mir klar, dass er mich im Flur finden könnte. Offensichtlich bin ich zu weit gegangen. Ich mache auf der Stelle kehrt und gehe den Gang zurück.

Seine Tür fliegt auf, bevor ich mich weit genug zurückziehen kann. Pavel streift mich, ohne mich eines Blickes zu würdigen oder ein Wort zu sagen. Offensichtlich hat er wichtige Dinge zu erledigen und ich frage mich, wer den Abzug betätigt.

„Was willst du?", bellt Nikolay. Wie hat er gewusst, dass ich hier bin? Er ist im Schlafzimmer.

Ich betrete sein Zimmer. Seine Aura und Nähe schüchtern mich ein. Ohne Abstand zwischen uns, wird meine Atmung unregelmäßig. Das Zimmer ist so groß wie meine gesamte Wohnung, aber ich habe das Gefühl zu ersticken.

„Ich brauche das Passwort für das Intranet. Ich muss Hausaufgaben machen. Die Beerdigung ist diese Woche. Ich darf nicht zurückfallen."

Er geht zu einem kleinen Schreibtisch, kritzelt etwas auf ein stück Papier, macht vier lange Schritte und gibt es mir. Die Spannung knistert wie statische Elektrizität und überrascht mich. Er ist beeindruckend und einschüchternd. Ich versuche, das Papier gut zu greifen, aus Angst, unsere Finger könnten sich berühren, zucke aber zusammen und das Papier fällt zu Boden.

„Du bist ungeschickt", mault er, während er sich bückt, um es aufzuheben. „Wir versuchen es noch einmal." Er reicht mir das Papier erneut.

Ich nehme es von ihm, achte sorgfältig darauf, seine Finger nicht zu berühren, und klammere mich an die Notiz, als wäre sie ein

Rettungsring. Das Passwort ist ein Schlüssel zu meinem unabhängigen Leben innerhalb dieser Wände.

Ich drehe mich um, um zu gehen, und frage mich, warum meine Hand kribbelt. Ich will ihm irgendwie gefallen, obwohl er unhöflich ist, genau wie Papa. Er ist sehr ungeduldig und hält mich zweifellos für ein albernes Schulmädchen. Ich habe früh gelernt, dass Papa es nicht mochte, gestört zu werden, also habe ich ihn immer um etwas gebeten, wenn er abgelenkt war. Häufiger hat er ja gesagt, um mich loszuwerden, und es war weniger Zeit für ihn, Kritik zu äußern.

„Danke. " Ich drehe mich um und gehe und sehne mich danach, rauszukommen, bevor er mich wieder verletzen kann.

„Das Abendessen ist um halb sieben. Ich erwarte, dass du pünktlich bist."

„In Ordnung." Ich stimme zu, so schnell wie möglich zu gehen. Wird es immer so sein? Er gibt mir, was ich will und verlangt etwas im Gegenzug. Quitt pro quo?

Ich kann es kaum erwarten, seinem prüfenden Blick zu entkommen. Ich frage mich, ob Konstantin heute an den Geschäften meines Vaters arbeitet. Zweifellos wird Nikolay die Bücher mit ihm durchgehen wollen und erwarten, dass ich das Programm der bevorstehenden saisonalen Veranstaltungen kenne. Es ist Mai, also wird der botanische Garten der Ort sein, gefolgt von Pferderennen im Juni und Fußball im September. Ich habe online gelesen, dass Nikolay ein edles, reinrassiges Rennpferd besitzt, also nehme ich an, dass ich ein Hütchen tragen muss, um wie die Models in der Vogue auszusehen.

In der Zuflucht meines Zimmers hole ich ein paar Dinge aus meinem Rucksack und stelle mein Gepäck auf die Ablage im begehbaren Kleiderschrank. Ich war schockiert zu entdecken, dass dort Kleidung in meiner Größe für den täglichen Gebrauch und einige Kleider mit passenden Schuhen lagen. Ich hebe einen Stiletto auf und erkenne, dass es ein Schuh ist, den ich mir schon lange gewünscht hatte. Er kostet über 800 Pfund und passt mir. Wie konnte er das wissen? Wie hatte er Zeit, mein Zimmer perfekt herzurichten und neue Kleidung zu kaufen? Die Etiketten hängen noch daran, meine Knie werden schwach, wenn ich daran denke, wieviel sie kosten. Ein so großer Kleiderschrank ist in Europa eine Seltenheit. Früher hatten die meisten Europäer keinen Kleiderschrank, der groß genug war, um einen begehbare Kleiderschrank zu rechtfertigen. Ich beginne, die Vorteile von Nikolays Großzügigkeit und die Vergünstigungen zu sehen.

Ich packe meinen Koffer aus und lege meine Kleidung in die weiße Kommode, die zum Bett passt. Im Schubladeninneren, das nach Lavendel riecht, finde ich Unterwäsche und BHs. Meine Sachen wirken im Vergleich zur neuen Kollektion schäbig, und ich schäme mich für meine unansehnlichen BHs und unvorteilhaften Unterhosen. Ich zucke mit den Schultern. Vielleicht werde ich meine Sachen wegwerfen. Nikolay scheint alles im Griff zu haben.

Ich melde mich bei meinem Schulaccount an, und ehe ich mich versehe, ist es sechs Uhr und fast Zeit, Nikolay zum Abendessen zu treffen. Wenn ich zu spät komme, wird er sauer sein, und ich will einen Mann nicht verärgern, der kein Problem damit hat, Männer umzubringen, die ihre Arbeit nicht richtig machen, ein Fakt, den ich zu vergessen versuche, obwohl ich weiß, dass das unmöglich ist. Sein Vater hat ihn nach wahrer Bratva-Manier erzogen. Rücksichtslos und machthaberisch. Es ist gefährlich für mich, mich ihm gegenüber zu behaupten. Ich will nicht verschwinden.

Ich finde einen dicken Pullover im Schrank, entferne das Etikett und ziehe ihn über mein Shirt. Die Temperatur im Haus ist gesunken, seitdem es geregnet hat. Es wäre unangemessen, am Tisch nackte Haut zu zeigen. Angesichts der formellen Einrichtung im ganzen Haus schätze ich, dass das Abendessenskleidung keine Poolkleidung ist. Nikolay stammt aus dem alten Land, wo nur die Reichen es sich leisten können, erstklassiges Fleisch zu essen, ausländische oder importierte Autos zu fahren und in einem großen Haus zu leben, ohne es mit vier anderen Familien teilen zu müssen.

Ich gehe vorsichtig die schmiedeeiserne Wendeltreppe hinunter, darauf bedacht, in meinen neuen Schuhen nicht zu stolpern. Ich hoffe, er findet mich angemessen. Ich möchte keine Ehe führen, in der ich in einer Ecke kauere. Ich weigere mich, aus Prinzip Angst vor ihm zu haben.

Die Kronleuchter im formellen Esszimmer sind beleuchtet und glitzern. Das Gold auf den Porzellantellern reflektiert das sanfte Licht der Kerzen und verleiht dem Raum eine romantische Ausstrahlung. Solchen Reichtum habe ich noch nie persönlich gesehen. Mein Atem stockt, als Nikolay aufsteht. Sein Designeranzug riecht nach all dem vielen Geld, das er dafür ausgegeben hat. Er bietet mir an, mich neben ihn zu setzen.

Der Tisch ist mit einem Mittelstück aus rosa und cremefarbenen Rosen geschmückt. Der Tischläufer und die Servietten sind mit seinem Familienwappen bestickt und schön mit einem Seidenband gebunden. Eine solche Eleganz habe ich nur auf Bildern von Häusern und Hochzeiten von Filmstars gesehen.

Ich bin untergezogen, aber ich halte mein Kinn hoch und weigere mich, es zu zeigen. Papa ließ mich zur Abschlussschule gehen, ein Geheimnis, für das ich mich schäme. Wir sind nicht die königliche Familie, aber er hat so getan, als ob wir es wären, und das könnte jetzt nützlich sein. Nikolay ist charmant; er bewegt sich mit Zuversicht, und das macht mir Angst. Ich kann sehen, dass ihm die Rolle des Pakhans leicht fällt.

Ich erinnere mich daran, dass Nikolay gesagt hat, ich brauche neue Kleidung. Es ist offensichtlich, dass ich nicht in den Lebensstil passe, den er erwartet. Ich frage mich, ob ich Jeans tragen darf.

Nikolay schiebt meinen Stuhl hinein, als ich mich setze. "Danke, dass du dich mir anschließt."

Dankt er mir? Jetzt gewinnt er mich mit Höflichkeit.

Ich lege meine Serviette auf meinen Schoß und falte meine Hände darüber.

"Ich weiß, dass du mich vielleicht früher draußen vor meinem Schlafzimmer gehört hast, und vertraue darauf, dass deine Loyalität mir gilt." Seine düsteren Augen senden eine Nachricht, die keinen Raum für Fragen lässt. Selbst wenn ich sie stellte, bin ich sicher, dass ich die Antworten nicht wissen will.

"Natürlich. Jetzt ist nicht die Zeit, um Chancen zu nehmen," murmele ich. "Aber Baran?"

"Hast du von ihm gehört?"

"Nein, das ist merkwürdig. Hast du von meiner Mutter gehört?"

"Nein." Seine knappe Antwort sagt mir, dass das Gespräch beendet ist. Er nickt Hazel zu, die unseren Wein einschenkt, bevor sie den Raum verlässt. Sie kommt mit dem ersten Gang russischer Gerichte aus der Küche zurück. Ich bin die englische Küche gewohnt, und ich hoffe, dass ich eine Liste von Lebensmitteln für unsere Abendessen erstellen darf.

"Sie ist ein Desaster. Ich weiß nicht warum. Papa hat sie jahrelang betrogen. Sie waren entfremdet. Ich nehme an, die Scheidungsrate in der Bratva ist niedrig."

Ich helfe mir selbst, während Hazel die Platte zwischen uns senkt. Ich schöpfe Essen auf meinen Teller und warte darauf, dass der gutaussehende Mann mit dem ernsten Gesicht zuerst isst.

"Sehr niedrige Scheidungsrate. Komm nicht auf Ideen. Unsere Ehe wird in jeder Hinsicht real sein. Wir werden einkaufen gehen müssen. Nach der Beerdigung gehe ich davon aus, dass deine Mutter dir bei der Planung der Hochzeit helfen wird?"

"Ich denke schon."

"Kleine Hochzeit. Wir werden professionelle Bilder für die Zeitung machen lassen, die wir nachträglich verschicken, da wir es vorerst geheim halten müssen. Meine Mutter und meine Brüder werden aus Russland einfliegen. Ich möchte, dass dies eine intime Angelegenheit ist. Die eingeladenen Gäste werden auf einer Liste stehen, die ich euch gebe, und sie werden auf meinen Wunsch hin eingeladen werden. Die Ehe kann nicht aufgeschoben werden, und wir wollen kein Ziel sein. Wir werden unsere Bratvas festigen und zu einer Macht mit unglaublicher Reichweite werden."

"Mm."

"Der Top-Mann deines Vaters, Konstantin, wird später am Abend vorbeikommen," bemerkt er zwischen zwei Löffeln voll Borschtsch.

Ich mag keinen Borschtsch, aber ich nehme ein paar Bissen zu mir, um ihn nicht zu beleidigen. Mum hat mich aufgezogen, um beim Essen aufgeschlossen zu sein. Ich entscheide mich, den schwarzen Tee zu trinken, weil ich nichts mit meinen Händen zu tun habe. Nikolays Anwesenheit ist beeindruckend, und selbst wenn seine Augen nicht auf mir sind, weiß ich, dass er jede meiner Bewegungen beobachtet.

"Heute Abend möchte ich, dass du dich so verhältst, als würden wir uns schon länger kennen. Du warst außerhalb des Familienheims. Du musst Konstantin davon überzeugen, dass du mit dem Zusammenlegen unserer Familien einverstanden bist."

„Ich werde tun, was ich kann." Ich schlucke meinen Stolz herunter. Ich habe keine Ahnung, welches Spiel er spielt und erkenne, dass ich mit ihm zusammenarbeiten sollte, wenn ich will, dass er Dinge für mich tut. Ich habe gelernt, dass Männer für Gefälligkeiten etwas im Austausch erwarten, sei es Sex oder Küsse. Ficken scheint in der Mafia eine gängige Währung zu sein, wenn Papa ein Beispiel ist. Ich bin sicher, Nikolay wird genauso sein und frage mich, wann er sich mir aufdrängen wird. Ich frage mich auch, ob er mich betrügen wird.

„Die Männer sagen mir, er ist ehrgeizig. Würdest du zustimmen?"

„Ich hatte den Eindruck, er wollte, dass Papa sich mehr Geschäfte einmischt. Papa war gestresst, und ich habe sie ab und zu hinter verschlossenen Türen streiten hören. Mama könnte mehr wissen."

„Mm." Er nimmt einen Bissen von seinem Essen, und mir fällt auf, dass seine Ellenbogen niemals den Tisch berühren. Ich frage mich, wie wohl seine Mutter so ist. Seltsam. Ich mag es, wenn beim Teetrinken mit einer Freundin die Ellenbogen auf dem Tisch liegen.

„Warum? Kennst du ihn?" Ich versuche, Informationen zu sammeln.

„Nicht genau. Hast du deine Klassenarbeit erledigt?" Die Tatsache, dass er sich an unser früheres Gespräch erinnert, schockiert mich. Ich hatte nicht gedacht, dass er auf irgendetwas hört, was ich sage.

Ich erinnere mich daran, dass ich Teil seines neuen Geschäftsvorhabens bin.

„Ja, danke", murmle ich. Er kommandiert, als wäre ich ein Hund, und jetzt ist alles in Ordnung. „Ich möchte gerne immer an der Spitze der Klasse stehen", füge ich hinzu.

„Davon bin ich nicht überrascht", antwortet er, während mehr Essen ankommt und, zum Glück, mein Mund beim Anblick der Pierogi wässrig wird.

Stille folgt, bis sein Handy in seiner Hose vibriert und er sich entschuldigt, um einen Anruf zu tätigen. Nikolays Adleraugen sind auf mich gerichtet, und er nimmt sich eine Sekunde Zeit, um mich daran zu erinnern, dass ich später gebraucht werde.

Ich nehme dies als meinen Abgang, und nachdem ich den Rest meines Essens verschlungen habe, gehe ich die Treppe hinauf, halb erwarte ich am oberen Ende einen Eisenthron. Es muss doch einen Aufzug geben, oder? Ich blicke nach oben und sehe eine weitere Etage über meinem Kopf. Ich mache mir eine Notiz, um den Rest der Villa an einem anderen Tag zu erkunden.

Ich liege auf meinem Bett und starre an die hohe Decke. Wie kann ich aus dieser Ehe herauskommen? Meine Schwester ist zu jung. Vielleicht wird die Ungewissheit in der Bratva vergehen und unsere Verbindung unnötig machen.

Wen mache ich hier vor? In der Bratva nimmt der Gewinner alles. Papa hat übernommen, als sein Vater ermordet wurde, und hier sind wir wieder, am selben Punkt, Jahre später. Ich habe keinen Zweifel, dass es einen Machtkampf geben wird. In eine stärkere Bratva-Familie auf russischem Boden zu heiraten, ist der beste Weg, um einen internen Krieg zu vermeiden. Ich kenne das Tagesgeschäft nicht, aber das weiß ich mit Sicherheit.

Stimmen schweben in der Luft, und als ich meine Tür öffne, erscheint Pavel im Türrahmen. Wohin ist die Zeit geflogen? Nikolay nimmt jeden meiner Gedanken ein. Ohne Zweifel ist Pavel hier, um mich herunterzurufen.

Wir betreten ein Wohnzimmer, in dem Wodka eingeschenkt wird. Dies ist ein weiterer Bereich, den ich noch nicht gesehen habe. Die vorderen Fenster sind rund, sie müssen also auf der Vorderseite des Hauses sein. Die Decken sind außergewöhnlich hoch, mit eingelassener Beleuchtung. Sogar meine Freunde, mit denen ich aufgewachsen bin, hatten keine so prachtvollen Häuser wie dieses. Seine Familie muss eine prominente sein, um sich dies leisten zu können.

"Da bist du, krastoka." Nikolay kommt auf mich zu und gibt mir einen warmen Kuss auf meine Lippen, der lange genug verweilt, um mich feucht zu machen. Sobald ich seine Wärme spüre, gehe ich davon aus, dass er sich mir gegenüber öffnet. Aber er zieht sich abrupt zurück, lässt mich hungrig nach mehr. Seine Schokoladenfarbenen Augen begegnen meinen kurz, bevor er wieder bei der Sache ist.

Ich zwinge ein Lächeln auf mein Gesicht und versuche, es bedeutungsvoll zu machen.

Konstantin steht noch immer und gibt mir einen Kuss auf jede Wange. „Anja, mein Beileid zu deinem Vater."

„Danke." Ich setze mich, als Nikolay ihm ein kurzes Glas mit einer großzügigen Menge Wodka reicht.

„Ich hatte keine Ahnung, dass ihr beide zusammen oder ernsthaft seid", erwähnt Konstantin, bevor er einen Schluck Alkohol nimmt und mir einen fragenden Blick zuwirft. „Ich hatte angenommen, du stehst in Kontakt mit deinem Vater, aber er hat nie davon gesprochen." Seine Stimme drückt seine Überraschung aus.

„Ich bin schon eine Weile aus dem Haus ausgezogen." Ich treffe Konstantins haselnussbraune Augen, unsicher über die Motive beider Männer. Er zuckt gleichgültig mit den Schultern. „Papa und ich haben selten einer Meinung gesehen. Ich bin nicht überrascht." Ich bewege eine der hellblauen Kissen und setze mich auf das eierschalenfarbene, geschwungene Sofa.

„Ich habe die Beerdigungsplanung abgeschlossen. Mir wurde gesagt, dass der Tod nicht untersucht wird. Ich bin sicher, dass wir alle damit gerechnet haben", fügt er hinzu, als ob es eine Entschuldigung für etwas wäre.

„Hast du seine Kontaktliste?" Nikolay fragt, als ob es normal für ihn wäre, dies zu wissen.

„Ich kann sie dir besorgen. Dein Mann, Ljew, sammelt sie für dich. Ich versichere dir, ich kann meine Pflichten erfüllen."

„Ich bin sicher, du kannst das. Es gab jedoch Mangelware, wie ich hörte. Ich werde übernehmen, da Anya und ich heiraten werden. Es wird eine kleine Veranstaltung sein; nur du kennst die Bedeutung hinter den bald verschickten Dinner-Einladungen. Unsere Familien stammen aus Russland und ich möchte sichergehen, dass du dabei bist. Ich werde dich als meinen Berater behalten, habe aber auch meinen eigenen Berater, du verstehst."

Nikolay überbringt die Degradierung geschmeidig. Jetzt weiß ich, warum er mich hier haben wollte. Ich bin nur eine Schachfigur für ihn, um mein Geburtsrecht zu übernehmen. Nicht, dass ich es führen will, aber ich bin das Blut, durch das die Macht zur Familie Volkov übergeht. Mein Vater hinterließ keine Söhne, die seinen Namen weitergeben konnten. Die Bindungen zu meiner Vergangenheit in Russland wurden nicht zusammen mit unserem Haus zurückgelassen. Papa war eng mit seinen Kontakten in der Heimat verbunden. Es macht Sinn. Ich bin sicher, seine Kontaktleute hatten alle einen Zweck. Es wäre typisch für meinen Vater, niemanden in seinem Leben zu behalten, der keinen Nutzen für ihn hatte.

Ich frage mich, wie lange es dauern wird, bis Nikolay möchte, dass ich blauäugige russische Babies zur Welt bringe. Es ist der älteste Trick der Welt, Frauen unterwürfig und gefügig zu halten. Frauen in Russland leben in einer repressiven Gesellschaft und ich kümmere mich nicht um die Annehmlichkeiten, die Nikolay bieten kann. Ich werde meine Stimme nicht aufgeben, um bei ihm zu sein.

Konstantin ist älter als Nikolay. Sein Haar ist nach hinten gekämmt und graut an den Schläfen. Sein Auge zuckt, als er realisiert, dass er heute Abend überspielt wurde und trinkt den Wodka, um das Gefühl der Niederlage zu lindern.

„Ich verstehe. Ich habe mich mit Pawel getroffen. Ich ging davon aus, dass ein Notfallplan vorhanden war. Igor deutete auf ein Testament hin.“

Ich bin mir nicht sicher, ob er das sagt, um Nikolay zu beruhigen oder ob er wusste, was passieren würde, wenn mein Vater stirbt. Ich weiß nicht, wem ich vertrauen soll.

"Kann ich Ihnen mit etwas helfen?", fragt er Nikolay.

"Fürs Erste ist alles in Ordnung. Danke, dass du die Bestattungsorganisation übernommen hast. Ich werde sorgen, dass du für deine Loyalität entlohnt wirst", antwortet Nikolay aufrichtig. Es ist, als würde innerhalb des Gesprächs ein weiteres stattfinden. "Wir werden uns nach der Beerdigung treffen, und von Liev hätte ich gerne einen Bericht und eine Liste aller unserer Verpflichtungen."

"Es wird geschehen." Konstantin steht auf, als Zeichen, dass das kurze Gespräch beendet ist. Mir fällt auf, dass sein Anzug von den führenden russischen Geschäftsleuten getragen wird und teurer als Papas ist, wie man an der Marken-Haarnadelstickerei erkennen kann. Ich weiß es, denn ich reite gerne Pferde und die Anzüge werden in London hergestellt. Zwar trage ich nicht viele Designer, lese aber über sie in renommierten Modemagazinen. Es ist mein einziger Luxus, überteuerte Zeitschriften mit Bildern von Schmuck, Handtaschen und Kleidung zu kaufen, die ich mir nie leisten können werde.

Bis jetzt, scheinbar.

Ich müsste mich eigentlich auf meine nächste Schulaufgabe konzentrieren. Aber ich liebe dieses Zimmer und kann es kaum erwarten, die anderen Etagen zu erkunden. Ich werde warten, bis Nikolay morgen zur Arbeit gegangen ist. Ich bin sicher, dass er morgen das Haus verlassen wird. Ein Bratva Don schläft nie.

Ich stehe auf, als Konstantin sich erhebt. Nikolay gießt noch einen Wodka aus dem Tablett auf dem runden Couchtisch zwischen uns ein. Das Zimmer hat eine weitere moderne Couch, eine Eckcouch aus dem gleichen Stoff wie meine. Über das Zimmer verteilt stehen gepolsterte Ottomane, um mehr Platz für Gäste zu bieten. Ich nehme an, dieses Zimmer ist dazu da, Gäste zu unterhalten, und frage mich, ob wir Gäste haben und Freunde finden können. Für einen Moment stelle ich mir die Möglichkeiten vor, ein Paar zu sein, andere in unserem Alter zu treffen, zu Dinner-Partys zu gehen und uns in berühmten Restaurants zu treffen, in denen die Preise nicht auf den Speisekarten stehen.

Nikolay beobachtet den älteren Mann, der mir Glückwünsche zu unserer Verlobung ausspricht.

Ich danke Konstantin, bevor er sich an meinen Verlobten wendet. "Ich nehme an, die Hochzeit wird bald sein?"

"Ja, ich werde dich nach der Beerdigung einweihen; jetzt darüber zu sprechen, wäre unangebracht. Wir halten es geheim, bis der Staub sich gelegt hat. Ich würde deine Unterstützung schätzen."

Konstantin nickt. Nikolay tritt vor, die beiden geben sich die Hand, und es wirkt, als wären sie neue Partner.

"Vielleicht solltest du ihr einen Ring anstecken, Nikolay", murmelt Konstantin, sein russischer Akzent breitet sich im Raum aus. Reiche russische Frauen ähneln den Frauen in der italienischen Mafia. Sie mögen ihren glänzenden Schmuck, leuchtende Farben und alles mit einem Designer-Etikett.

Pavel führt ihn hinaus. Ich wende mich an Nikolay. "Was treibst du?"

"Ich musste ein Gefühl für ihn bekommen. Ich teste ihn, um zu sehen, ob er die Hochzeit jemandem erwähnt oder ob er vertrauenswürdig ist. Ich versuche zu entscheiden, ob jemand in deiner Vaterorganisation vom Gehaltsbuch eines Feindes ist oder ob es Uneinigkeit in den Rängen gibt. Mein Ziel ist es, das herauszufinden, bevor noch mehr Leichen im Leichenschauhaus landen."

Speichel rinnt wie Sand meine Kehle hinunter. Mehr Leichen?

Ich zittere. Ich habe nie darum gebeten, involviert zu sein. Und doch sitze ich hier und stelle schwierige Fragen ohne einfache Antworten. Instinktiv vertraue ich seinem Urteilsvermögen in allen Mafia-Angelegenheiten.

Papas Tod könnte ein Machtvakuum hinterlassen, das viele dazu verleitet, unser Territorium oder noch schlimmer, uns zu übernehmen. Papa erwähnte, dass die Iren in letzter Zeit aktiver sind, und er machte sich Sorgen um die kommenden Pferderennen im Herbst.

"Einen Drink?" Ich bin nicht sicher, ob er fragt oder anordnet.

Ich beobachte seine gelassene Haltung. Währenddessen bin ich ein Wrack. "Ich nehme einen Wodka."

Seine schlanken Finger kippen die Flasche, füllen ein weiteres Glas, und er reicht mir mein Getränk. Ich bin fest entschlossen, es nicht fallen zu lassen, als ich es selbstbewusst von ihm nehme. Konsequenzen sei verdammt. Ich muss eine eigene Botschaft senden. Ich werde mich ihm nicht entziehen. Wenn ich sein ebenbürtig sein will, muss ich so tun, als ob ich es tun könnte, bis ich entkommen kann. Jeder Tag, den ich hier verbringe, bringt mich meiner Zukunft mit Nikolay näher. Ich kann nicht leugnen, dass er meine Gedanken in Anspruch nimmt, und in seiner Nähe zu sein, lässt meine Höschen feucht werden.

Das Haus ist umwerfend, und ich gewöhne mich an Nikolays knappe, aber zustimmende Worte. Ich kann es kaum erwarten, einkaufen zu gehen und den Swimmingpool zu benutzen, von dem Hazel sprach. Meine Klatschmagazine waren meine Flucht aus meiner repressiven Welt. Jetzt lebe ich im Schoss des Luxus, und es wäre so einfach, mein altes Leben aufzugeben und mich Nikolay anzuschließen. Ich kann meine Rolle als seine Frau annehmen, aber ich weigere mich, unsere Ehe betreffend still zu sein.

Ich kippe den Schnaps zurück. Er ist weich. Ich schlucke ihn wie ein Profi. Hier zahlen sich meine Nächte im Club aus.

KAPITEL 5, NIKOLAY

*A*nya verabschiedet sich für den Abend. Ich gehe zu meinem Wohnzimmer mit den dunkleren Grautönen und lasse mich auf meinem Lieblingssofa nieder. Ich erinnere mich, wie Mutter mich gefragt hat, was ich in diesem Raum haben möchte. Ich dachte, es wäre eine Überraschung für Dad. Wir sind uns so ähnlich. Sie hätte keine bessere Person fragen können. Ich habe einen Moment der Traurigkeit über den Verlust meines Vaters. Ich wollte nie auf diese Weise ein Anführer werden.

Die Tatsache bleibt, dass ich der Älteste bin und die Führung der Bratva übernommen habe. Ich bin ein König in einem anderen Land, aber mit der Zeit werden wir Russland und England vernetzen, um ein stärker internationales Netzwerk aufzubauen.

Ich gieße mir einen Cognac ein, nur das Beste. Ich starre durch das Fenster auf den riesigen Hinterhof und nehme einen Schluck. Zur Rechten erheben sich abgerundete Glaswände, die den Pool umschließen und uns ganzjährig Nutzung ermöglichen. Bei den Strompreisen macht dies einen starken Eindruck. Ich frage mich, wann meine Eltern beschlossen haben, mir dieses palastartige Anwesen zu geben. Vielleicht war es als Hochzeitsgeschenk geplant. Es ist die beste Gegend, um eine große Familie großzuziehen, mit Privatschulen, internationaler Küche und kulturellen Veranstaltungen. Ich nehme einen weiteren Schluck, während ich die Lichter entlang unserer hohen Tore bemerke und mich an mein Lieblingssofa zurückziehe, wo ich die Schuhe ausziehe und die Füße hochlege.

„Was glaubst du?" Ich blicke zur Tür, als Pavels weichsohlige Stiefel und schlanker Körperbau den Türrahmen füllen. Er betritt den Raum und gießt sich einen Wodka ein. Er hat einen scharfen Verstand. Sonst wäre er nicht mein Berater. Er ist auch für die Spione verantwortlich, die wir in den Städten, in denen wir tätig sind, platziert haben. Wir haben viele davon in unserer Organisation und ich hoffte, er hätte einen Stein umgedreht. Aber leider, nichts.

„Wir fliegen auf Sicht. Ich fühle mich besser, wenn deine Brüder ankommen," antwortet Pavel mit seiner ruhigen und standhaften Stimme, bevor er den Schnaps trinkt. Er knallt das leere Glas auf den Glastisch und hebt die Flasche an seine Lippen, um den letzten Tropfen zu trinken.

„Es wird schön sein, sie hier zu haben. Wen hast du ausgesucht, um Anya zu bewachen?"

„Alex, er ist ein Durchsetzer und ein Freund von Liev. Er ist hier aufgewachsen, und er ist eine gute Wahl, weil er die Gegend kennt, und ich ihm vertraue." Pavels ernste Stimme passt zu meiner gedämpften Stimmung.

„Das gefällt mir. So ist er eine Weile von der Straße weg. Warum schickst du nicht jemanden zu Baran? Schau in seiner Wohnung vorbei, sieh nach ob er da ist," schlage ich vor. Meine Augen sind müde, als ich zur Bar gehe. Ich fülle ein Glas mit Cognac. Ich habe es früher hier versteckt gefunden. Mein Vater war wahrscheinlich die letzte Person, die es berührt hat. Meine Gedanken schweifen ab und gehen auf eine Reise in die Vergangenheit, aber Pavels Stimme holt meine Konzentration zurück.

„Ich kümmere mich sofort darum." Er räuspert sich, als ob er sein Mitgefühl ausdrücken möchte. Ich bin sicher, Vater ist auch in seinen Gedanken. Er öffnet einen weiteren Wodka aus dem Schnapsschrank, steht über dem Couchtisch zwischen uns und nimmt einen kräftigen Schluck. „Wenn das alles ist, sorge ich dafür, dass Alex morgen früh hier ist, um sicherzustellen, dass unser kleiner Vogel nicht auf verrückte Ideen kommt und abhaut." Ich kehre in den Raum zurück und setze mich auf das Sofa.

„Mach dir keine Sorgen. Sie wird nicht nach Hause laufen. Ich glaube nicht, dass sie das Leben einer Prinzessin geführt hat. Ich habe den Eindruck, sie ist kein Fan ihrer Mutter. Anya ist eine junge Frau mit Potenzial," grüble ich, und wünschte, ich hätte eine Zigarre.

„Und wir dachten, sie wäre leicht zu beschwichtigen."

„Ich werde mich um sie kümmern und sie die Universität besuchen lassen, wenn es sie glücklich macht und sie davon abhält, abzuhauen." Ich schwenke die bernsteinfarbene Flüssigkeit im Whiskyglas. Es war ein langer Tag, es ist Zeit für mich, ins Bett zu gehen. „Keine Alarme sind losgegangen. Ich muss etwas richtig machen", scherze ich. Dann frage ich mich, ob sie schläft und wie sie nackt unter mir und in meinem Bett aussehen wird.

Hazel taucht auf, um unsere Gläser und die leere Flasche abzuräumen und den Cognac in die Mini-Bar zu stellen, wo er hingehört. Verdammt, sie ist effizient.

„Noch etwas, Sir?"

„Das war's, Hazel, danke."

Sie nickt mir anerkennend zu. Sie erinnert mich an meine Urgroßmutter, nur dass Hazel einen britischen Akzent hat. Sie räumt noch die Kissen auf einem Stuhl auf, bevor sie sich in das Pfarrhaus hinter dem Haus zurückzieht, wo sie mit ihrem Mann lebt.

Ich steige die Stufen hinauf, die endlosen Stufen in dem vierstöckigen Haus, und entscheide mich gegen den Aufzug, der hinten im Haus verborgen ist. Es ist für einen König geeignet; merkwürdigerweise werde ich eine Königin haben. Anya wird die Leitung des Grundstückes übernehmen und Menüs erstellen müssen. Hazel weiß, was zu tun ist, aber ich bin sicher, dass Anya es genießen wird, ein paar eigene Befehle zu geben. Ich lächle, als ich ihr die Illusion von Unabhängigkeit schenken plane, die sie so begehrt.

Anya treibt mich in den Wahnsinn. Sie ist nichts wie die Frauen, die ich im Club treffe. Mein Schwanz wird hart, bevor ich die erste Etage erreiche. Ob sie sich an uns erinnert, frage ich mich?

Sie ist eine Jungfrau, und sie gehört mir. Ich habe noch nicht entschieden, wann ich ihr Kirsche nehmen werde. Ich bleibe nie lange ohne Sex. Ich habe nicht vor, meine Einstellungen zu Sex zu ändern, um die eines Zölibats und der Unschuld zu berücksichtigen. Es gibt keine Möglichkeit, dass wir uns ein Schlafzimmer teilen; ich werde meine Regel bezüglich Intimität nicht brechen. Egal, was ich für sie empfinden mag, ich werde keine Liebe durch mein Herz aus Stahl zulassen. Es wird seines und ihr Schlafzimmer geben. Keine Kissengespräche, keine Gefälligkeiten, nichts, was meine Entschlossenheit, ein großer Anführer von Männern zu sein, schwächen könnte.

Ich ziehe mich aus und gleite zwischen die Laken auf meinem übermäßig großen Bett. Ich lege meine Hände hinter meinen Kopf und starre an die Decke. Der Raum ist so dunkel, dass ich meine Hand vor meinem Gesicht nicht sehen kann. Anya ist eine moderne junge Dame, die glaubt, sie könne sich selbst schützen und versorgen. Ich respektiere ihren Versuch, ihr Leben anders zu gestalten als das ihrer Mutter. In Bezug auf Schutz hoffe ich, dass sie lernen wird, wie verwundbar sie ist, wenn sie mit mir in Verbindung gebracht wird.

Mein Schwanz formt ein Zelt, auch mit einer schweren Decke darüber. Ich muss sie durchvögeln. Vielleicht wird es ihr eine Dosis

Realität geben und sie zähmen. Ich habe die Kontrolle. Sie muss sich daran gewöhnen, dass Männer die Welt dominieren. Damit meine ich mich.

* * *

MEIN SCHWANZ IST HART und meine Eier sind eng. Ich phantasiere darüber, dass Anya daran saugt. Ich kann den Gedanken nicht ertragen, dass sie den Korridor hinunter ist. Ich hüpfe aus dem Bett, entscheide, dass ich mich beschäftigen muss, und schwimme ein paar Runden im Pool, um meinen sexuellen Frust abzubauen. Ich mache mich auf den Weg zur Freizeitebene, vorbei an zwei Räumen, die dazu gedacht sind, mehrere Wächter zu beherbergen, die sich auf dem Gelände aufhalten. Auch mit einer kugelsicheren Haustür, spiele ich es sicher. Nur die Zeit wird zeigen, ob ich auf jemandes Abschussliste stehe.

Nach einer Stunde Bahnen ziehen setze ich mich für eine Weile in die Sauna, bevor ich mir ein dickes Handtuch greife. Ich tupfe mein Gesicht ab und trockne meinen Oberkörper an einigen Stellen, bevor ich es um meine Taille wickle. Ich schlendere beiläufig zu den Treppen, nur von dem feuchten Tuch bedeckt und genieße die Freiheit des Sorglosen. Es ist mein Haus und ich genieße meine neue Domäne. Ich bin der König des Schlosses.

Ich schlendere in die Diele, mit der Absicht zu duschen und mich für den Tag vorzubereiten, als ich Anya in die Küche huschen sehe. Mein Herz schlägt wie ein Trommel in meiner Brust. Ich will sie sehen. Ich betrete auf den Kaffee gemütlich die Küche, erwärmt durch Anya, wie sie mit Hazel spricht als wären sie beste Freundinnen. Ich gieße wortlos heiße Flüssigkeit in eine Tasse. Ich brauche keinen Tee, aber ich tue so, als ob ich es täte. Hazel bereitet das Frühstück zu. Anya wirkt unwohl, als sie auf der Marmorinsel in der Mitte des Raumes sitzt.

"Was bedrückt dich, Anya?" Ich kann das traurige Gesicht meines kleinen Vögleins nicht ertragen.

"Es ist ungewohnt, bedient zu werden. Es ist seltsam. Keine Beleidigung, Hazel". Ihre Augen huschen schnell zu Hazels warmem Gesicht, um sich für jedes Missverständnis zu entschuldigen.

"Nichts für ungut, meine Liebe." Ihre blassblauen Augen sind sanft; sie mag Anya.

"Ich war diejenige, die sich um alle gekümmert hat", murmelt Anya mit einer Schulterzucken.

Dies bestärkt meine Vermutung, dass Anya zu Hause nicht glücklich war. Mein Herz klopft empathisch. Ein Kind, das Respekt und Anerkennung von seinen Eltern wollte, die es nie für das gesehen haben, was sie wirklich ist. Es ist eine Schande. Sie wird hier besser behandelt werden; ich werde dafür sorgen.

"Freu dich an Hazel und stellt weiteres Personal ein, falls ihr es braucht. Ich wollte dir sagen, dass du die Lady dieses Hauses bist und die Führung übernehmen kannst. Hazel wird dir helfen, aber ich bin überzeugt, dass du es dir selbst beibringst." Ich nehme einen Schluck von der heißen Flüssigkeit und lehne mich gegen die Küchenplatte gegenüber von ihr, ohne zu bemerken, dass mein Handtuch nicht lang genug ist, um die Erregung zu verdecken, die ich bekomme, als ich ihr süßes Yoga-Outfit mit einem Reißverschluss-BH und einer abgeschnittenen Jacke betrachte, die weder ihren Bauchnabel bedecken. Ich weiß, dass ich mit ihr früher als später schlafen werde. Ich hoffe, sie hält Schritt.

Anyas Augen weiten sich, als sie meine offensichtlichen Bedürfnisse bemerkt, die so unverschämt vor mir hervorstechen, und wir erkennen beide, dass keiner von uns sexuell zufriedengestellt wird. Ihr Körper ist zu mir gewandt und die Begierde leuchtet in ihren Augen.

Ihre Stimme zittert. "Soll ich dieses Anwesen führen? Ich bin mir nicht sicher, ob ich das kann."

"Unterschätze dich nicht. Ich glaube, du kannst das. Es ist dein Zuhause, unser Zuhause. Meine Mutter hat es nach bestem Wissen und Gewissen eingerichtet, ohne zu wissen, was wir wollen, aber mach was du möchtest. Wenn du eine große Veränderung brauchst, wie zum Beispiel eine Renovierung oder neue Möbel in einigen der Räume, sollten wir darüber sprechen. Ansonsten möchte ich, dass du es gemütlich für uns gestaltest, funktional, verstehst du?" Ich beobachte ihr überraschtes Gesicht und grinse hinter der Tasse, die ich an meine Lippen hebe. Dies wird sie beschäftigen und ihr Selbstvertrauen stärken. Vielleicht lässt sie sich weniger wahrscheinlich dazu verleiten, davonzulaufen, und hoffentlich führt es sie mir und meiner Familie näher.

Ich nehme einen Schluck von meinem Tee, obwohl er kochend heiß ist, und entschuldige mich. Sie ist keine wahre konservative Britin. Ich habe keine Ahnung, woher sie ihre amerikanisierte Vorliebe für freizügige Kleidung hat. Ich presse meine Lippen zusammen. Vielleicht schadet die Universität doch nicht so sehr.

Ich dusche und kleide mich für einen formellen Tag an, wähle einen grauen Anzug, ein hellblaues Hemd und italienische Slipper. Die Türklingel läutet, und ich höre, wie Pavel und Alex das Foyer betreten. Die Marmorböden sind wunderschön und halten das Haus im Sommer kühl, aber der Schall trägt weit.

Ich verlasse die Treppe und mache mich auf den Weg zur Küche, werfe einen Blick hinein und wende mich an Anya.

"Zieh dich an. Wir haben einen Besucher."

"Was soll ich anziehen?" Sie gerät in Panik und ihre Augen suchen in meinem Gesicht nach einem Ratschlag. Ihre Mutter hat sie nicht ordnungsgemäß darauf vorbereitet, ihre Rolle als meine Frau zu erfüllen. Sonst wüsste sie das bereits.

Ihr Mund öffnet sich und schließt sich wieder, als ob sie protestieren wollte. Anscheinend überlegt sie es sich anders und sagt nichts. Ein Teil von mir wünscht, sie würde mir Widerworte geben, und ich schmunzle, weil ich einige Spielzeuge in meinem Schlafzimmer habe, die ihr vielleicht gefallen könnten.

"Zieh etwas anderes an als das, was du gerade trägst. Ich schlage vor, du trägst dieses Outfit nur im Fitnessstudio im Untergeschoss. Nicht nötig, die Wachen abzulenken. Komm so schnell du kannst in mein Büro." Ich trete an Hazel heran und schnappe mir einen warmen Scone von einem Kühlgitter, bevor ich mich zu den auf mich wartenden Männern geselle. Von meinem Vater habe ich gelernt, wie beeindruckend es ist, sich nicht in ein Büro zu verkriechen und Befehle zu erteilen. Manchmal muss ich mich mit meinen Top-Männern mischen. Dies ist eine zivilisierte Welt und wir verhalten uns dem Anlass entsprechend, aber heute treffen wir uns hier, weil ich ein Auge auf Anya werfen möchte. Ich liebe es, ihre Gesichtsausdrücke zu beobachten. Sie bringt mich zum Lächeln, nicht dass das jemand wissen würde.

"Schlechte Nachrichten," begrüßt mich Pavel gleich zu Anfang. Es scheint, dass zuerst Geschäfte an der Tagesordnung sind, Annehmlichkeiten folgen später.

"Kein guten Morgen?"

"Wäre schön. Es gibt nichts Gutes daran," antwortet er.

"So früh, bitte erzähl, was zur Hölle ist passiert?" Ich lasse mich in meinen übergroßen Stuhl sinken und signalisiere den Männern, sich zu setzen. Pavel lehnt sich gegen das eingebaute Bücherregal. Zweifellos wäre Anya von all den juristischen Büchern darin, sowie den Klassikern, einige davon Erstausgaben, begeistert.

Ich werfe einen Blick auf Pavel, der einen Meter achtzig groß ist und sein langes, schwarzes Haar zu einem Man Bun trägt. Mein Vater hätte es wahrscheinlich selbst abgeschnitten, aber was kümmert es mich? Er ist ein guter Kerl, und wir kennen uns seit unserer Teenagerzeit

Pavels haselnussbraune Augen treffen auf die von Alex.

"Baran ist tot in seiner Wohnung. Ich komme gerade von dort; sein Handy fehlt. Ich nehme an, er muss sich am Tag von Igors Mord, hm… Tod, früh gemeldet haben" Alex korrigiert seine Aussage und sucht in meinem Gesicht nach Bestätigung, dass er richtig gehandelt hat.

Ich nicke.

Bis man uns anderes sagt, ist es nicht klug, Gerüchte zu verbreiten, die die Ohren der Männer erreichen könnten, die Baran und möglicherweise Igor umgebracht haben. Zweifellos ermitteln viele in dem "Nicht-Ereignis". Es ist nicht nötig, uns in die Schusslinie zu bringen. Die Boulevardpresse wird das berichten, was man ihr sagt, und dann wird es sich legen.

"Liev hält viel von dir," sage ich mit einer Hand auf meinem Schreibtisch. Ich beiße in den Scone und er ist einfach perfekt, so wie ich vermute, wird Anya schmecken, wenn ich mich zwischen ihre Beine begebe.

„Danke, Chef", antwortet Alex mit seinem englischen Akzent und dehnt das 'o' aus. Er fällt auf - über einsachtzig groß und voller Muskeln. Dass er hart im Nehmen ist, kann man an seinen tätowierten Händen und Tattoos ersehen, welche vermutlich seinen ganzen Körper bedecken. Obwohl er für das heutige inoffizielle Gespräch ein langärmeliges Hemd trägt, kenne ich Bratva-Männer. Er stammt aus der rauesten Ecke der Stadt, wo wir Tonnen von Ware bewegen. Er ist definitiv alt genug, um ein gestandener Soldat zu sein.

Ganz pünktlich klopft Anya an den Türrahmen.

„Anya, komm rein." Aus Respekt stehe ich auf und Alex tut es mir gleich. „Anya, das ist dein neuer Leibwächter. Du sollst ohne ihn nirgendwo hingehen, bis ich dir anderes mitteile. Ist das klar?"

Sie mustert Alex, sein dunkles Haar, die dunklen Augen und seine leicht gespreizten Beine, um Platz für seine muskulösen Oberschenkel zu machen.

„Wenn ich muss", seufzt sie. Ihre rasche Zustimmung beunruhigt mich. Was hat sie vor?

Alex reicht ihr die Hand und stellt sich formell vor. „Bitte gib mir deinen Zeitplan. Ich werde sicherstellen, dass wir freie Bahn haben."

„Du fährst mich?" Verblüffung schwingt in ihrer Stimme mit.

„Natürlich, gnädige Frau. Wie sonst soll ich Sie beschützen? Können Sie eine Spitzkehre machen?"

„Nein", antwortet sie, ohne zu blinzeln oder den Blick abzuwenden.

„Ich muss in der Lage sein, Sie aus Gefahrensituationen rauszuhalten. Dafür braucht man Übung. Ich bin derjenige."

„Gut." Sie reicht ihm ihr Handy. Er speichert seine Informationen ein. „Ich schicke dir später eine Nachricht." Sie wendet sich an mich. „Sind wir fertig?"

„Ja", spreche ich für uns alle.

Sie dreht sich um, als Pavel eintritt. „Guten Morgen, Pavel", grüßt sie und lächelt ihn strahlend an.

„Gnädige Frau."

Sie verlässt den Raum ohne Eile.

„Was war das denn?", frage ich.

„Keine Ahnung." Pavel fährt sich mit der Hand über den Nacken. „Ich bin zu alt, um zu verstehen, was die jungen Leute heutzutage denken."

„Sei auf der Hut", weise ich Alex an. „Du musst nächste Woche mit dem Personal für unsere heimliche Hochzeit zusammenarbeiten. Heute Abend haben wir einen Gottesdienst für Anyas Vater. Bitte erwähne nichts von Baran. Wir werden sehen, wie sich das entwickelt."

Alex nickt und darf gehen. Zweifellos wird er sich bald mit meiner zukünftigen Ehefrau unterhalten. Das ist eine Aufgabe weniger für mich.

* * *

NACH EINEM RUHIGEN Abendessen zu Hause treffen wir ihre Familie um sieben Uhr in der Kirche zur Messe. Mein Sicherheitsteam führt eine Überwachung der Gäste durch. Ich rechne damit, dass einige Milliardäre mit englischer Staatsbürgerschaft aus Pflichtgefühl erscheinen werden.

Anya steht dicht bei ihrer Mutter und Schwester. Mit allen in Schwarz gekleidet und grimmigen Gesichtern sieht das Ganze aus wie eine Szene aus Nightmare Before Christmas. Trauer hüllt uns ein; Angst durchdringt die Luft. Nein, unser Freund hat sich nicht selbst umgebracht.

Katerynia ist fünf Jahre jünger als Anya. Sie teilen dasselbe blonde Haar, tragen es lang und sehen sich so ähnlich, dass sie problemlos als Zwillinge durchgehen könnten.

KAPITEL 6, ANYA

Ich geselle mich zu Nikolay auf der Beerdigung. Seine offenkundige Eifersucht auf Sergei überrascht mich. Seine Augenbrauen ziehen sich zusammen, während sein Kiefer sich anspannt. Es könnte meine Einbildung sein, aber ich schwöre, sein Körper entspannt sich bei meiner Anwesenheit. Und hier dachte ich, ich würde ihn nur irritieren. Er legt seinen Arm durch meinen, als er mich durch den Raum voller unbekannter Gesichter führt. Das sind Männer der Bratva, und sie nicken aus Respekt vor dem König. Es gibt eine Hierarchie, und so kennen nicht alle Männer unter ihm Nikolays Gesicht. In der Gesellschaft ist er ein legitimer Geschäftsmann, der nach Verbindungen sucht oder Partner als Deckmantel für seine schmutzigen Geschäfte nutzt. Wie die kalten Finger einer Hexe, durchfährt mich ein Schaudern, während ich die düstere Veranstaltung und die Stimmung der Männer beobachte.

Wir treffen auf meine Schwester und er hält inne. Ich umarme sie. Mutter spricht mit Freunden der Familie, die eng genug sind, um zu ihrem gesellschaftlichen Kreis zu gehören; ich nehme an, die innerste Gruppe. Viele Leute sind Nachbarn meiner Mutter. Einige vermute ich, sind Geschäftspartner von Papa. Ich kann mir nicht vorstellen, was diese Männer beruflich machen. Sie tragen keine

Namensschilder; es bleibt meiner Phantasie überlassen. Ist einer von ihnen verantwortlich für den Tod meines Vaters? Wird jemand Nikolay herausfordern?

"Wie geht es dir, Katerynia?" Meine Schwester schlingt ihre Arme um mich. Ich bin sicher, sie musste step up und Mum unterstützen, jetzt wo ich wegen meinem neuen Aufseher nicht mehr da bin.

"Papa wird mir fehlen, aber er würde wollen, dass wir weitermachen." Ich versuche, sie aufzumuntern, denn ihre Augen sind verweint. Ich heirate Nikolay, und er ist alles, was wir brauchen, um das kriminelle Syndikat zu behalten. Sie hat eine freie Zukunft vor sich; ich bezweifle, dass sie die Opfer ahnt, die ich für ihre Sicherheit gebracht habe.

Katerynia darf den Mann heiraten, den sie wählt, und ich hoffe, sie stürzt sich nicht Hals über Kopf hinein. Ich möchte, dass sie wartet und eine gute Wahl trifft, damit meine Bemühungen, ihr ein normales Leben zu ermöglichen, nicht umsonst waren.

"Mein Beileid." Nikolays strenge Stimme ist auf Autopilot, doch sein Ton ist so süß wie Honig und beruhigt mich. Ich bezweifle, dass der Mann eine Ahnung von der Bedeutung des Wortes Mitgefühl hat. Vielleicht holt ihn seine Erschöpfung ein. Ich kann den Gedanken an den toten Baran und den Befehl, den er Pavel gegeben hat, nicht abschütteln.

"Danke Nikolay. Ich höre, ihr werdet uns bald mit einer freudigen Angelegenheit beglücken." Meine Schwester nimmt ihre stoische Haltung wieder ein, ihr Gesicht gefasst.

"Ja, ich hoffe, du hast Zeit, Anya bei der Planung einer kleinen Feier zu helfen."

"Natürlich, wir sind Schwestern", ruft sie aus, und ihr Gesicht leuchtet. In der Dunkelheit gibt es Licht, ein weiterer Grund für eine Hochzeit unter dem dunklen Schatten, der uns umgibt.

Arrangierte Ehen, huh? Ist es möglich, dass ich mit ihm besser dran bin, als mit einem anderen ins Blaue zu schiessen? Sergei sieht mehr aus wie ein Filmstar als ein Mitglied der Bratva, mit seinen dunkelbraunen Augen hinter einer Pilotenbrille. Er ist cool und weiß in jeder Situation, was er sagen soll. Was dachte ich mir nur mit meinem albernen Schwarm auf ihn? Er ist auffallend, unaufrichtig und nichts wie Nikolay.

Ich bin neidisch darauf, dass er seine Gefühle nicht in allen Situationen verbergen muss, im Gegensatz zu Nikolay. Seitdem ich dreizehn bin, war er Teil unserer Familie und kommt aus unserer Heimatstadt in Russland. Ich schaue mich um und sehe ihn in gedämpften Gesprächen mit seinen "Brüdern" umhergehen.

Mama ruft zum Anstoßen. Der Raum wird still.

„Auf meinen lieben Ehemann. Den Mann, den ich liebte; möge er in Frieden ruhen."

Die Gruppe stimmt mit einem „hier, hier" ein, bevor sie ihre Getränke schlürfen. Der Toast geht durch den Raum und endet bei mir. Ich ergattere ein Glas Weißwein vom Tisch und hebe es.

„Auf Papa." Ich hoffe, es genügt, und nehme einen Schluck. Was kann ich schon über einen Mann sagen, den ich nicht respektierte? Sicher, er sorgte dafür, dass wir ein Dach über dem Kopf hatten, aber es gab keine Gutenachtgeschichten und er erschien nie bei unseren Schulveranstaltungen. Er war ein abwesender Vater, obwohl wir im gleichen Haus lebten. Jemand anders im Raum prostet zu und während andere einstimmen, seufze ich erleichtert, dass ich keine ausführliche Rede halten musste.

„Gut gemacht", flüstert Nikolay in mein Ohr. Sein warmer Atem streichelt meinen Nacken. Meine Haut prickelt vor ... Aufregung? Erwartung? Wir flirten mit dem Unvermeidlichen. Er weiß es. Ich weiß es. Ich frage mich, was seine Absichten sind. Wir haben kaum etwas besprochen. Wir halten uns in unseren Zimmern und begegnen uns nur in Gemeinschaftsbereichen und zum Abendessen.

„Danke." Ich schäme mich, dass ich ihm erzählt habe, dass ich mich hier um alle gekümmert habe. Das ist etwas, was wir in Russland nicht offen kommunizieren. Frauen wird erwartet zu tun, was ich getan habe und mehr. Nur eigentlich hätte es meine Mutter tun sollen.

Ich werfe einen Blick auf meine Mama, die straffer wirkt als ich sie in Erinnerung habe. Vor ein paar Tagen war sie ein Wrack und jetzt strahlt sie die Haltung einer selbstbewussten Witwe aus. Ich frage mich, warum es einen plötzlichen Wechsel in einer Frau gibt, die unter Papas eiserner Faust lebte. Könnte sie einen neuen Partner haben? Wie kann sie Papas Tod so schnell überwinden, nach Jahren der Ehe?

„Deiner Mutter scheint es gut zu gehen", äußert Nikolay. Es scheint, er hat bemerkt, was ich sehe.

Es ist irritierend, wie er meine Gedanken liest. Nimmt er wahr, wie mein Körper sich anspannt, wann immer er in der Nähe ist? Weiß er, dass ich seine Berührung ersehne? Wie gut kennt er mich? Ich habe Angst, es herauszufinden. Er ist ein Mann, der jahrelang das Junggesellenleben genossen hat. In der Bratva versprechen die meisten Männer, niemals zu heiraten und führen den Playboy-Lebensstil und alles, was dazu gehört. Und die meisten Mafia-männer haben Geliebte. Hat er auch eine?

Meine Schwester war diese Woche viel online und hat mir Screen-shots von Nikolays Yacht und Artikeln über sein Nachtleben hier in London als CEO einer riesigen Hotelkette geschickt. Ich zweifle nicht daran, dass Frauen ihn attraktiv finden. Seine distanzierte Art und seine Gleichgültigkeit gegenüber jedem sind mir neu, aber ich ziehe es dem Ignoriertwerden vor.

„Ja, das habe ich auch gedacht. Ich bin müde. Können wir gehen?"

Er nimmt das noch gefüllte Weinglas aus meiner Hand und stellt es mit seinem auf den Tisch. „Wir gehen", kündigt er an und schenkt mir ein kleines Lächeln.

„Danke." Ich blicke ein letztes Mal als unverheiratete Frau auf den Raum. Ich schreibe meiner Schwester von dem Range Rover auf dem Weg nach Hause, um ihr zu sagen, dass wir gegangen sind.

Zuhause, komisch, wie ich noch nicht lange dort bin, und doch ist es zu meinem Zufluchtsort geworden. Ich mag Hazel. Sie ist süß, warmherzig, älter als meine Mutter und angenehmer. Es ist schön, eine Verbündete im Haus zu haben, jemanden, an den ich mich um Rat wenden kann und nicht dafür verurteilt werde.

* * *

WIE VERSPROCHEN, holt Alex mich in seinem Range Rover ab, um mich zur Schule zu fahren. Ich habe keine Ahnung, wie er sich unauffällig machen will. Meine anfänglichen Befürchtungen bezüglich weiterer Morde haben sich erheblich gelegt.

"Ich halte das für unnötig," beschwere ich mich bei Alex vom Rücksitz aus. Mit all dem Aufsehen scheine ich mich nur noch mehr hervorzuheben.

"Ich habe meine Anweisungen."

Ich starre auf den Hinterkopf von ihm und da er aus einem armen Viertel Londons stammt, ist dieser Job als mein Leibwächter und Fahrer ein großer Aufstieg für ihn.

Er parkt. Wir steigen aus und ich schnappe meinen Rucksack. Ich gehe den bekannten Weg zu einem großen Hörsaal, in dem die Vorlesungen stattfinden.

"Was wirst du tun? Dich verstecken?" Ich schaue ihn an, als wäre er eine lästige Begleiterscheinung.

"Wenn es notwendig ist, ja."

"Wird jeder wissen, dass du Mafia bist?"

"Keine Ahnung, ist mir auch egal. Dein Vater wurde ermordet und er war sehr vermögend. Ich finde es nicht schwer nachzuvollziehen, dass du Schutz brauchst. Hier gibt es auch andere aus wohlhabenden Familien, die unauffällige Sicherheitskräfte haben, die du nur nicht bemerkst, weil sie gut darin ausgebildet sind, sich zu integrieren."

Guter Punkt. Ich hoffe, er hat recht. In der Zwischenzeit weiß hier niemand, dass mein Vater Selbstmord begangen hat, und ich muss so tun, als wäre es nie passiert, sonst fliegt meine Tarnung auf.

Ich setze mich in das Theater und meine Freundin Darci kommt dazu.

"Was hat es mit dem Schläger hinten auf sich?"

"Sicherheit, nehme ich an," antworte ich ohne Erklärung, und es scheint sie nicht zu stören.

"Wir gehen diesen Freitag aus, kommst du mit?"

Wir, das heißt eine kleine Studiengruppe aus Männern und Frauen. Ich war schon einmal mit ihnen feiern und es wäre schade, die Einladung abzulehnen. Da meine Heirat bevorsteht, will ich die verbleibende freie Zeit nutzen. Meine Freiheit nimmt mit jedem Tag ab.

"Ich werde sehen, ob ich es einrichten kann. Schick mir die Details per Textnachricht," antworte ich.

"Klar, es wird großartig, eine neue Band spielt in einem unserer Lokale."

Die Vorlesung beginnt. Ich mache Notizen und gehe zur nächsten Klasse, wenn sie vorbei ist. Am Nachmittag kann ich kaum noch klar denken.

Alex ist der größte Mann auf dem Campus, doch zu seiner Verteidigung, drängt er sich nicht auf. Wir kommen zu Hause an. Mein

Schritt hallt auf den Böden. Ich gehe zur Küche und das Haus ist still und wirkt unbewohnt. Ich sehe Nikolay oder Pavel nicht in den Fluren lauern. Hazel hat einen Snack für mich und erwähnt, dass Nikolay unterwegs ist.

Ich beende mein Gurkensandwich und beschließe, die anderen Stockwerke ohne Wächter zu erkunden.

Ich gehe in den obersten Stock, um das Haus weiter zu untersuchen. Ich finde es ist voll mit Schlafzimmern, Badezimmern und einem Billardzimmer. Interessant. Ich gehe in den zweiten Stock und finde das Zimmer, an das ich mich kurz von meinem ersten Tag erinnere, das mit dem Schreibtisch und dem Bücherregal. Ich trete ein und der Duft von Nikolays Parfüm hängt in der Luft, er muss heute Morgen hier gewesen sein.

Der Geruch erinnert mich an meine Kindheit und ich weiß nicht woher er kommt, aber er ist so vertraut, dass ich schwören könnte, er ist in meinem Gehirn eingegraben. Ich kann jedoch seine Herkunft oder Bedeutung für mich nicht erinnern.

Ich fahre mit meinen Händen über die Bücher in der Bibliothek. Die britischen Klassiker; Lady Chatterleys Lover und Das Dschungelbuch, unter anderen. Sie sind in Leder gebunden. Ich nehme Little Women vom Regal, und für eine Minute bin ich wieder in der Grundschule, erinnere mich daran, wie ich es als Kind immer bei mir trug. Ich liebte Jo. Wie ich, war sie die Rebellin, die schreiben wollte und für ihre Träume kämpfte. Ich öffne das Buch und rieche die Tinte auf den makellosen Seiten.

„Was machst du hier drin?"

Ich erschrecke und drücke das Buch an meine Brust, damit ich es nicht fallen lasse, bevor ich mich umdrehe und Nikolay in der Tür entdecke. Mein Herz überschlägt sich.

„Ich liebe Bücher."

„Nun, dies ist mein Büro. Du darfst die Bücher lesen, aber bitte woanders."

„Schön."

Er macht vier lange Schritte und steht vor mir. Ich weiche nicht zurück. Ich erinnere mich an sein Handtuch nach dem Schwimmen und an die Tattoos auf seiner Brust. Ich frage mich, was sie bedeuten. Er ist gefährlich, aber ich weiß, dass es eine andere Seite an ihm geben muss. Eine Seite, die er mir nicht zeigt.

„Du bist..." Seine Worte brechen ab, als seine Lippen auf meine treffen. Sie sind warm und zärtlich. Ich bin nervös wie die Hölle, dies ist nichts wie jeder Kuss, den ich jemals mit einem Mann getauscht habe. Er beugt sich über mich, seine Hand über meinem Kopf am Bücherregal, sein Körper stößt gegen meinen, während seine andere Hand hinter meinem Rücken wandert um mich unter seinem Gewicht stabil zu halten.

Feuchtigkeit erfüllt meine Unterwäsche. Ich kann die Anziehungskraft, mit der wir herumgetanzt haben, nicht leugnen und küsse ihn zurück. Seine Hand kommt herunter und greift in mein langes Haar, zieht daran. Die Kraft seiner Bewegung lässt meinen Kopf zurückfallen. Er presst meine Lippen zusammen, während ich fieberhaft meine Lippen über seine bewege, als seine Zunge in meinen Mund eindringt. Ich lasse ihn eindringen, und das Buch rutscht aus meinen Händen, während ich sie um seinen Hals lege. Die Küsse werden zunehmend fordernder. Seine unerwartete Zuneigung befeuert mein Verlangen. Seine Lippen lösen sich und wandern meinen Hals hinunter, wo er sich auf eine Stelle konzentriert, sie sanft saugt, bevor er eine Spur von Küssen bis zum oberen Rand meiner Bluse hinterlässt.

Mein Instinkt ist es, den neuen Gefühlen, die in mir hochkommen, auszuweichen. Ich möchte unter der Explosion von feuermachenden Neuronen zappeln. Überall, wo er mich berührt, löst er exquisite Ausbrüche von Euphorie aus. Ich finde mich in ihm begehrend, aber ich habe Angst, mich ihm hinzugeben. Er ist es gewohnt, zu bekommen, was er will. Ich kann ihn nicht hereinlassen, es würde mich schwach machen, wie Mama. Ich muss gegen ihn kämpfen, wenn ich meine Unabhängigkeit behalten will. Liebe macht Frauen schwach.

Sein Körper drückt gegen mich, und sein harter Schwanz presst gegen meinen Bauch.

Ohne Grund bricht er ab.

„Ein andermal, ich habe Arbeit zu erledigen." Er dreht sich weg, bekommt seine Fassung wieder und sagt, „Ich habe gehört, du hattest heute Unterricht."

„Ja." Meine Stimme ist unsicher. Meine Lippen sind geschwollen. „Alex ist nett." Ich sollte das Clubbing-Date erwähnen, aber ich weiß, dass er Nein sagen wird. Ich weigere mich, ihn um Erlaubnis zu bitten.

„Du musst mit den Hochzeitsvorbereitungen weitermachen."

„Ich arbeite daran."

„Gut." Seine dunkelblauen Augen nehmen mich auf. „Samstagmorgen", kündigt er aus heiterem Himmel an. „Vergiss nicht."

Einkaufen mit Männern. Igitt.

„In Ordnung. Gehe ich alleine?"

„Nein, ich muss sicherstellen, dass deine Auswahl angemessen ist. Ich bezweifle, dass du weißt, wo du hingehen musst."

Das passiv-aggressive Verhalten nimmt überhand.

„Ich kann herausfinden, wie man einkauft. Es heißt Google."

Er wirft mir ein schelmisches Grinsen zu. "Lustig. Und wie gedenkst du, Designerkleider zu bezahlen?"

"Deswegen kommst du wohl mit, nehme ich an", kontere ich schlagfertig, nehme das Buch auf und schlüpfe an ihm vorbei - ein perfekter Abgang.

"Zehn, sei bereit. Abendessen heute, wie üblich," höre ich ihn sagen, während ich mich in den Flur begebe.

"Verstanden."

Nach dem Lernen und Abrufen meiner Textnachrichten von Darci mache ich mich auf den Weg nach unten, als Mum und Katerynia mit Sergei ankommen.

Ich begrüße sie an der Tür, und sie sind schockiert, sobald sie die prachtvolle Eingangshalle betreten.

"Verirrst du dich manchmal im Haus?" fragt Katerynia, während sie in die Eingangshalle schwebt. "Gibt es hier ein Echo?"

Sie hat momentan keine Schule, da kommt die Hochzeitsplanung gerade recht.

"Ich weiß nicht", antworte ich, als sie den Blick zur Treppe hochschweifen lässt.

"Meine Güte, dass ist umwerfend", schwärmt Mum.

"Danke. Lasst uns ins Wohnzimmer gehen. Hazel hat Scones gebacken und wir werden Tee haben." Ich nicke Sergei zu, der grinst. Ich frage mich, worum es dabei geht. Er ist zu einem arroganten Idioten geworden, seit Papa gestorben ist.

Wir haben eine Stunde mit der Planung der Hochzeit verbracht, mit den Blumen, der Torte, nichts zu Aufwendiges. Meine Schwester hat die Gästeliste, die Nikolay ihr über Sergei zukommen ließ. Die Einladungen werden aufgrund der Kürze der Zeit und notwendiger Diskretion durch einen Boten zugestellt.

"Es sind nicht viele Menschen", bemerkt Mum.

"Das passt schon. Ich will keine große Gesellschaft." In meinem Kopf will ich nicht anders sein als meine Freunde, die behaupten, niemals heiraten oder Kinder haben zu wollen. Immerhin wurde mein Lebenspartner für mich ausgesucht. Ergo, keine Option.

"Oh, hast du die traurige Nachricht über Baran gehört?"

"Nein, was denn?"

"Er wurde kurz nachdem Papa gefunden wurde tot in seiner Wohnung entdeckt. Wir wurden befragt", fährt Katerynia fort.

"Nein, niemand hat es mir erzählt. Ich hätte es nie vermutet. Ich fand es seltsam, dass er am Tag von Papas..."

"Genau, seltsam, nicht wahr?" Meine Schwester hat einen Punkt. Ich zucke unwillkürlich zusammen, obwohl es im Raum nicht kalt ist. Nikolay schickte Pavel los, um sicherzustellen, dass er für Papas vorzeitigem Ende büßt. Hat Nikolays Befehl dies verursacht?

"Denkt nicht weiter darüber nach, Mädchen", unterbricht Mum die traurige Nachricht. "Wir müssen jetzt gehen. Ich werde die Einladungen schreiben. Du musst die Menüpunkte für das Dinner nach der Zeremonie auswählen."

"In Ordnung", gebe ich nach. Mit Hilfe ist es gar nicht so schlimm. Es ist nicht das, was ich mir erträumt habe, aber dann erinnert mich Barans Tod daran, warum ich diesem antiquierten Ritual des Heiratens für Reichtum oder Macht zustimme. In meinem Fall ist es beides.

Die Dinner-Zeit kommt, also schlüpfe ich in ein eleganteres Kleid, da ich weiß, dass Nikolay das Abendessen gerne formal hält. Heute überrascht er mich, indem er in Jeans auftaucht. Ich bin verwirrt.

"Ich dachte, das Abendessen hätte einen Dresscode."

"Ich hatte keine Zeit zum Umziehen." Seine gleichgültige Antwort überrascht mich. Er zieht meinen Stuhl zurück und ich setze mich, sachte mein Kleid unter mich zupfend.

Hazel kommt mit unseren Abendessentellern. Ich bewundere ihre professionellen Servierfähigkeiten und wie professionell sie ist, wenn es offensichtlich ist, dass sie sich um die Familie kümmert. Sie pflegt das Haus, als wäre es ihr eigenes. Den ganzen Tag kocht und putzt sie und hat immer Snacks für jeden, zu jeder Tageszeit.

„Ich sehe, du hast das Abendessen geplant", bemerkt er, während sein Hamburger und seine Pommes vor ihm liegen.

„Nicht irgendein Burger, diese sind aus dem besten Fleisch gemacht, du wirst es lieben. Tauch deine Pommes in die Aioli-Soße mit Trüffeln.

Er schüttelt den Kopf, als ob er nicht glauben kann, dass ein Burger sein Abendessen ist.

"Ich dachte, ich könnte das Essen auswählen", erkläre ich.

„Es ist in Ordnung", gibt er zu, als er eine Pommes in die Soße taucht. Ich beobachte, wie er kaut und schluckt. „Es schmeckt gut."

Warum bemühe ich mich so sehr, ihm zu gefallen? Er hat nichts von den Küssen in seinem Büro gesagt. Mein Rücken tut weh, nachdem er gegen das Bücherregal gedrückt wurde, aber ich mag die Erinnerung irgendwie.

Insgeheim sehne ich mich danach, ihn wieder zu spüren. Er hat mich so erregt zurückgelassen, dass ich nicht wusste, was ich tun sollte. Allerdings konnte ich mich mit meinem Vibrator befriedigen und während ich zum Höhepunkt kam, war sein Gesicht in meinem Kopf.

KAPITEL 7, NIKOLAY

So sehr ich sie auch begehren mochte, wollte ich nicht, dass Anyas erstes Mal an den Bibliothekstüren stattfindet. Glücklicherweise siegte mein besseres Urteilsvermögen. Ich muss wohl weich geworden sein, denn bisher hat es mich nie gestört. Anya treibt mich in den Wahnsinn. Mal versucht sie, mir zu gefallen, und dann wieder testet sie die Grenzen meiner Geduld.

Die Hochzeitsvorbereitungen laufen und Anya bat ihre Schwester, sie beim Kauf ihres Hochzeitskleids zu begleiten. Solange sie in Sicherheit ist, ist es mir egal, ob Alex sie begleitet. Die Geschäfte sind voller Männer, die auf ihre Frauen und Freundinnen warten. Sie könnten genauso gut auf dem Gang zum Tode sitzen, vergeudete Zeit und langweilig wie die Pest. Heute hat sie Unterricht, und ich vermute, sie wird die Details unserer kleinen Hochzeit weiter ausarbeiten.

Ich muss einen Ring für eine junge Braut aussuchen. Anya ist atemberaubend und ihre strahlend blauen Augen sind das Letzte, was ich sehe, bevor ich nachts einschlafe. Ich kann ihren Status innerhalb der Bratva nicht leugnen - sie wird es sein, die meine Kinder zur Welt bringt, auch wenn ich noch nicht dafür bereit bin. Zum Glück möchte sie wahrscheinlich zuerst die Schule abschließen.

In einem berühmten Juweliergeschäft suche ich nach einem Saphir umgeben von Diamanten, eingefasst in Weißgold.

"Sie wird es lieben." Ich gebe es dem Verkäufer zurück.

Pavel lacht. "Sicher, nur ein junges Schulmädchen. Wie viele Pfund gibst du aus?"

Ich bin überzeugt, dass der Ring sie beeindrucken wird. Sie steckt ihre Nase in all diese Glamour-Magazine aus einem bestimmten Grund. Mein kleines Vögelchen ist fasziniert von glamourösen Lebensstilen und Mode. Sie hat einen erlesenen Geschmack, was die wenigen teuren Dinge betrifft, die sie besitzt und ich habe keinen Zweifel, dass sie gerne die Frauen nachahmen würde, die die Modetrends setzen. Ich kann es kaum erwarten, sie in die Flitterwochen zu entführen und ihr die besten Restaurants der Welt zu zeigen.

Ich lächle, als der Verkäufer die hellblaue Schachtel in die monogrammierte Tüte legt.

"Statements sind wichtig, ich muss es dir nicht sagen. Sie in ihrem kurzen Businessanzug zu sehen, wie sie zum Unterricht geht, ließ meinen Schwanz steigen wie eine Fahne am Morgen. Ich werde sie vor der Hochzeit vernaschen."

Pavel lässt ein leises Pfeifen hören und neckt mich. "Ich bin überrascht, dass es so lange gedauert hat." Er ist der Einzige, der mich so necken kann. Die Fahrt nach Hause ist eine Gelegenheit zu arbeiten, also fährt Pavel und ich nutze die Rückbank als tragbares Büro. Brände zu löschen, Gespräche zu organisieren, es ist unendlich.

Ich bin erleichtert, als ich Alex' SUV in der Einfahrt sehe, als ich ankomme. Ich freue mich darauf, Anya zu sehen, und das Abendessen bietet neutralen Boden, auf dem wir uns unterhalten können, ohne dass jeder Satz ihre Rebellion entzündet.

Ich hatte mit Konstantin und Pavel einen langen Tag, an dem wir Informationen durchgingen. Mein Gehirn ist überreizt, überwältigt von den zahlreichen Machenschaften, die Igor ins Leben gerufen hatte und an denen er sogar mit anderen kleineren kriminellen Organisationen teilgenommen hat. Pavel recherchierte über Anyas Vater und es scheint, dass die Führungskräfte des Ölkonzerns Bemerkungen gemacht haben könnten, die Russland nicht in ein gutes Licht rückten. Ähnlich dazu wurden andere von dem Ölgiganten im Urlaub ermordet gefunden. Einer fiel von einer Yacht im Mittelmeer über Bord. Ein anderer sprang von einem Hochhaus in Frankreich. Natürlich wurden sie alle als Selbstmorde abgetan.

Deshalb hat mein Vater nie mit großen Organisationen zu tun gehabt, wo jeder seinen Mund aufreißen und denken kann, es hätte keine Folgen. Daher frage ich mich, wie dieses Debakel ihm das Leben genommen hat. Vater wollte sein eigenes Schicksal kontrollieren und hat seine Identität immer vor den unteren Rängen der Bratva verschleiert. Seine altmodische Art, die Dinge zu tun, hat uns jahrzehntelang Schutz geboten, ohne Top-Führer zu verlieren. Im Gegensatz zu italienischen Mobstern in den Staaten, bei denen jeder Dreck am Stecken hat, sind wir kompartimentiert. Unsere rangniedrigsten Soldaten können uns nicht verraten, um Gefängnisstrafen zu vermeiden. Russen sind hart. Gefängnis bedeutet ein weiteres Tattoo und wird mit Stolz getragen. Die meisten fallen mutig auf ihr Schwert, um die Bratva zu schützen.

Ich hole die Ringbox aus der Tasche und stelle sie auf meine Kommode, bevor ich duschen gehe und mich für das Abendessen in lockere Kleidung umziehe. Ich habe beschlossen, beim formellen Essen etwas nachzulassen, da wir nach Anyas Abschluss mehr unterhalten werden. Sie hat genug um die Ohren mit Hochzeitsvorbereitungen. Ich sollte mich nicht so sehr um sie kümmern, aber sie ist entspannter und gesprächiger, wenn sie nicht gezwungen ist, meinen Befehlen Folge zu leisten. Dies ist ein kleiner Kompromiss ohne Konsequenzen. Ich ziehe meine Jeans an, ziehe ein Polo über den Kopf und sprühe Cologne bevor ich in meine Lederschuhe schlüpfe. Ich freue mich darauf, zum Abendessen zu gehen.

Anya ist schon da und unterhält sich mit Hazel, als ich ankomme. Ich habe nicht erwartet, dass sie so früh hier sein würde.

"Wie war dein Tag?" frage ich, während Anya sich setzt. Ich schiebe ihren Stuhl herein, bevor ich die teure Flasche Rotwein einschenke, die auf dem Tisch steht. Ich nehme zur Kenntnis, dass sie den Weinkeller entdeckt hat.

"Super, der Unterricht lief gut und Mutti und Katerina kümmern sich um die Hochzeit. Ich gehe diese Ehe ein, um meine Familie zu schützen. Ich möchte, dass meine Schwester aus Liebe heiratet. Also, komm nicht auf den Gedanken, dass ich all das für dich tue."

"Da stimme ich zu. Ich wollte nie jemanden jung und unerfahren heiraten, also sind wir uns einig." Ich gebe nach. Es ist einfacher, sie zu beruhigen und die Diskussion zu beenden.

"Wir essen heute Abend französisch," verkündet sie und legt ihre Serviette auf den Schoß.

Die Blumen auf dem Tabelle sind durch frische Gerbera ersetzt worden. Offensichtlich trifft Anya gerne Entscheidungen.

Ich schiebe mit meinem Messer die frischen grünen Bohnen beiseite, die ich geschnitten habe. Sie passen perfekt zum Steak. Ich ziehe eine Kreditkarte aus meiner Tasche und schiebe sie zu ihr. "Für alles, was du brauchst. Viel Spaß beim Shoppen. Wir ändern den Namen darauf nach der Hochzeit."

Sie nickt und schiebt die Karte auf die andere Seite ihres Tellers. Ich bin sicher, sie weiß, dass es keine Grenze gibt, wie viel sie ausgeben kann, beurteilt nach dem Firmennamen, der darauf steht, und der Tatsache, dass es eine schwarze Karte ist.

"Dieses Wochenende ist reserviert, um dich richtig anzupassen," füge ich hinzu.

"Es wird knapp. Mutti schickt die Einladungen zu deinem Wunschdinner raus. Es ist am Nachmittag, gefolgt von einem Freiluftdinner unter Zelten. Es wird Beleuchtung für das Tanzen geben, also habe ich einen Holztanzboden bestellt, der auf dem Rasen verlegt wird."

"Nein, das wird den Rasen ruinieren. Weißt du, wie viel das kostet? Rasen ersetzen ist ein Albtraum," murre ich, bevor ich einen weiteren Bissen vom Steak nehme.

Sie hebt die Augenbrauen. "Ich bin sicher, du kannst es dir bei der Größe dieser Anlage leisten. Vergessen wir nicht, dass wir das perfekte Bild verkaufen müssen. Und dafür brauche ich dich." Sie grinst.

Verdammt. Sie hat einen Punkt. Manchmal hat sie mich in der Hand. Ich brauche sie, um meinen Weg zur Vereinigung der Bratvas zu ebnen, und obwohl sie diese nicht leiten kann, hat ihr Name Einfluss. Außerdem verbreitet er Angst, denn ihr Vater war ein Ziel. Zwei Männer sind gestorben, und mir wurde gesagt, dass die Unterbosse nervös werden.

Ich kann es mir nicht leisten, mehr Unruhe zu stiften. Ich lehne mich zurück in meinen Stuhl und kaue das würzige Fleisch. Ich hätte nie geahnt, dass Anya internationale Küche kennt. Sie ist voller Überraschungen für jemanden, der ein behütetes Leben geführt hat. Ich muss aufhören, mir Sorgen um die Hochzeit zu machen. Eine fröhliche Veranstaltung, um die schwere Beklemmung zu lindern, die unsere Nasen durchdringt, wird den Preis jedes Pfundes wert sein, den diese Hochzeit kosten wird. Es ist das, was die Männer brauchen, was wir alle brauchen. Anya war eine gute Ablenkung, um meine Gedanken von dem vorzeitigen Tod meines eigenen Vaters abzulenken. Ich denke oft an ihn, wenn ich Entscheidungen treffen muss und frage mich, was er in der gleichen Situation tun würde.

Eine freie Nacht für meine besten Männer wird ihnen ermöglichen sich zu entspannen und ihnen eine andere Seite von mir zeigen, die ich bin, wenn ich nicht wie ein Tyrann Männer herumscheuche, obwohl das gut für das Geschäft ist.

Ich muss mich auch mit einigen meiner eigenen zwielichtigen Männer treffen, um den Drogen- und Waffenhandel aufrechtzuerhalten. Hinzu kommen Hotels, Sexclubs und Bars, die wir besitzen. Jedes bringt seine eigenen Herausforderungen mit sich. Ich kann meine Zeit nicht länger zwischen Russland und England aufteilen. Unsere Organisation benötigt einen Vollzeit-Leader mit Einfluss. Ich bin sicher, wir werden mit der Zeit eine Lösung finden.

Anya hat mich eine Frage zu den Unterkünften gestellt. Ich teile ihr mit, dass meine beiden Brüder und meine Mutter für die Feier einfliegen werden. Mama wird bei uns bleiben, und meine Brüder werden in einem anderen Anwesen, das wir besitzen, übernachten. Wir haben genug Geld, wir könnten alle in London oder irgendwo anders leben.

„Bekommen wir eine offizielle Flitterwochen? Oder machen wir Urlaub zu Hause?"

„Ich brauche eine Auszeit, ich dachte, wir nehmen meine Yacht und reisen irgendwohin, wo es warm ist. Würde dir das gefallen?"

„Das wäre schön. Ich habe einen Reisepass."

„Ich dachte, die Côte d'Azur wäre nett." Ich nehme einen Schluck vom Wein und lasse ihn auf meiner Palette ruhen.

„Wirklich? Das wäre toll. Meine Seminare enden bald und beginnen erst im Herbst wieder."

„Perfekt, magst du das Wasser?"

„Ich war seit Jahren nicht mehr an einem Strand, aber ich denke, es wird mir gefallen." Sie nippt zurückhaltend an dem herrlichen roten Wein, dessen Farbe ihren Lippen gleicht. Sie schließt die Augen, um den Geschmack zu genießen. Es ist, als ob sie mich herausfordert, sie zu verführen.

Ich bin kurz davor, mich vorzubeugen und den Wein zu kosten, der in ihrem Mund verweilt, und als ich mich vorbeuge, um meinen

Zug zu machen, klingelt das Telefon. Wer könnte an einem Freitagabend hier sein?

„Das muss meine Schwester sein." Anya springt auf, wischt sich den Mund ab und eilt zur offenen Tür. Alex hat frei, also öffnet ein anderer Wächter die Tür. Anya bleibt nach dem Abendessen drinnen. Das ist ihre Routine, da sie keine Abendkurse hat.

Ich folge ihr, um meine zukünftige Schwägerin zu begrüßen.

„Katerynia." Ich küsse beide ihre Wangen. „Was bringt dich heute Abend hierher?"

„Ich wollte meine Schwester sehen, und wir haben Hochzeitssachen zu besprechen", antwortet sie, während sie Zeitschriften mit Bräuten auf dem Cover an ihre Brust presst.

„Darf ich deine Jacke abnehmen?", biete ich an.

„Danke."

Sie schlüpft aus einer billigen Rabattjacke. Ich bin entsetzt, dass Igor seine Familie so knapp hält. Es ist so... gewöhnlich. Wenn seine Bankkonten in Ordnung sind, werden die Frauen in der Familie genug Geld haben, um ihre Bedürfnisse zu decken und dann noch etwas übrig zu haben. Die Dinge sind jetzt festgefahren, aber ich vermute, sie werden bald freigegeben. Geld spricht lauter als Worte.

"Wir gehen nach oben", kündigt Anya an, bevor Katerynia mir zuwinkt und dann kichernd die Treppe hinauflaufen.

In solchen Momenten werde ich daran erinnert, wie jung meine Verlobte noch ist. Der Vorteil ist, dass sie immer noch in der Lage ist, sich an Lebensstiländerungen und neuen Regeln anzupassen. Ich kann nicht anders, als meine Lippen zu einem Grinsen zu verziehen, es wird Spaß machen, sie einzuarbeiten.

Ich ziehe mich in mein Wohnzimmer im zweiten Stock zurück und studiere auf meinem verschlüsselten Laptop die Verträge, die ich lesen muss. Wir haben Anwälte, aber ich vertraue niemandem.

KAPITEL 8, ANYA

Das Abendessen bietet uns einen Ort, an dem eine Waffenruhe herrscht. Ich genieße es, die feinen Weine aus dem Keller zu durchstöbern und auszuwählen, welche Jahrgänge zu unseren Abendessen passen. Es freut mich, Neues für Hazel zum Kochen auszusuchen. Essen ist wie eine Weltreise ohne den Preis dafür zahlen zu müssen. Ich bin es nicht gewohnt, dass jemand für mich kocht, aber Hazel beschwert sich nicht über die neuen Herausforderungen, die ich ihr stelle. In unseren vielen Gesprächen hat sie mir erzählt, dass sie eine Ausbildung zur Köchin gemacht hat und es ihr nichts ausmacht, uns zu bedienen. Das Haus wurde bisher nur von wenigen Mitarbeitern betreut und stand die meiste Zeit leer. Irgendwann werden wir mehr Personal benötigen, um die Villa zu betreiben.

Nikolays Parfüm kommt mit ihm und weckt Erinnerungen an meine Vergangenheit. Ich war jung, sehr jung, aber ich kann es nicht genau einordnen. Es ist zum Teufel reizend. Es weckt keine schlechten Erinnerungen, nur welche, an die ich mich nicht erinnern kann.

"Nikolay, wie war dein Tag?" Ich gebe die pflichtbewusste Ehefrau. So stelle ich mir das Familienleben vor. Ein Mann der zum Abendessen nach Hause kommt, ein Zuhause, das ich mir nie vorgestellt hätte, und Personal, das mir zu Diensten steht. Ich sollte mich kneifen und sicherstellen, dass es kein Traum ist.

"Wie üblich anstrengend," antwortet er, als ob wir uns schon immer kennen würden. Wahrscheinlich werde ich nie erfahren, was er macht, wenn spät in der Nacht Anrufe kommen und er eilig weg muss. Seine Rolle als König ist für uns beide neu. Mir allerdings blieb keine Zeit, mich darauf vorzubereiten. Er füllt unsere Gläser. Hazel bringt das Essen, und unser gemeinsames Abendessen beginnt. Ich hätte nie geträumt, dass ich es lieben würde, im selben Raum mit ihm zu sitzen, als wir uns trafen. Er ist angenehm anzusehen, aber seine ruppigen, abrupten Erwiderungen lassen mich an mir zweifeln. Die Anziehung zwischen uns kann ich nicht leugnen und sie macht mich verrückt. Ich müsste ihn hassen, aber ich will ihn.

Ich beherrsche mich, nicht zu viel Begeisterung über die Flitterwochen zu zeigen. Wenn ich ihm erzähle, was mir gefällt, könnte er das dazu benutzen, mich zu bestrafen, weil ich nicht seinen Launen folge. Er muss nicht wissen, dass ich vor Lust stirb, meinen Reisepass zu benutzen um überall hin, nur nicht nach Russland, zu reisen!

Ich habe ein paar Tricks von Papa gelernt. Er war clever im Schach und Pokern; ich konnte ihn nie durchschauen, also verlor ich jedes Spiel, das wir spielten. Ich ziehe Spiele vor, in denen man durch Fähigkeit gewinnt, nicht durch Raffinesse, wie Fußball. Nicht dass ich viel gespielt hätte. Ich mag die Herausforderung der Schule und verdiene die Noten, die ich bekomme. Es erfüllt mich mit Stolz, meine Ziele zu erreichen.

Das Abendessen ist vorbei und Katerynia trifft wie geplant ein. Nachdem wir uns begrüßt haben, sind wir unseren eigenen Unterhaltungen überlassen. Wenn Nikolay doch nur wüsste, wie riskant es ist, uns zwei ohne Aufsicht zu lassen.

"Kat, danke, dass du gekommen bist!" Wir ziehen unsere Schuhe aus und stürzen uns auf mein riesiges Bett.

"Oh, ich vermisse es, von dir zu hören, du bist zu beschäftigt und du bist noch nicht einmal verheiratet," exklamiert sie, als sie ein Kissen aufnimmt und mich damit schlägt. Ich nehme das andere Kissen und schlage zurück und wir lachen. Es ist schön, die Realität dessen, dass dies das erste Mal ist, dass wir seit Papas Tod alleine zusammen sind, aufzubrechen.

"Ich bin hier, du musst öfter schreiben. Wie geht es dir wirklich?" frage ich.

"Traurig, aber jeden Tag geht es mir besser. Mum geht es besser als erwartet."

"Kein Wunder. Sie ist jung genug um ihr eigenes Leben zu leben," füge ich hinzu.

"Anya! Wir waren ihr Leben." Sie umklammert das Kissen an ihrem Busen als sie sich setzt. Sie schlägt die Beine übereinander und wendet sich mir zu.

"Ich meine nur, sie muss nicht so leben, wie Papa es für sie wollte."

"Das muss beängstigend sein; ich mache mir Sorgen um das Studium. Mama sagte, sie könnte es bezahlen, aber ich weiß nicht, was ich machen will."

"Es wird dir schon kommen. Die Erfahrung wird dir guttun."

Wir fallen beide zurück und liegen mit den Köpfen auf dem Kissen wie in alten Zeiten. Wir sind fast gleich alt und daher teilen wir viele Interessen. Sie hat gerade ihre formale Schulausbildung beendet und ist in ihren zehnten Schwarm verliebt. Sie hatte Angst, Papa zu widersprechen und führte ein Leben, in dem sie ihre Freunde verbarg.

Sergei war der Bewahrer unserer Geheimnisse. Er hat uns nie verpfiffen, wenn wir nach der Bettzeit noch Freunden schrieben oder telefonierten, auch wenn wir Hausarrest hatten. Allerdings hielt er die Überwachungskameras immer in Gang, was mich sehr ärgerte.

Ich weiß, dass wir hier Kameras haben, aber ich bezweifle, dass es in meinem Schlafzimmer welche gibt.

"Wie laufen die Hochzeitsvorbereitungen?", frage ich, um das Gespräch am Laufen zu halten.

"Gut. Mach dir keine Sorgen. Wir haben Eisskulpturen und eine Fotokabine. Dieses Haus ist groß genug, um alle mit wie vielen Bädern unterzubringen? Sechs?"

"So etwas in der Art", stimme ich zu.

"Wir gehen morgen früh einkaufen, oder?"

"Oh ja, ich muss ein Hochzeitskleid finden, und Nikolay hat mir eine Kreditkarte gegeben. Wir können so viel ausgeben, wie wir wollen."

Kat kichert. "Das würde Papa nie erlauben."

"Wird das Testament geregelt? Die Klatschpresse berichtet, dass er ein Vermögen hatte." Ich liebe es, aktuelle Nachrichten zu verfolgen. Ich hätte nie gedacht, dass wir die Nachrichten sein würden.

"Wahrscheinlich. Warum?"

"Nun, du kannst jeden heiraten, den du willst und diese Welt hinter dir lassen."

Ihre hübschen Lippen ziehen sich zu einer Grimasse. "Warum sollte ich dich verlassen wollen?"

"Nicht mich, aber das Leben; du kannst in ein anderes Land oder eine Stadt ziehen, wo niemand weiß, wer du bist. Du kannst aus Liebe heiraten und dieser Verbrecherfamilie entkommen. Kannst du dir vorstellen, mit Papas Selbstmord im Rücken zur Schule zu gehen? Du könntest eine neue Identität annehmen. Was ist, wenn jemand dich nur wegen deines Geldes heiratet? Was ist, wenn die Bösewichte uns jagen?"

"Darüber habe ich noch nie nachgedacht."

"Ich heirate Nikolay, damit du frei sein kannst, zu tun, was du willst", erkläre ich. "Er ist unser Schutz. Du kannst jeden heiraten, den du willst, aber ich möchte, dass du erst eine Karriere machst."

"Und was ist mit dir?"

"Mir geht es gut. Ich bin stark genug, um mich gegen ihn oder jeden Mann, der mich einschüchtern will, zu behaupten."

"Das bist du", stimmt sie zu, zweifellos erinnert sie sich an den Streit mit Papa über die Schule. "Ich fühle mich schuldig, dass du nicht aus Liebe heiraten kannst."

"Das ist die Aufgabe einer großen Schwester, dich zu beschützen. Ich kann für mich selbst sorgen. Mach dir keine Sorgen um mich. Versprich mir, dass du keinen Arsch heiraten wirst."

"Ich werde mein Bestes geben. Die meisten Männer sind launisch. Sag mal, wie läuft es mit deinem Studium?"

"Gut, perfekt abgestimmt auf all diese Hochzeitsgeschichten."

"Bist du nervös wegen, du weißt schon?"

"Es wird nicht viel sein. Soweit ich weiß, hat er schon eine andere Frau."

"Anja! Das ist nicht richtig."

"Dinge waren auch nie 'richtig', als Papa ein Teil der Mafia war."

"Stimmt. Also, was brauchst du von mir heute Abend? Deine Nachricht war kryptisch; ich bin erleichtert, dich zu sehen und zu sehen, dass es dir gut geht." Sie rollt sich auf die Seite und stützt ihren Kopf auf die Handfläche. Ich rolle mich zu ihr herum.

"Ich habe ein Date mit meiner Freundin Darci. Wir gehen in einen Club."

"Weiß Nikolay davon? Ich bin sicher, er wird nicht erfreut sein."

„Er muss es nicht wissen. Ich denke, es ist meine Chance, noch ein letztes Mal auszugehen. Ich bin mir sicher, es ist nicht die 'Bratva'-Art. Ich schwöre, es ist, als würde Yoda jedes Mal, wenn er 'Bratva' sagt, ein Geheimnis ausdrücken."

Kat kichert, und es ist erfrischend, denn Papa hatte einen trockenen Humor.

Mein Handy piept: Darci, sie will sich mit mir in einem angesagten neuen Club in London treffen.

„Kann ich deine Jacke tragen und dein Auto benutzen? Wenn ich mich als du ausgebe, kann ich an den Kameras vorbeikommen. Ich glaube...“

"Was? Was soll ich tun, während du weg bist?"

"Warte hier. Es wird mir gut gehen. Ich werde um eins zu Hause sein und wir wechseln zurück. Die Clubs sind sowieso erst ab elf Uhr belebt. Niemand wird es wissen. Es ist wie in alten Zeiten."

"Wirst du Ärger bekommen? Was, wenn jemand hinter dir her ist?"

"Unwahrscheinlich. Ich bin unwichtig. Niemand in der Schule kennt mich. Wenn überhaupt, sind sie wahrscheinlich eher hinter Konstantin oder Nikolay her, sie halten die Organisation zusammen." Ich setze mich auf und umarme meine Schwester. "Bitte, ich muss rauskommen", flehe ich meine Kat an.

"Was, wenn du verletzt wirst?" Sie steht auf. "Was soll ich dann tun?"

"Es gibt einen Flachbildfernseher an der Wand. Bleib einfach hier und schick mir eine SMS, wenn es irgendwelche Probleme gibt."

Ich stehe auf und sie gesellt sich zu mir. Ich nehme ihre Hände in meine. „Durch dick und dünn."

„Durch dick und dünn, aber wenn dein verdammter Verlobter es herausfindet, bin ich nicht schuld. Ich will nicht auf seiner Schwarzen Liste landen." Sie folgt mir ins Pulverzimmer, während ich eine Bürste benutze und Make-up auftrage. Kats Haare sind in einem unordentlichen Dutt. Ich mache meine schnell so, dass sie wie ihre aussehen. Es dauert zehn Minuten, bevor ich sie umarme und ihr versichere, dass alles wie in alten Zeiten sein wird.

„Das haben wir schon ewig nicht mehr gemacht", fügt Kat aufgeregt hinzu und rückt hinter mir zur Eitelkeit im Bad vor und spielt mit meinen Haaren.

„Scheiße." Sie schaut sich im riesigen Badezimmer um. „Du hast eine Badewanne und eine Dusche. Mann, das ist so cool."

„Ich weiß, oder?" Ich werfe einen Blick auf ihr Spiegelbild im Spiegel, als sie meinen begehbaren Kleiderschrank begutachtet, der die Kleidung hat, die Nikolay schon vor meiner Ankunft hier arrangiert hatte. Es ist eine schöne Sammlung von teuren Schuhen, und dann gibt es die kleine Ecke, in der meine Kleidung lebt; drei Kleider, ein Business-Anzug in Pink und Schwarz und ein Frühlingsmantel.

"Woher kommen die schönen Sachen?"

„Von Nikolay, ich habe keine Ahnung, wie er das geschafft hat, aber es ist großartig, findest du nicht?"

„Natürlich." Sie steht fasziniert da und begutachtet, was die Basis für meine neue Garderobe wird.

„Wir besorgen dir auch coole neue Sachen", erkläre ich.

„Hat er also... die Tat vollbracht?"

„Was? Nein!"

"Nun, ich kann sehen, dass er dich mag. Warum sonst sollte er überhaupt 'Hallo' zu mir sagen? Und dein Kleiderschrank macht eine Aussage. Es ist nicht billig, Anya."

„Ich weiß. Er ist gesellig, aber sehr darauf bedacht, zwischen uns geschäftlich zu bleiben."

"Wie würdest du wissen, ob er eine Geliebte hat? Ich bezweifle nicht, dass viele Frauen bereit sind, mit einem verheirateten Mann zu schlafen."

"Ich weiß es nicht. Ich hatte noch nie eine ernsthafte Beziehung. Es ist nicht so, dass ich mich nicht selbst gefragt habe. Was, wenn er betrügt? Ist das der Grund, warum er nachts nicht in mein Zimmer kommt? Es hindert ihn nichts daran, zu tun, was er will. Mag er mich nicht?

„Nun, vielleicht wartet er auf die Hochzeit. Du warst noch mit niemandem zusammen, oder?" Sie spielt mit meinen Pinseln auf der Theke herum.

"Nein, zum Himmel, ich wünschte. Niemand ist mir besonders. Und du?"

"Keiner hier, kleine Schwärmereien. Ich lasse mir Zeit."

Ich habe meine Schwester immer als die Normale gesehen. Sie ist toll im Small Talk, passt sich jeder Situation an, sieht Beleidigungen nur als Worte und nimmt nichts persönlich. Sie verschwendet keine Zeit mit Situationen, die auf lange Sicht unwichtig sind. Ich beneide sie, wie sie mit wenig Stress durchs Leben segelt.

"Danke für das, Kat. Ich schulde dir was." Ich schaue in den Spiegel, um ihr Gesicht über meinem zu sehen, während ich auf einem gepolsterten Stuhl sitze, der für den Tisch gemacht ist.

"Du schuldest mir eine Menge, wenn du erwischt wirst, also sei pünktlich zu Hause und schreib mir, dass du auf dem Heimweg bist, damit ich mir keine Sorgen mache. Ich kann nicht glauben, dass wir das tun. Wir haben seit Jahren nicht mehr Zwillinge gespielt", antwortet sie. So sehr sie die Strenge sein will, sie lächelt.

"Es wird schon gut gehen", beruhige ich sie. "Das ist nicht das erste Mal, dass wir Regeln brechen."

"Ja, aber Sergei hatte unseren Rücken."

"Stimmt, wir werden einfach improvisieren müssen. Es wird bestimmt gut gehen. Mach es dir bequem und verlasse das Zimmer nicht. Hier kommt sowieso niemand rein."

Ich ziehe Jeans an, wie meine Schwester, und trage ihre Bluse. Ich stecke ein Lycra-Minikleid in meine Handtasche. Ich plane, es zu wechseln, bevor wir uns im Club treffen. Ich schalte den Fernseher ein, und es ist, als wären meine Schwester und ich zurück in die Zeit gefallen, in der wir beste Freundinnen unter einem Dach waren.

Um neun Uhr überprüfe ich den Flur und entscheide mich, es zu riskieren, bevor Nikolay ins Bett geht, normalerweise nach zehn. Er ist Frühaufsteher. Ich senke meinen Kopf, gehe die Treppe hinunter und greife nach der Jacke meiner Schwester aus einem kleinen Schrank im Vorraum. Selbstbewusst, dass ich mein Talent nicht verloren habe, schreite ich zur Autotür hinaus. Ich finde es lustig, dass ich mich wie Cinderella fühle, die zu einem Ball gefahren wird, aber wir wollen dasselbe - Freiheit für eine Nacht, um uns mit Gleichaltrigen zu vermischen.

Mit ihrer Handtasche über meiner Schulter und ihren Autoschlüsseln sicher in meiner Hand, winke ich dem Wächter auf dem Gelände gute Nacht und krieche in den alten, gelben VW Käfer meiner Schwester. Die Wachen auf dem Gelände werden nichts ahnen.

Gott, das Ding ist alt und klein. Ich habe mich daran gewöhnt, herumgefahren zu werden und fühle mich wie in einer Zeitblase. Ich trete die Kupplung und starte das Auto. Ich nehme die Handbremse ab und das Auto ruckelt. Ich bin unterwegs, aus den Toren hinaus, und fahre in Richtung Freiheit. Es ist eine Woche her, seit ich einen Moment für mich allein außerhalb unseres Anwesens hatte.

Ich parke und ziehe mich im Auto um, was schwierig ist, wenn man bedenkt, dass dort zwei Sitze und der Schalthebel sind. Ich hole meine Handtasche raus, schließe das Auto ab und geselle mich zu Darci in die Schlange. Ich habe die Jacke im Auto gelassen; die Nachtluft ist kühl, und ich reibe meine Arme, um warm zu bleiben.

"Oh mein Gott", ruft Darci aus, als sie mich umarmt. "Du hast es geschafft!"

"Ich habe."

Die Leute hinter uns in der Schlange beschweren sich darüber, dass ich vordränge."

"Verpisst euch", ruft Darci. Ich weiß, sie wird eine gute Anwältin sein. Sie lässt sich von niemandem einschüchtern.

"Ich habe in der Zeitung gelesen, dass dein Vater ermordet wurde. Es tut mir leid?"

"Wirklich?" Nikolay hat nichts davon erwähnt.

"Oh ja, ein Bild von dir und einem Mann namens Nikolay, Russe, hm? Du standest in den Klatschspalten, als du dein Haus verlassen hast. Ich habe dich erkannt."

„Wirklich?" Ich bin entsetzt, dass ich diese wichtige Information verpasst habe. Ich nehme an, sie bezieht sich auf die Bilder, die die Medien von uns gemacht haben, nachdem wir meine Wohnung verlassen haben. Ich hoffe, sie wird das Thema wechseln. Ich schätze, jetzt ist die Katze aus dem Sack.

„Es tut mir leid wegen deinem Vater. Seltsame Dinge geschehen", fügt sie ohne Fragen zu stellen hinzu, wofür ich dankbar bin. Aber dann fällt mir auf, dass sie scheinbar die Hintergrunddetails kennt.

Was sind seltsame Dinge für sie? Was weiß sie, was sie nicht mitteilt?

„Oh ja, das ist wahr. Ich versuche, nicht darüber nachzudenken. Mein Vater war nicht der beste Vater auf der Welt." Ich zucke mit den Schultern.

„Dein Verlobter ist ein echter Hingucker. Gut für dich." Sie stupst mich an und ich lächle.

Er sieht gut aus, und seine distanzierte Art bringt mich zur Verzweiflung. Ich kann nicht aufhören, an ihn zu denken; seine kalten, durchscheinenden Augen erinnern mich an gefrorene Seen auf dem russischen Land.

Die Schlange bewegt sich und wir zeigen unsere Ausweise und bezahlen, um den neuesten Club zu betreten. Die Musik ist laut, was Unterhaltungen unmöglich macht.

Darci weist in Richtung Bar. Ich folge ihr genau, als sie einen Weg durch die Menge junger Leute bahnt. Neue Clubs sind immer voll und heute ist keine Ausnahme. Die kreisförmige Bar ist mit blauen Neonleuchten unterleuchtet. Es gibt eine obere Ebene mit einem Geländer, an dem die Gäste lehnen können und ein guter Ort, wenn man die Attraktionen unten überblicken möchte.

„Zwei Martinis", ruft sie dem gutaussehenden Barmann zu.

Eine Minute später dreht sie sich um und reicht mir ein Getränk. Ich nehme einen Schluck.

„Donnerwetter, das ist stark!"

„So soll es sein. Bei fünfzehn Pfund pro Drink sollte es stark sein."

Es klingt nach Wucher, aber nach ein paar Schlucken fühle ich mich beschwipst. Wir bewegen uns um die Tanzfläche und beobachten, wie die Menge zu den Beats der Techno-Musik herumspringt.

Darci findet Mitschüler und wir gesellen uns zu ihnen in eine weniger lärmende Ecke des Raumes, wo wir uns austauschen. Ich kenne sie nicht gut. Ich bin schlecht in Gruppengesprächen und ziehe bedeutungsvolle Gespräche eins zu eins vor, also höre ich zu. Ich dachte, das würde Spaß machen, vielleicht sogar aufregend sein, aber ich vermisse die Gemütlichkeit zu Hause, wissend, dass Nikolay nur ein paar Schritte entfernt ist. Ich frage mich, wann er den Schritt machen wird, um den wir die ganze Woche herumgetanzt haben.

Ich schaue über die Schulter, um sicherzugehen, dass wir nicht verfolgt werden und stelle mein leeres Glas auf einen Tisch. Als Gruppe beschließen wir, die Tanzfläche zu stürmen. Ich lasse mich von der Musik mitreißen und der Raum beginnt zu wirbeln. Ich sage mir, das wird vergehen. Es ist nicht so, als ob ich noch nie betrunken war, aber das Getränk hatte wirklich Wumms.

Ich frage mich, wie Darci auf mich in der Zeitung gekommen ist. Sicher, es gab ein Bild mit einem Teleobjektiv. Ich bezweifle, dass es klar genug wäre, dass sie es zusammensetzen kann. Wer würde auch denken, dass eine Schulfreundin jemand in den Nachrichten mit einem anderen Namen ist? Das ist eine Menge, was man zusammensetzen muss. Ich habe nie viel über mein Leben, über meine Schwester und Mama erzählt, das ist sicher, aber nichts davon hätte meinen echten Namen verraten können. Papa bestand darauf, dass ich in der Schule einen anderen Namen benutzte, aus Sicherheitsgründen. Sie kennt mein Geheimnis, hat mich aber noch nicht auf den Grund dahinter angesprochen, und mit diesem Gedanken verschwimmt der Raum. Ich weiß, dass ich in Schwierigkeiten stecke.

Ich torkle von der Gruppe weg und kralle mich an einer Tischplatte fest. Die Gäste werfen mir einen abschätzigen Blick zu. Ich glaube, mir wird übel.

Gerade als ich ohnmächtig zu werden drohe, packen mich starke Hände.

KAPITEL 9, NIKOLAY

Ich nippe an meinem Cognac als Mutter anruft.

"Mama, wie geht es dir?"

"Ich versuche vorwärts zu kommen. Es gibt gute Tage und Zeiten, in denen ich keine Tränen mehr habe. Es kommt in Wellen. Ich vermisse deinen Vater. Wie geht es dir? Ich habe nichts von dir gehört. Ich wollte sicherstellen, dass es dir gut geht. Es tut mir leid, dass ich dich dorthin geschickt habe, um dieses Durcheinander zu beseitigen. Ich freue mich, dass du heiratest. Es ist an der Zeit, dass du eine Frau nimmst. Wir brauchen neues Blut in der Familie. Kinder bringen Energie ins Haus."

Das muss die nächste Phase nach der Trauer sein. Sie freut sich auf Aktivitäten, die sie motivieren, jeden Tag aus dem Bett zu kommen. Es ist weniger als zwei Wochen her, dass sie ihren Ehemann verloren hat, also geht es ihr gut. Nach fünfunddreißig Jahren Ehe hat sie so viel Zeit verdient, wie sie braucht. Sein Tod hat eine klaffende Lücke in ihrem Herzen und Alltag hinterlassen. Enkelkinder werden ihr Leben erfüllen, aber ich sehe voraus, dass unser Leben sich um Russland drehen wird. Irgendwann wird ein Bruder Russland übernehmen; es macht Sinn zu erobern und zu teilen. Wenn ich meinen Brüdern nicht vertrauen kann, bin ich wirklich am Ende.

"Ich werde mein Bestes tun, Mama. Anya liebt London." Ich lehne mich in meinem Stuhl zurück und ihre beruhigende Stimme beruhigt mich. Sie ist eine gute Mutter. Mein Instinkt sagt mir, dass Anya auch eine gute Mutter sein wird, vor allem nachdem ich Ausschnitte von ihrem Vater gehört habe, der ein Stück Arbeit war.

"Übertreib es nicht. Anya und ich sind immer noch fremd. Wir waren Kinder, als wir uns zuletzt getroffen haben. Ich werde dir Enkelkinder schenken, aber nicht jetzt. Ich habe eine Aufgabe zu erledigen." Die ganze Zeit habe ich wirklich keine Ahnung, was Anya denkt. Ich habe es nie mit ihr besprochen, weil es schon beschlossen ist.

"Verzichte nicht auf die guten Dinge im Leben. Du kannst manchmal zu ernst sein. Ich denke, Anya wird gut für dich sein. Du musst heiraten, bevor du zu sehr in deinen Wegen feststeckst. Je älter du wirst, desto schwerer ist es, sich zu ändern und Kompromisse einzugehen. Ich bin wütend auf Igor. Er war nie gut in der Politik unserer Welt oder bei gewählten Beamten. Dein Vater warnte ihn, Ölgesellschaften zu meiden, aber irgendwie ist er letztendlich in Ungnade gefallen." Sie seufzt. "Er war nicht so penibel mit Details wie du. Ich frage mich, was Dmitry finden wird. Wir werden vielleicht nie wissen, warum sie beide getötet wurden. Wie geht es Anya? Ich habe sie eine Ewigkeit nicht gesehen."

"Es geht ihr gut. Allerdings hat sie uns nicht erwähnt. Ich glaube nicht, dass sie sich an unsere Zeit in Russland erinnert. Sie war jung," füge ich hinzu. Ich bin überrascht, weil sie nie über die Jahre hinweg von ihr erzählt hat. Vielleicht dachte sie, dass es nur eine Schwärmerei zwischen uns war. Vielleicht wusste sie nicht von unserer Anziehung. Wir haben schon damals so gut zusammengepasst.

"Ja, ich war mit ihrer Mutter befreundet, und wir haben Dinge zusammen gemacht. Dann sind wir in die Stadt gezogen, und sie sind nach London gegangen. Es war Teil des Plans zu teilen und zu erobern." Sie lässt einen langen Seufzer los, als ob sie von den Erinnerungen an die Vergangenheit erschöpft wäre.

"Ich erinnere mich an Anya, aber ich dachte nicht, dass du es tun würdest. Sie war ein süßes Kind." Ich denke an Erinnerungen, die ich vor Jahren begraben habe, und doch kommen sie mir vor wie gestern.

"Ja, das war sie. Aber du mochtest es, sie zu ärgern. Du hast an ihren Zöpfen gezogen und ihr Blumen gegeben, die du auf den verwaisten Feldern gepflückt hast; sie rochen nach Minze und Salbei."

Ich lasse mich ins Sofa sinken und nehme einen großen Schluck von meinem Schnaps. Ich denke zurück und träume von der kleinen Stadt, in der wir geboren wurden, den Blumen entlang der Feldwege, auf denen wir gewandert sind. Anya hatte immer ihre Nase in einem Buch. Die Kinder machten sich lustig über sie, weil sie lieber las als im Schulhof Ball zu spielen. Sie liebte Little Women. Ich vermute, es war ihr persönlicher Fluchtweg. In unserer kleinen Stadt passierte nie etwas Aufregendes. Die meisten Väter versoffen ihren Wochenlohn in den örtlichen Kneipen und stritten mit ihren Frauen, wenn sie endlich nach Hause kamen.

Sicher, ich ärgerte sie. Kinder ärgern einander, das bedeutet nichts. Ich erinnere mich daran, wie ich ihr einen Zettel in ihr Buch legte, auf dem stand, dass sie mich auf dem Spielplatz treffen sollte, damit ich sie nach Hause begleiten konnte und sie mir dann von den Romanen erzählen konnte, die sie las. Einige waren sogar illegal, wie Little Women; sie liebte es. Jetzt erinnere ich mich, wie sie es an ihre Brust drückte, in meinem Büro in der Bibliothek. Sie bat mich, das Geheimnis zu wahren. Meine kleine Anya ist nun erwachsen. Ein Lächeln huscht über mein müdes Gesicht. Das erklärt sicher die Chemie zwischen uns. Als Kinder und Erwachsene zog es uns immer zueinander; es entwickelte sich zu einer brennenden Flamme. Sie ist nie weit von meinen Gedanken entfernt. Im Laufe der Jahre habe ich sie in den Hintergrund meiner Gedanken gedrängt, in der Annahme, dass es das Schicksal war, das mir sagte, wir seien nicht füreinander bestimmt, als sie plötzlich weggezogen sind. Ich war mir sicher, unsere Eltern hätten gegen mich und uns konspiriert.

"Ich bezweifle, dass sie sich daran erinnert. Sie war damals so jung," fügt Mama sehnsuchtsvoll hinzu. "Wie laufen die Hochzeitsvorbereitungen?"

"Anya und ihre Familie kümmern sich darum." Ich seufze und gieße mehr Cognac aus der Kristallflasche vor mir nach. Ich habe nie darüber nachgedacht, dauerhaft von zu Hause wegzuziehen. Früher kam ich nach London, um für Papa die Dinge zu überblicken, konnte aber nach Hause zurückkehren, wann immer ich wollte. Jetzt bin ich hier festgelegt. Mama fehlt mir, ich habe sie als selbstverständlich angesehen, als ich älter wurde. Ich vermisse meine Nächte in den Clubs. Bei all der Unsicherheit den Überblick über Anya zu behalten erfordert Zeit und Energie, während ich versuche, eine Fusion unserer Familienunternehmen zu managen.

"Wie geht es Dmitry und Roman?" frage ich. Sie fehlen mir, da sie mich ständig auf die Palme brachten.

"Ärger, wie immer." Sie seufzt und ich bin mir sicher, sie erinnert sich an uns als wir jünger waren. "Ich vermisse deine Präsenz, du bist der Einzige, der sie am besten im Zaum halten kann."

Ich lache. "Nun, ich werde dich nächste Woche sehen."

"Das wirst du. Ich bringe Anya Perlen für die Hochzeit und heiße sie in der Familie willkommen. Wie kommt ihr beide miteinander klar?"

"Gut."

"Sie muss das Haus lieben. Sie war immer eine Träumerin. Es überrascht mich, dass sie Anwältin werden will."

"Du weißt das?"

"Natürlich, es ist gut, wenn du mit einer Frau zusammen bist, die nicht jedem deiner Wünsche nachgibt. Sie hält dich in Schach."

"Sicher, noch eine Person, die ich unter Kontrolle halten muss."

"Es ist spät. Ich muss gehen. Ich sehe dich nächste Woche." Sie sagt mir, dass sie mich liebt und legt auf.

Ich denke über unser Gespräch nach. Ich frage mich, ob Anya Erinnerungen an ihre Kindheit in Russland hat. Die kleine Stadt, in der unsere Väter aufwuchsen, ist alles, was sie außerhalb von London kennt. Das erklärt, warum sie so modern und abenteuerlustig ist. Sie ist eher Europäerin als Russin. Sie hat Freiheiten erlebt, die die meisten aus unserer Stadt nie erlebt haben.

Es ist nach meiner Schlafenszeit, als mein Telefon klingelt. Es ist Pavel.

„Was jetzt? Es ist spät."

„Ich habe einen Anruf bekommen; Anya ist im Club Royal. Unser Türsteher hat geschrieben, als sie reingingen. Ein Mädchen war bei ihr."

„Ihre Schwester?"

„Keine Ahnung. Wohl kaum, sie hat dunkle Haare. Anya und Katerynia sind beide blond."

„Wie ist sie aus dem Haus gekommen? Scheiße!" rufe ich aus. „Ich werde ihr Zimmer überprüfen. Hole mich sofort ab."

Ich fliege die Treppen hinauf, nehme zwei auf einmal, und platze durch Anyas Schlafzimmertür, um Katerynia in ihrem Bett zu finden, wie sie eine Schokoriegel isst und fernsieht. Ihre Augen weiten sich vor Überraschung.

"Wo ist Anya?"

"In einem Club mit einer Mitschülerin."

"Wann ist sie gegangen?"

„Vor über einer Stunde. Es tut mir leid." Sie steht auf. „Warte, wie wusstest du das? Niemand kam an das Zimmer. Geht's ihr gut?"

„Keine Ahnung. Sie ist allein, nachts, ohne Wachmann. Was meinst du?", schreie ich frustriert. „Ich hole sie. Du bleibst hier und verlässt dieses Zimmer nicht!"

Katerynia zuckt zusammen unter meiner Stimme. Ich schlage die Tür hinter mir zu, so fest, dass der Rahmen wackelt.

Ich schnappe mir eine Anzugjacke aus meinem Zimmer und verlasse das Haus durch die Vordertür, während Pavel mit unserem schwarzen SUV vorfährt.

"Verdammt, haben wir irgend welche Informationen, mit wem sie dort ist?"

„Nein, das Personal sucht sie gerade."

"Scheiße, Scheiße, Scheiße!" Ich schlage auf das Armaturenbrett, während Pavel mit Vollgas zu unserem Club fährt.

Pavel parkt illegal auf der Straße, und wir springen heraus, stürzen in den Club, als ob unser Leben davon abhinge. Mein Herz ist in meiner Kehle. Was ist, wenn ihr etwas passiert ist? Mit wem ist sie hier? Trifft sie heimlich einen Mann?

Ich verwerfe den letzten Gedanken. Sie ist nicht der Typ, der betrügt. Sie ist geradlinig, bis auf heute Nacht. Ich mag es nicht, ausgespielt zu werden, weder von einem Rivalen noch definitiv von meiner Verlobten.

Pavel erhält eine SMS, die uns auffordert, zum hinteren Teil des Clubs zu gehen. Ich sehe sie zuerst, über einem Tisch gebeugt. Ich wäre erleichtert, wenn ich nicht so wütend wäre.

Ich lege meinen Arm auf ihren, was die Gäste am Tisch erschreckt. Offensichtlich sind sie nicht mit ihr zusammen. "Such nach ihrer Freundin", brülle ich mit bedrohlicher Stimme.

Anyas Augen sind glasig und sie reagiert langsam.

"Das Mädchen wurde nicht gefunden. Die Männer sind dran."

"Wir müssen sie nach Hause bringen. Sie wurde heruntergebracht." Ich nehme Anya in die Arme, besorgt um ihre Gesundheit, nehme aber an, dass es eine Club-Droge war, die sie benommen macht und deren Wirkung sich mit Alkohol intensiviert. Ich habe einen Arzt zur Verfügung, wenn nötig. Ich möchte kein Untersuchungsverfahren in unserem neuen Club.

„Wieviel hast du getrunken?"

Ihr Kopf hängt schlaff in meinem Arm, "ein kleines, kleines, winziges ..." ihre Stimme verläuft im Sand.

Obwohl ich ruhig bleiben muss, bin ich in Panik. Ich war noch nie vorher für eine Frau verantwortlich, und es zerreißt mir den Magen, mich zu sorgen, was ihr gegeben wurde und wer ihr schaden wollte. Ich werde jeden Mann aufschlitzen und in Stücke schneiden, der Hand an sie legt.

Pavel öffnet die hintere Tür unseres Fahrzeugs und ich lege Anya hinein, laufe auf die andere Seite und krieche neben ihr hinein. Ich klicke den Sicherheitsgurt um sie herum, obwohl ich sie fest an meine Brust drücke. Zur Vorsicht halte ich ihren Kopf aufrecht.

"Mir ist so...übel", murmelt sie schwach und legt ihren Kopf auf meine Schulter.

"Was hast du getrunken?"

„Martini." Speichel läuft aus ihrem Mund, als wäre er betäubt. „Ich habe Durst." Ihre Worte sind gemurmelt, als wäre sie high, langsam zu verarbeiten und begrenzt.

„Wir sind bald zu Hause. Rede weiter. Wen hast du heute Abend getroffen?"

„Dar...ci."

„Ist sie von der Schule?"

„Äh.“

„Bleib wach. Ich muss sicherstellen, dass du atmest.“

„Ich bin müde. Ich will schlafen.“

„Das weiß ich.“

„Geht es ihr gut, Boss?“ Pavel wirft uns einen Blick über den Rückspiegel zu, Sorge auf seinem Gesicht.

„Bisher ja, ruf den Arzt an, er soll uns zu Hause treffen. Ich vermute, es ist Rohypnol. Es sollte in ein paar Stunden nachlassen. Aber wir müssen sicher sein. Sie könnte ein Gegenmittel brauchen.“

Anya ist der Schlüssel zur Zusammenführung der Petrov und Volkov Bratva. Unsere Fusion wird erreichen, was unsere Väter immer gewollt haben, eine groß angelegte Unterweltorganisation zwischen ihnen, die zusammenarbeitet und ihr Geschäft zu einem weltweiten Unternehmen ausbaut.

„In Ordnung.“ Pavel ruft unseren persönlichen Arzt per Bluetooth an und fünfzehn Minuten später sind wir zu Hause.

„Oh mein Gott, geht es ihr gut?“ Katerynia stürzt die Treppe hinunter bei unserer Ankunft. Zweifellos konnten die Türen, die aufprallen, oben gehört werden.

„Hoffentlich“ antworte ich mit einem bedrohlichen Blick. „Pavel, lass den Sicherheitsmann des Hauses sie nach Hause bringen.“

„Ja, Chef.“

„Geht es ihr gut?“ Katerynia schreit noch einmal, als sie zu ihrer Schwester kommt.

„Es wird ihr gut gehen. Und wenn du noch einmal solche Spielchen machst, dann wirst du die Hölle zu spüren bekommen!“

„Es tut mir leid, sie wollte ausgehen“, antwortet sie, als Pavel ihre Arme packt und sie zurück in Anyas Zimmer bringt. Sie packt ihre

Sachen und er gibt sie einem anderen Wachmann im Haus, der sie nach Hause fährt.

Ich trage Anya zu meiner riesigen Suite, werfe die Decken auf meinem Bett mit einer Bewegung meiner Handgelenke zurück und lege sie auf die weiche Matratze. Ihr rotes Minikleid lässt wenig der Vorstellung überlassen und es gibt keine Möglichkeit, dass sie so freizügige Kleidung für jemanden anderen als mich trägt.

Hazel erscheint mit einem Glas kaltem Wasser. Ich zwinge sie zu trinken. Sie trinkt langsam. Mein Herz bricht, als ich sie schwach und zerbrechlich sehe. Sie ist handlungsunfähig. Gott sei Dank, dass wir rechtzeitig da waren. Ich bin es nicht gewohnt, sie hilflos zu sehen, und ich wünschte, ich könnte mehr tun.

Ich bete für mich selbst, dass es ihr gut gehen wird und hoffe, dass sie lebt, um mich bis zu meinem Todstag zu necken und mir zu widersprechen. Ich ziehe einen Stuhl herüber, um an ihrer Seite zu sitzen. Sie driftet ein und aus.

Pavel tritt in den Türrahmen. „Wie geht es ihr?"

„Sie trinkt, das ist ein gutes Zeichen. Es könnte Ecstasy sein. Wir müssen alle Möglichkeiten abwägen."

„Der Doktor ist unterwegs", gibt Pavel mit Dringlichkeit in seiner Stimme weiter. Zweifellos laufen wir alle auf Adrenalin. Ein Angriff auf Anya ist ein Angriff auf uns.

„Sie benutzt an der Schule einen falschen Namen. Wer hätte gewusst, wer sie ist?"

„Mädchen reden. Es könnte jeder sein. Mein Instinkt sagt mir, dass diese Darci auf und davon ist."

Hazels Stimme ist im Flur zu hören, und der Arzt ist bei ihr.

„Doktor." Ich schüttle seine Hand. „Danke, dass Sie gekommen sind."

„Ich habe von dem Vorfall gehört. Ich werde Blut abnehmen. Wir testen auf Drogen. Wie geht es ihr?"

„Ich halte sie wach und sie trinkt Wasser."

Er nickt, geht dann zum Bett, wo er ein Gegenmittel verabreicht und Blut abnimmt.

„Ich denke, es wird ihr gut gehen. Das Gegenmittel könnte übertrieben sein, angesichts ihrer Symptome. Ich bezweifle, dass sie sie töten wollten."

„Warum sagen Sie das?"

„Die Chancen stehen gut, dass sie ins Visier genommen wurde. Von wem? Das müssen Sie herausfinden. Überdosen passieren normalerweise schweren Drogenabhängigen. Aber das ist nur meine Meinung."

Ich danke ihm und er sagt mir, ich solle anrufen, falls sie sich nicht verbessert. Ansonsten brauchen wir Zeit. Hazel verabschiedet ihn.

Pavel ist am Telefon und legt auf.

„Keine Spur von dieser Darci, und wenn sie in ihrer Klasse war, gehe ich davon aus, dass auch sie einen falschen Namen hatte. Ich denke, wir müssen die Leute untersuchen, die Anyas falschen Namen kannten."

„Einverstanden. Damit fangen wir morgen an. Wir waren in den Nachrichten mit Bildern. Sie könnte eins und eins zusammenzählen, aber sie könnte auch eine Verräterin sein. Für jetzt kann ich mich auf nichts anderes konzentrieren, als zu genesen. Ich werde nicht ruhen, bis ich weiß, dass sie das Schlimmste dieser Droge überstanden hat."

Pavel nickt und spricht mit den Crewmitgliedern, die immer noch die geheimnisvolle Darci suchen. Unsere Soldaten werden die Überwachungsvideos im Club auswerten.

Ich setze mich auf einen Stuhl neben das Bett und halte Anyas Hand.

"Du hättest sterben können. Das war nicht Teil des Abkommens, meine Liebe." Ich bezweifle, dass sie mich hören kann. „Als wir Kinder waren, habe ich versprochen, dich zu heiraten, und ich werde nicht um meinen gerechten Anteil gebracht."

KAPITEL 10, ANYA

Ich erwache und finde Nikolay auf einem Stuhl neben dem Bett. Mit seiner eleganten Hand streicht er über den Flaum an seinem kräftigen Kinn. Unter seinen Augen zeichnen sich dunkle Ränder ab. Er trägt immer noch die Kleidung von gestern Abend, er muss die ganze Nacht hier gewesen sein.

Ich wende mich und stelle fest, dass ich mich bewegen kann, eine Verbesserung zum gestrigen Abend, als ich gelähmt war.

"Was ist passiert?" Ich richte mich im Bett auf und Nikolay eilt herbei, um Kissen hinter mich zu legen.

"Du wurdest mit einem Betäubungsmittel abgefüllt, aber dir geht es gut. Zum Glück hat uns der Mann an der Tür darauf aufmerksam gemacht, dass du da warst. Andernfalls..." Er schüttelt den Kopf und zuckt mit den Schultern, als ob die Alternative eine Katastrophe gewesen wäre.

"Wer hat mich betäubt?" Endlich bin ich wach. Ich lasse mein Gesäß höher rutschen; zum Glück hat er sich gebeugt, um Kissen hinter meinen Rücken zu legen. Ich muss aussehen wie ein Wrack und das ist das Letzte, was ich hören möchte. "Darci?" frage ich, mein Gedächtnis klärt sich.

"Wir vermuten, Darci. Deine Schwester kannte ihren Namen." Er steht auf und läuft auf und ab. "Sie hat sich aus dem Staub gemacht." Er reibt seine Hand über den mehr als Fünf-Uhr-Schatten auf seinem Gesicht.

"Es war seltsam, wie sie gestern Abend geredet hat. Sie schien viel über mich zu wissen. Sie erkannte mich auf dem Bild, das die Medien vor meiner Wohnung gemacht haben. Wer macht das? Wer kombiniert so schnell zwei und zwei?"

"Wirklich? Interessant." Er läuft auf und ab und denkt nach, bevor er fragt. "Gibt es Details, die es wert sind, geteilt zu werden?"

"Nein, sie war unangenehm vertraut, sagte Dinge, die sie nie hätte wissen können. Sie bestand darauf, mir einen Drink zu kaufen. Nachdem ich den Martini getrunken hatte, begann ich mich krank zu fühlen. Ich hielt sie für meine Freundin. Ich hätte nie vermutet, dass sie mich betäuben würde."

"Das tut man nie. Es passiert so oft und ist leicht zu bewerkstelligen. Der Barkeeper wird verhört.

„Sie wusste, wer du bist?" Er setzt seinen Gedankengang fort und läuft auf und ab, während sich die sexuelle Anspannung zwischen uns aufbaut. Ich liege in seinem Bett, trage sein großes, monogrammiertes, langärmeliges Hemd, um den Zug auf meinen Schultern abzuwehren. Es ist mir peinlich, dass er mich nackt gesehen haben muss, es sei denn, er hat Hazel beauftragt, mich aus meinem freizügigen Kleid zu holen. Nein, das Outfit passt zu einem Single-Mädchen, das gern in Clubs geht. Ich bin mir sicher, dass er nicht möchte, dass jemand, den er kennt, mich darin sieht. Wahrscheinlich würde er mich wieder dafür abkanzeln, dass ich zu jung bin. Andererseits könnte es auch seine besitzergreifende Art sein, die durchkommt.

Ich verstehe nicht, warum er nicht in mein Zimmer gegangen ist und meine Kleidung geholt hat. Ich streiche über den Stoff, der sich über meinen Hüften zusammenzieht; der schwere Stoff ist eine exquisite Webart. Ich liebe das Gefühl auf meiner nackten Haut. Und noch mehr, weil es schon auf seiner Brust war und eine Art Verlängerung von ihm zu sein scheint. Es ist, als würde er sagen, dass ich ihm gehöre und eines seiner intimsten Besitztümer mit mir teilt.

"Ich meine, sie wusste, dass ich aus einer wohlhabenden Familie komme und wo ich wohne. Aber gestern Abend kannte sie meinen echten Namen, was mich verwirrte. Ich hatte es ihr nie gesagt."

"Deshalb haben wir Regeln. Ich muss davon ausgehen, dass ein Feind deines Vaters oder jemand, der mich stürzen will, nach dir suchen wird. Wenn unsere Bratvas sich vereinen, werden wir die stärkste russische Familie im Ostblock außerhalb Russlands sein. Kannst du dir jemanden vorstellen, der einen Grund hätte, dir zu schaden oder unsere Hochzeit zu verhindern?"

"Nein, wer wusste von der Hochzeit? Nur unsere Familie und vielleicht das Personal, möglicherweise Wachen? Was ist mit deinen Brüdern?"

„Wir haben immer das Beste für die Bratva getan. Nichts kann uns trennen. Bezweifle niemals meine Familie oder meinen Familiennamen." Sein Ton ist beängstigend und versetzt mir einen riesigen Schreck, besonders wenn er in so einer schlechten Stimmung ist. Ich werde niemals wieder die Loyalität seiner Familie infrage stellen.

Ich erinnere mich daran, dass Nikolay ein Kontrollfreak und ein mächtiger Mann ist, der einen Ruf zu schützen und aufrechtzuerhalten hat, und ich habe keinen Zweifel, dass er das tun wird. Ich kann vergessen, dass ich mich aus dem Schlamassel, den ich verursacht habe, befreien kann, indem ich die Wachen überliste. Es ist offensichtlich, dass wir Feinde im Schatten haben, die auf eine Gelegenheit warten, zuzuschlagen, und sie haben zugeschlagen. Ich zucke mit den Schultern, ein Kältegefühl kriecht über mich hinweg, als ich mir vorstelle, was passiert wäre, wenn Nikolay nicht gewusst hätte, wo ich war und mich gerettet hätte.

Die Wahrheit ist, ich bin an dieser Situation schuld und sollte ihm danken. Wenn er diesen Club nicht besitzen würde und überall seine Spione hätte, würde ich nicht hier sitzen und seine fantastischen Gesichtszüge bewundern und seinen Hintern jedes Mal checken, wenn er sich umdreht. Ich bewundere sein Selbstbewusstsein und seine Entschlossenheit. Wenn jemand herausfinden kann, wer dahinter steckt, setze ich mein Geld auf ihn.

„Du bist diejenige, die die Regeln gebrochen hat, und jetzt wirst du wissen, wie es sich anfühlt, eine Gefangene in meinem Haus zu sein." Seine Aussage ist genauso kalt wie seine Augen, als sie auf meine treffen. Ich hasse es, mit ihm im Streit zu sein. Ich dachte, wir kommen voran. Jetzt bin ich mir nicht mehr sicher.

„Und was ist mit heute? Kat und ich wollten einkaufen gehen."

„Werdet ihr. Allerdings werden Pavel, Alex und ich dabei sein, um sicherzustellen, dass ihr nicht gefolgt werdet oder entführt werdet."

Mein Rückgrat krümmt sich bei dem Gedanken, entführt zu werden, und ich ziehe die Decke bis unters Kinn. Ich habe über Russland und ihre Foltertechniken gelesen. Ich weiß, dass ich nicht die Willenskraft habe, sie wie Nikolai auszuhalten.

Er schwebt neben dem Bett, überragt mich und nutzt es zu seinem Vorteil. „Du musst dir deinen Platz merken, er ist neben mir und das ist nicht verhandelbar. Blamiere mich nicht wieder mit deinen kindischen Streichen. Ich bin nicht amüsiert. Geh jetzt duschen und zieh dich angemessen zum Einkaufen an. Die Hochzeit kann nicht verschoben werden. Wir sind in einem Wettlauf gegen die Zeit. Jeder Tag, von jetzt bis zur Hochzeit, setzt uns einem Risiko aus."

Ich werfe die Decken zurück und springe aus dem Bett, und zum Glück bedeckt sein Hemd meine Po-Backen. Meine Füße rasen, als würde ein Schwarm Hornissen mich jagen. Sobald ich in meinem Schlafzimmer bin, schließe ich die Tür und fange meinen Atem. Nikolay ist genauso sexy wie er beängstigend ist.

Über Nacht haben sich meine Umstände geändert. Ich bin nicht mehr so sicher, wie ich es glauben wollte. Ich wollte, dass das Leben wieder normal wird, und jetzt erkenne ich, dass ich egoistisch war und unsere Zukunft und möglicherweise mein Leben aufs Spiel gesetzt habe, wegen ein paar Stunden in einer Bar mit einem Mädchen, das sich letztendlich als keine Freundin herausstellte. Ich muss mich auf Nikolay verlassen, um mich zu schützen, und so sehr ich es hasse, mich ihm zu unterwerfen, weiß ich, dass mein Überleben davon abhängt, seinen Anordnungen zu folgen.

Darci. Ich hätte wissen müssen, dass etwas verdächtig war, als sie die erste war, die mich im letzten Semester in der Schule befreundet hat. Warum sollte ich jemals zu den beliebten Schülern gehören? Ich bin kein sozialer Schmetterling wie meine Schwester. Ich war letzte Nacht unvorsichtig. Ich schaudere bei dem Gedanken, wie schlimm die Dinge hätten sein können. Ich bin Nikolay dankbar, aber ich habe es ihm nicht gedankt.

Mein Kopf ist immer noch etwas benebelt, und ich habe heftige Kopfschmerzen. Ich nehme an, dass es Kat gut geht. Ich werde ihr später eine Nachricht schicken.

Hazel wirkte, als wüsste sie, dass ich sie brauchte.

„Du sollst diese Aspirin nehmen und unten Nikolay treffen. Er hat seinen ganzen Tag umstrukturiert", fügt sie hinzu, als bräuchte ich eine weitere Erinnerung daran, wie ich alles verpatzt habe. Gott bewahre, der Mann ist beunruhigt. Aber die Enttäuschung in Hazels Augen verletzt mich genauso. Wir sind Freunde. Sie ist die Mutter und beste Freundin, die ich immer wollte, und ich hoffe, dass das es nicht zerstört.

Ihre Worte verletzen mich. Es ist das erste Mal, dass ich in Hazels Augen Unzufriedenheit mit mir sehe, und die Auswirkungen meiner Eskapaden werden mir wie Ozeanwellen zugeliefert, die mit der Flut immer weiter rollen. Ich frage mich, ob Nikolay mich zum Unterricht zurückkehren lassen wird. Wenn Darci meinen Namen kennt, nehme ich an, dass auch andere es könnten. Ich wette, sie hat sich mit einigen bedrohlichen Männern eingelassen, um das zu tun, was sie getan hat.

„Es tut mir leid, Hazel."

„Du wirst es lernen", murmelt sie, als sie geht.

Ich nehme eine schnelle Dusche, föhne mir die Haare und trage ein getöntes Make-up auf meine helle Haut auf, gefolgt von einem leichten Bronzer. Ich trage eine bunte Bluse, Skinny Jeans und Stiefel mit einem Reißverschluss, um sie leicht ausziehen und Kleidung anprobieren zu können.

Ich greife nach meiner kleinen Tasche und runzle die Stirn. Es bringt Erinnerungen an das Debakel der letzten Nacht zurück. Ich mache mir eine Notiz, heute etwas anderes zu besorgen. Ich trinke das Glas Wasser aus, das Hazel zurückgelassen hat, und halte mich am Geländer fest, während ich in das Foyer gehe, wo Nikolay sein Telefon aufhängt. Pavel und Alex flankieren ihn auf beiden Seiten.

Die Bedrohung für uns ist real. Ich habe das Leben ohne öffentliche Aufmerksamkeit genossen. Es war naiv und ich war aus meinem Element, alleine loszuziehen. Ich kann es mir nicht leisten, Nikolay zu verlieren. Wenn ihm etwas passieren würde, graut mir davor zu denken, was mit mir, Mum oder Katerynia passieren würde.

"Gut, dann los", kündigt Nikolay an und übernimmt die Kontrolle über die Situation. Ich folge ihm, während wir ohne auch nur eine Tasse Kaffee zum Frühstück aus der Tür gehen.

Ich habe kein Recht mich darüber zu beschweren, von Leibwächtern verfolgt zu werden. Offensichtlich ist Nikolay das eigentliche Ziel, aber sie werden mich ins Visier nehmen, um an ihn heranzukommen. Wenn ich tot bin, wird die Petrov-Organisation verwundbar sein. Ich bin klug genug, um das zusammenzubringen. Also versucht jemand in der Organisation meines Vaters, Nikolay zu stürzen, bevor er mächtiger wird, wenn wir heiraten.

Ich habe keine Worte mehr, als wir zum noblen Teil von London gefahren werden. Ich nehme an, den heutigen Tag werde ich ohne die Gesellschaft meiner Schwester verbringen.

"Über die Hochzeit wird nicht mehr gesprochen, außer mit der Familie. Abgesehen von den wenigen vertrauenswürdigen Gästen, die wir eingeladen haben, wird es für die Außenwelt eine Überraschung sein. Meine Brüder fliegen ein, um vorher zu helfen."

"Dmitry und Roman?"

"Ja, sie werden dir gefallen, und wenn nicht, dann schlage ich vor, du lernst, ohne großes Aufheben auszukommen. Eine Bratva-Frau muss gehorchen."

"Ich verstehe", murmle ich, als Pavel die Tür öffnet und Nikolay meine Hand nimmt, um mir aus dem hohen Fahrzeug zu helfen. Seine Hand ist warm und fest. Zu meinem Bedauern lässt er mich los, sobald ich sicher auf dem Gehweg stehe. Ich sehe hoch und sehe den Namen eines berühmten Designers am Schaufenster, eines Designers, der nur Termine macht, sagt er.

"Dein Hochzeitskleid ist hier. Du wirst angepasst." Seine kalte Mitteilung bruacht mein sich schwächendes Herz. Ich habe mich noch nie so alleine gefühlt.

„Du darfst es nicht sehen. Das bringt Unglück", platze ich heraus und bedauere sofort, ihm das zu sagen, was er bereits weiß.

"Wir werden in einem anderen Raum warten, in dem wir Champagner trinken. Danach gehen wir in Geschäfte, in denen du alles vom String-Tanga bis zu Stilettos kaufen wirst. Die letzte Station wird ein Friseursalon sein, um deine Haare zu machen; du hast einen Termin heute Nachmittag."

„Was ist mit meinen Haaren los?"

Er öffnet die Tür des Schneidergeschäfts, und ich betrete den Laden. Ich bin überwältigt von der schieren Anzahl wunderschöner Kleider vor mir.

"Es ist eine Weile her, dass es geschnitten wurde, und es muss nachgearbeitet werden. Eine Bratva-Braut muss ihr Bestes aussehen." Er seufzt, als wäre ich ein Ärgernis, und ich vermute, er hat wichtigere Dinge zu tun, als mich den ganzen Tag zu verhätscheln."

Wenn ich vorher dachte, er wäre kontrollierend, dann lerne ich jetzt, was es heißt, seinen Stolz zu schlucken, und Unterwerfung ist das Thema des Tages.

„Kein Wunder, dass dein Vater früh gestorben ist, wenn er so sein Geschäft geführt hat." Er platzt mit dieser Bombe heraus, bevor sie in einen anderen Raum geführt werden, und ich bleibe mit offenem Mund zurück.

Hatte er die Frechheit, meinen Vater zu beleidigen, während dieser im Grab liegt? Wie unhöflich! Zugegeben, Papa war nicht meine Lieblingsperson, aber er war mein Vater und als solcher respektierte ich seinen Platz in meinem Leben.

Eine Frau erscheint und stellt sich als Angela vor; sie ist Britin und trägt einen blasses rosafarbenes Business-Kostüm mit passenden Pumps. Ich kann mir nur vorstellen, den ganzen Tag auf Bridezillas zu warten.

"Anja." Ich nehme ihre kleine Hand in meine. "Ich habe keine Ahnung, was ich anziehen soll."

"Oh, der große Tag kommt bald. Wir müssen an die Arbeit. Mach dir keine Sorgen, du wirkst wie eine Größe sechs, und ich habe viele Kleider für dich zur Auswahl. Ich kann Änderungen vornehmen, damit du an deinem großen Tag schön aussiehst." Sie sprudelt vor mehr Begeisterung als ich aufbringen kann.

Ich streiche mit meiner Hand über den seidigen Stoff des mir nächstgelegen Kleides.

"Magst du dieses?" fragt sie.

"Ich mag alle." Ich lächle und versuche, aus der Stimmung herauszukommen, die ich mit mir trage. Ich befinde mich in einem Paradoxon, indem ich einen Mann heirate, den ich dafür verachte, dass er mich kontrolliert. Auf der anderen Seite, hat er mein Leben gerettet. Ohne weiter darüber nachdenken zu wollen, beschließe ich, es zu vergessen und den Tag einfach zu genießen.

Die Kleider sind erstaunlich, und es gibt so viele Stile zur Auswahl. Sie kommen eng oder weit, mit oder ohne Ärmel, mit Perlen und Kristallen bestickt oder mit Spitze gesäumt. Nenn was, und sie haben es.

"Du würdest in jedem dieser Kleider wunderschön aussehen, aber ich denke, du wirst etwas Einzigartiges mögen. Ich habe einige Haute Couture von einem Top-Designer. Folge mir." Sie führt mich in einen anderen Raum mit nur einem Kleid zur Schau.

"Es ist so hübsch", murmele ich.

"Es ist Haute Couture. Niemand hat es. Herr Volkov hat es für dich angefordert."

Natürlich hat er das. Herr Kontrollfreak mit seinem tadellosen Geschmack. Wie wusste er, dass ich dieses Kleid lieben würde?

Ich folge Angela in eine große Umkleidekabine, wo sie mir hilft, das Hochzeitskleid anzuziehen, und es ist keine Überraschung, dass das Kleid perfekt passt. Ich starre in den Ganzkörperspiegel und erkenne mich selbst nicht wieder. Es ist wahr. Ich habe meine Haare vernachlässigt; es steht mir nicht gut. Ich schaue Angela an, deren Haar perfekt zu einem schicken Dutt frisiert ist. Ich muss so aussehen wie sie, um in diese neue wohlhabende Welt akzeptiert zu werden. Ich habe ein paar Kleidungsstücke, die mir den Anfang erleichtern, aber ich brauche mehr, um den Look zu vervollstän-digen - Haare, Nägel, Schuhe und Handtasche. All diese Dinge bestimmen, wie andere mich sehen und beurteilen werden und letztlich spiegeln sie meinen Ehemann wider, der... in jeder Hinsicht einwandfrei ist.

Nikolay weist nicht gerade subtil darauf hin, wie unerfahren ich im Leben bin, und obwohl ich Modemagazine liebe und sie studiere, erfordert es Arbeit und Geld, alles unter einen Hut zu bringen. Stars haben Glam-Squads für ihr Haar, Makeup und Stylisten für ihre Garderobe. Es braucht ein ganzes Dorf.

"Komm, laufe darin." Angelas Stimme holt mich zurück auf den Boden. Ich laufe durch den Raum; jede Wand hat einen Spiegel und mein Spiegelbild funkelt in dem warmen Licht. Ich fühle mich wie eine Prinzessin, die auf Wolken schwebt. Das Mieder hat einen tiefen V-Ausschnitt, mit einem nackten Netz, das Haut zeigt, ohne Haut zu zeigen. Ich kann nicht jeden Mann im Raum auf meine Brüste starren lassen. Die Taille ist schmal. Ich fahre mit meinen Händen an den Seiten entlang, um den Stoff zu glätten, aber er hängt perfekt, ohne dass ich ihn berühren muss.

Angela klatscht in die Hände. "Du siehst so schön aus", quietscht sie. "Herr Volkov wusste, dass es dir gefällt." Sie lässt mich herumlaufen und schauen, damit sie sehen kann, wie das Kleid bei jedem Schritt mitschwingt. Ich genieße es, wie der Stoff um meine Beine weht, glatt und seidig. Ich laufe zum Ende des Raumes und drehe mich um, lasse den Schleppe des Kleides in meinem Kielwasser folgen. Ich hoffe, Nikolay findet mich darin hübsch. Ich kann es kaum erwarten, meinen gut aussehenden Ehemann in seinem Smoking zu sehen.

"Gefällt es dir?" Angela fragt das Offensichtliche.

"Erstaunlich", ist alles, was ich sagen kann, während mein Körper vor Aufregung und Nervosität zittert. Es ist normal, sage ich mir. Ich werde in einer Woche einen Mann heiraten, der mich für unreif und inkompetent hält.

Es ist eine Ehe, zu der ich gezwungen werde. Ich erinnere mich daran, dass ich meine Familie schütze. Nikolay ist eindeutig der Gewinner, gewinnt Territorien, Geld und mehr Macht. Es ist eine Männerwelt. Auch wenn ich Partner in einer Anwaltskanzlei werde, werde ich nie als gleichberechtigt angesehen. Nikolay hat es nicht erwähnt, aber er wird irgendwann Kinder wollen, vorzugsweise einen Sohn.

Ich kann Selbstmitleid pflegen oder die Fackel aufnehmen und damit loslaufen. Ich werde ihm zeigen, dass ich an seiner Seite gehöre. Ich werde ihn dazu bringen, mich zu wollen. Tatsächlich möchte ich, dass er mich anfleht.

"Es ist perfekt. Ich nehme es." Ich lächle, während Angela mit dem Saum herumhantiert und dabei Nadeln aus einem Nadelkissen nimmt, das sie an ihrem Handgelenk trägt.

"Es passt dir perfekt, als wäre es für dich gemacht", murmelt sie. "Ich bin so froh, dass es dir gefällt. Herr Volkov sagte, der Preis spielt keine Rolle, und dies ist das teuerste Kleid, das ich je berührt habe."

Ich lerne, was Nikolay mag, und das Zeug, das ich aus den Discountregalen kaufe, wird es nicht bringen. Ein neuer Tag ist wahrhaftig angebrochen.

KAPITEL 11, NIKOLAY

"*D*u kannst es nicht sehen!" Anya besteht darauf, als Alex ihre schwarze Kleidertasche ins Fahrzeug legt.

"In Ordnung."

"Du hast guten Geschmack, das muss ich schon sagen", erwidert sie und setzt sich neben mich.

"Hm, wirklich?" Ich verkneife mir ein wissendes Lächeln. Ich kenne meinen kleinen Vogel und ich kann ihr die Welt bieten. Ich hoffe, sie erkennt heute, dass sie solange sie bei mir ist, versorgt wird. Ich mag meine Liebe vorenthalten, bin aber generös mit meinem Geld. Sie hat einen besonderen Platz in meinem Herzen, aber sie darf es nicht wissen. Ich darf ihr keine Macht über mich geben. Niemand darf wissen, dass meine Schwäche ihr Gesicht und ihre Gesellschaft ist. Das Geplänkel, über das ich mich beschwere, ist erfrischend.

"Pavel, fahr uns bitte zur Bond Street."

"Mach ich." Das Fahrzeug ruckt vorwärts, als er aufs Pedal tritt, und nach ein paar Kreisverkehren sind wir bei den erstklassigen Geschäften.

Anya ist vor Freude außer sich und zu stolz, um es zuzugeben. Ich amüsiere mich, als ich sie aus dem Augenwinkel beobachte. Sie bemüht sich sehr, ihre Begeisterung zu verbergen.

In dem Laden angekommen, setze ich mich in die für Männer bereitgestellten Stühle und überrede sie, aus der Umkleide zu kommen, um für mich zu posieren. Sie hat so viel Spaß, dass sie gar nicht bemerkt, wie sehr sie mich anmacht. Ich kann meine Augen nicht von ihr lassen. Pavel stößt mich in die Rippen.

"Halt die Klappe. Ich nehme mir einen freien Tag." Ich versuche, seine Sticheleien zu ignorieren.

"Ja, ganz sicher. Du nimmst dir selten einen Tag frei. Kein Zweifel, eine Blondine ist schuld."

"Vorsicht", warne ich.

Anya probiert Unterwäsche an und weigert sich, die Umkleide zu verlassen. Ich gehe zu ihrer Kabine, wo ich sie auffordere, die Tür zu öffnen. Sie tut es, ohne mich abzuweisen. Taut sie mir etwa auf?

"Ich bin nicht angezogen", sagt sie, als sie eine Bluse hochhält, um ihren in einem Spitzen-BH gekleideten Körper zu bedecken.

"Ich möchte es sehen."

"Äh...m", stammelt sie, während ihre Wangen erröten. Sie weicht zurück bis sie gegen die Wand steht.

"Ich werde dein Ehemann sein. Ich möchte sehen, was ich in dieser arrangierten Ehe bekomme, die für uns beide von Vorteil ist", füge ich hinzu.

"Das ist ziemlich chauvinistisch. Ich bin nicht zum Tausch. Ich mache das, um am Leben zu bleiben. Nach dem Vorfall im Club ist offensichtlich, dass wir beide in Gefahr sind. Wenn sie mich kriegen, können sie auch zu dir kommen." Ihre Augen blitzen kurzzeitig scharf blau auf, bevor sie wieder normal werden. Ich habe sie gereizt.

Ich hebe meine Augenbrauen; das ist eine kluge Annahme, die sie trifft. Das gebe ich ihr. "Ich sehe, du hast die Fähigkeiten, die Dinge zu durchdenken."

"Es wird nicht immer so sein, dass ich dich für meinen Schutz brauche. Eines Tages werden sich die Verhältnisse umkehren."

"Das ist eine ziemliche Unterstellung für jemanden, der errötet, sobald ich dich in..." Ich ziehe den BH-Träger von ihrer Schulter und entreiße ihr die Bluse.

Der überraschte Ausdruck auf ihrem Gesicht ist unbezahlbar, als ich ihren BH öffne und ihre vollbusigen C-Körbchen in meine Hände nehme.

"Jemand könnte reinkommen…" ängstigt sie sich.

"Niemand wird es tun, und das weißt du auch." Ich streiche mit dem Daumen über ihre Brustwarze und genieße, wie sie bei meiner Berührung erstarren. Ihre Brust bewegt sich sichtbar, ihre Erregung steigt. Sie genießt das genauso wie ich. Ich lecke mit meiner warmen Zunge um den Warzenhof, bevor meine gierigen Lippen ihre straffe Brustwarze umschließen. Ich sauge daran, bis sie einen leisen Seufzer ausstößt.

Ich spiele weiter mit ihrer Brustwarze, klemme meine Zähne um sie herum und zupfe daran.

„Autsch!" Sie schlägt auf die Seite meines Kopfes.

Ich kichere. „Möchtest du das?"

„Nein," verkündet sie, doch ihr Körper signalisiert Ja. Sie lehnt sich schwach vor Verlangen gegen die Wand.

Ich will sie gegen die Wand drücken und sie in dieser Kabine nehmen. Das Problem ist, dass wir beide lautstark kommen werden, und jeder im Geschäft wird es hören. Nicht, dass es mir etwas ausmacht, aber nach reiflicher Überlegung, habe ich beschlossen, ein gutes Beispiel für meine Männer zu sein, die fünf-zehn Fuß entfernt stehen.

Ich greife zwischen ihre Beine und finde ihre feuchte Muschi, voll von ihren Säften und schiebe einen Finger in sie, bewege mich in ihr hin und her während ihr Körper unter mir zuckt. Sie ist keine Eisprinzessin. Ich werde sie wie einen Zweig brechen. Ein Geschmack von meinem harten Schwanz in ihr und sie wird nach mehr betteln. Zweifellos haben ihre Knie Schwierigkeiten sie zu tragen, da ihr Blut in ihre pulsierende Muschi fließt. Sie wird einen Rausch von den Endorphinen erleben, ein Gefühl, an dem ich nie Überdruss leide.

„Mm." Ihr Stöhnen ist Musik in meinen Ohren.

„Wie sehr begehrst du mich?" Ich suche ihren Blick. Unsere Lippen sind so nah und ich gehe so vor, als würde ich sie küssen, aber ich schwebe stattdessen. Ich kann so ein Arsch sein.

Sie schließt ihre Augenlider, presst ihre Lippen zusammen und wendet ihr Gesicht von mir ab.

„Du wirst mich wollen." Ich schiebe einen weiteren Finger in sie. Sie ist bereit für einen guten Fick. Sie könnte ein Mädchen in den besten Jahren sein, aber ihr Körper sehnt sich nach dem deka-denten Sexualleben, das ich ihr geben werde. Ich habe keinen Zwei-fel, dass sie in kürzester Zeit unter mir winden wird.

„Nein." Mit Mühe bringt sie das Wort heraus, während sie verzwei-felt versucht, sich von dem Vergnügen, das meine Finger ihr schen-ken, als ich ihren G-Punkt treffe, zu entkommen.

„Du bist gefangen; gib dich hin. Du bist mein. Ich besitze dich. Je eher du das akzeptierst, desto glücklicher wirst du sein."

„Ich werde nie von jemandem besessen sein." Ihre Augenlieder fliegen auf und der Moment ist vorüber. Ich ziehe meine Finger zurück, lecke sie, während sie zusieht.

„Deine Muschi ist süß, rein. Du wirst nicht so rein sein, wenn ich dich genommen habe." Ich entferne mich von ihr. Sie bedeckt ihre nackten Brüste und weigert sich, meinen Blick zu erwidern.

„Was? Kein schnippischer Konter? Hat meine Krasotka ihre Worte verloren?" Ich tadel sie in ihrer Moment der Schwäche.

„Ich bin mit dem Einkaufen für den Tag fertig."

„In Ordnung. Ich bringe dich zum Friseur. Ich habe ein paar Anrufe zu tätigen, während du dort bist. Zieh dich an." Ich füge das hinzu, um Salz in ihre Wunden zu streuen, wissend, dass sie es hasst, gesagt zu bekommen, was sie tun soll.

Ich kehre zu Pavel zurück und mein Schwanz ist immer noch angespannt.

„Ich sehe, du hast sie nicht dumm gevögelt." Er grinst verschmitzt.

„Ich will, dass ihr erstes Mal etwas Besonderes ist. Ich bin kein Tier."

„Manche könnten widersprechen," vermutet er.

„Ja, aber sie soll meine Ehefrau sein; ein Mindestmaß an Anstand ist angebracht."

„Stimmt."

Alex hilft Anya, während sie mit Armen voller Jeans, sexy BHs und passenden Höschen zur Kasse geht. Ich nehme ein paar Kleidungsstücke, die die Verkäuferin für sie ausgesucht hat, aber sie hat sie nicht anprobiert. Ich mag das Cocktailkleid und den knappen Bikini; sie kann sie in unseren Flitterwochen tragen. Ich wähle auch mehr Kleider, die sie zum Abendessen tragen kann und bitte die Verkäuferin, Schuhe dazu zu finden.

Sie huscht weg. Zweifellos wird die Provision für das Geschäft ihre Miete diesen Monat decken. Ich bezahle für die Artikel, während meine Männer das SUV beladen. Ich bin besorgt, dass vielleicht nicht genug Platz für all unsere Einkäufe sein könnte.

Die Fahrt zum Salon läuft ohne Gespräch ab. Anya wird von ihrem Friseur, Oliver, aufgefangen, der in den besten Salons der Welt ausgebildet wurde und bei Tourneen in London von berühmten Sternen herbeigerufen wurde. Wenn man dachte, ein normaler Tag im Salon sei teuer, sollte man sehen, was er berechnet. Es versteht sich von selbst, dass er meine Brieftasche erleichtert hat, aber mir wurde gesagt, er sei jeden Pfund wert.

Ich gehe nach draußen, um einige Telefonanrufe zu erledigen, während Alex auf Anya aufpasst.

„Glauben Sie, einer von Georges Männern steckt hinter dem Angriff auf Anya? Liev sagte, er sei knapp bei Kasse und beschwere sich darüber."

„Das hat ihn auf unseren Radar gebracht. Ich bezweifle es, aber es schadet nicht, ihn von einem unserer Spione verfolgen zu lassen. Setzen Sie jemanden drauf. Ich möchte auch, dass Konstantin überwacht wird."

„Mache ich." Pavel ist ein großer Mann; der Verkehr bremst ab, um ihn die Straße zu einem Café überqueren zu lassen. Er besorgt uns heißen Koffein, während er auf seinem Wegwerfhandy spricht.

Vorsicht ist die Mutter der Porzellankiste. Wir haben keinen Anhaltspunkt, wer zu beobachten ist. Es ist, als würde man in einem Schachspiel aufwachen, bevor man merkt, dass man ins Schachmatt gezogen wurde.

Mein Telefon klingelt.

„Roman, Gott, wie geht es Dir?"

„Mir geht es gut, Bruder, und Dir?"

„Anscheinend lebe ich, um einen weiteren Tag zu sehen. Ich kann es kaum erwarten, Dich zu sehen. Etwas sagt mir, dass dies eine Ruhephase vor dem Sturm ist. Das gefällt mir nicht."

„Ich verstehe Dich, Bruder. Wir sind bald bei dir. Ich werde tun, was immer du brauchst."

„Großartig."

„Ich höre, es läuft gut für dich." Sein Ton lädt mich ein, Kommentare zu meiner Situation hinzuzufügen.

„Soweit ganz gut. Anya wurde in einem Club mit Drogen abgefüllt."

„Wie ist das passiert? Ich bin sicher, du würdest jemanden dafür umbringen."

„Sie ist heimlich ausgegangen, verkleidet als ihre jüngere Schwester, die eher wie eine Zwillingsschwester aussieht. Das Mädchen, das ihr die Drogen gegeben hat, ist verschwunden."

„Gibt es Hinweise, mit wem sie in Verbindung stehen könnte?"

„Keine Ahnung. Könntest du die Bücher, die ich dir geschickt habe, durchsehen? Sie sind verschlüsselt. Ich möchte wissen, ob jemand Geld abzweigt."

„In Ordnung, betrachte es als erledigt. Weißt du, wenn sie zu viel für dich ist, kann ich das Versprechen unseres Vaters einlösen."

„Das ist zuvorkommend von dir. Ich nehme an, Mutter hat dir Bilder von Anya gezeigt?"

„Natürlich. Du erfüllst das Versprechen des Königs." Roman lacht über die Ironie, dass ich meinem Vater vor seinem Tod geholfen habe und jetzt der König bin, immer noch das Versprechen aufrechterhalte, ist ironisch. Ich hätte nie gedacht, dass das Königwerden so schnell geschehen könnte. Es ist wie eine sich selbst erfüllende Prophezeiung, nur früher als ich vermutet hatte. Der Heiratsteil war lange überfällig. War nett von Vater, dieses Geheimnis für sich zu behalten. Ich frage mich, ob er wusste, dass ich schon vor Jahren ein Auge auf Anya geworfen hatte. Alles in allem kann ich mich nicht beklagen.

„Ich halte mich über Wasser, danke."

„Großartig, dann freue ich mich darauf, deine Frau zu treffen."

„Und nicht mich?" Ich tue so, als wäre ich verletzt.

„Natürlich dich auch, Bruder. Blut und Brüderschaft kann man nicht leugnen."

„Das stimmt."

Er beendet den Anruf und ich nehme einen Kaffee von Pavel. Ich frage mich, ob meine Brüder sich an Anya erinnern werden. Ich bin überrascht, dass sie ihre Kindheit nicht erwähnt hat, aber sie war jung. Vielleicht hat sie mich vergessen.

„Roman überprüft die Finanzen. Vielleicht kommt er auf eine Spur. Gibt es Sichtungen von Darci?"

"Nichts, wir haben sie durch Interpol gejagt. Sie ist nicht dabei. Es gibt keine Spur. Wir haben die Tür zu ihrer Wohnung aufgebrochen, in einem schrecklichen Viertel. Ich gehe davon aus, sie hat den Job für das Geld gemacht."

"Es ist trotzdem eine ausgeklügelte Täuschung, monatelang Anya kennenzulernen. Dafür braucht man Geld. Sie hatte es nicht. Es ist nicht zu sagen, wer hinter ihr steht oder wozu sie fähig sind."

"Ich bin sicher, sie sind nicht schlimmer als wir. Verdammt, nur die Tschetschenen sind schlimmer als wir." Er lacht leise.

Ich denke einen Moment darüber nach. Einige sind in unseren Reihen, aber es gibt nicht genug von ihnen, um einen Putsch durchzuziehen.

"Ich denke, es ist jemand, der uns nahesteht. Wer sonst würde Igors Wächter kennen, wo er wohnt, und die Tatsache, dass er an diesem Tag angerufen haben muss, damit Igor verwundbar wäre?" Ich fahre mit der linken Hand über mein Kinn nachdenklich, bevor ich den warmen Schluck nehme.

Der Himmel wird bewölkt; das Wetter wird bald wärmer. Ich denke an Anya und wie ich sie auf dem Bug meiner Yacht ficke.

Mein Schwanz schwillt in meinen engen Jeans an, nur schon beim Tagträumen davon.

Wir gehen in den Salon und sehen Anya, wie sie beim Plaudern mit der Friseurin Champagner nippt. Niemand würde jemals wissen, dass dies nicht Teil ihrer normalen Routine ist. Sie spricht und bewegt ihre Hände, wird immer selbstsicherer, während sie und die Stylistin sich anfreunden.

Ich bin eifersüchtig und sage mir, dass ihr Stylist homosexuell ist. Was zum Teufel macht mich eifersüchtig?

Die Wahrheit ist, ich mag es nicht zu teilen. Obwohl ich hier bin, gibt es andere Männer und ihr Ring liegt auf meiner Kommode. Ich habe einen passenden Ring für mich gekauft. Anya hat ein bescheidenes Ausgabenkonto. Eins, in das ich Geld stecken werde, als die Ehefrau des designierten Erben muss sie einen bestimmten Lebensstil führen können, und es braucht Geld, um in den sozialen Kreisen, in denen wir uns bewegen müssen, dabei zu sein.

Es ist erst spät am Nachmittag, bevor wir wieder nach Hause kommen. Anya verschwindet mit ihrer Beute nach oben. Pavel und ich gehen in mein großes Büro und schließen die Tür.

Mein Kopf ist voll von Gedanken an Anya in der Umkleidekabine. Sie unter mir lässt meinen Schwanz bereuen, sie nicht an Ort und Stelle genommen zu haben. Ich bin geil und will, was meins ist.

Ich schreibe Anya eine SMS, dass sie ein bestimmtes Kleid mit Absätzen zum Abendessen heute Abend tragen soll. Ich schicke eine weitere Nachricht und sage ihr, dass sie keine Höschen tragen soll. Das sollte ihr einen Hinweis auf den Abend geben, den ich geplant habe.

Katerynia ruft an, während ich im Salon bin.

"Geht es dir gut? Ich habe es Mama nicht erzählt. Ich hatte Angst, sie könnte sich aufregen." Sie spricht leise, also nehme ich an, dass Mama in Hörweite ist.

"Alles ist in Ordnung. Nikolay wird das regeln", antworte ich selbstsicher.

"Was ist passiert?"

"Es scheint, dass eine meiner Schulfreundinnen etwas in mein Getränk in der Bar getan hat. Es hat mich müde gemacht und mir eine üble Kopfschmerzen verursacht."

"Wie hat Nikolay das herausgefunden?"

"Er besitzt zufällig den Club, und das Personal hat ihn informiert, als ich ohne ihn aufgetaucht bin. Er kam rechtzeitig an, um mich zu retten, vor Gott weiß was."

"Ich hoffe, er ist nicht wütend auf mich. Du hättest das Gesicht sehen sollen, das er gemacht hat. Ich hätte vor Schreck auf den Teppich gemacht, wenn ich ein Welpe wäre."

"Wirklich? Ich war so neben der Spur." Ein Kichern steigt in meinem Hals auf bei ihrer ausführlichen Beschreibung und es kostet mich alle meine Willenskraft, nicht in ein herzhaftes Lachen auszubrechen.

"Oh, ja. Dieses Mädchen sollte besser das Land verlassen, wenn sie weiß, was gut für sie ist", antwortet Kat. "Du hättest das Gesicht sehen sollen, das Nikolay gemacht hat!"

"Sag niemandem etwas, Katerynia. Schwöre mir, dass du kein Wort sagst. Wir wissen nicht, wo unsere Feinde sind", flehe ich.

"Okay, ich werde nichts sagen." Sie verspricht es, aber ich weiß, dass sie ein Plappermaul ist.

Ich hoffe, sie kann ein Geheimnis bewahren. Ich habe keine andere Wahl, als ihr zu vertrauen.

"Ich muss gehen. Ein Top-Friseur macht meine Haare. Ich hatte Angst zu fragen, ob du kommen kannst. Nach letzter Nacht bin ich nicht in der Position, um Gefälligkeiten zu bitten. Nikolay zögert, mich aus den Augen zu lassen."

"Ich wünsche, ich wäre bei dir gewesen, als du dein Kleid ausgesucht hast."

"Das ist auch ein Geheimnis, die Gäste wurden zu einem schwarzen Krawatten-Event eingeladen, aber sie wissen nicht, dass es eine Hochzeit ist, also sag nichts", wiederhole ich, um sie zu erinnern.

"Hier ist niemand außer Sergei. Ich glaube, er ist zu nichts mehr fähig als eine Fliege zu töten. Er verbringt mehr Zeit damit, sich im Spiegel anzuschauen, als alles andere."

"Sei still! Sprich davon nicht wieder", fauche ich, verärgert darüber, wie leichtfertig sie geworden ist, so kurz nach Papas Tod und nachdem ein Mordanschlag auf mein Leben verübt wurde. Hat sie vergessen, wie ängstlich wir waren? Weiß sie nicht, dass Telefone abgehört werden? Verdammt, ich dachte letzte Woche, jemand würde mich stalken.

Unter Drogen gesetzt zu werden, war kein Spaß. Ich habe Nikolay nie gefragt, ob er die ganze Nacht am Bett gesessen hat. Das musste ich nicht. Seine zerknitterten Kleider bestätigten, dass er nie von meiner Seite gewichen ist.

"Ich muss gehen", sage ich, "Ich liebe dich", und lege auf, um zu meinem Verwöhntag zurückzukehren, während meine Haare in Folie für Strähnchen sitzen. Nach zwei Stunden massierendem Waschen, Spülen und Tönen ist mein Haar strahlend. Die toten Enden sind weg, und ich stimme Nikolays Vermutung zu. Der Tag im Salon war längst überfällig.

Verdammt, muss er immer recht haben? Er hat ein Auge für alles.

Der Einkaufsbummel hat sich als lustiger herausgestellt, als erwartet. Ich hätte nie geträumt, dass ich Einkäufe in den Luxusgeschäften machen würde, von denen ich nur geträumt habe. Ich kenne die Designer, weil ich es liebe, Filmschauspieler, Modemagazine und die Leute, die die roten Teppich Events im Fernsehen besuchen, zu beobachten.

Das Brautkleid ist etwas, das ich mir nie vorgestellt hätte zu tragen. Ich hatte gehofft, einen Mann zu heiraten, der mich liebt, aber das hat sich jetzt zerschlagen. Bei unserer Rückkehr nach Hause bin ich erschöpft. Ich hänge gerade meine neuen Kleider auf, als mein Handy klingelt.

Nikolay möchte, dass ich ein eng anliegendes Kleid trage, das er heute ausgesucht hat, dazu hohe Absätze. Kein Höschen! Was hat er vor? So bin ich nicht erzogen worden. Hat er einen Fetisch für hohe Absätze, für Füße? Kein Höschen lassen mehr vermuten als nur ein Abendessen. Mein Herz schlägt schneller bei den Möglichkeiten.

Ich tue, wie mir befohlen wird und kleide mich an. Ich muss meinen Stolz nicht aufgeben, um seine Bitte zu erfüllen. Mein Haar ist perfekt, ich fahre mit den Fingern durch, während meine seidigen Locken nur wenig Widerstand geben. Ich bewundere, was eine Tiefenpflege und ein Schnitt bewirken können.

Beim Hinabsteigen der Treppe halte ich mich am Geländer fest und hoffe inständig, dass ich mir in diesen neuen Absätzen nicht das Genick breche. Ich bin überrascht, Nikolay am unteren Ende der Treppe auf mich warten zu sehen, als hätte er es genau darauf abgestimmt. Er ist beängstigend in dieser Hinsicht. Ich frage mich, ob er in diesem Anwesen verborgene Türen hat, so leise er sich bewegt, ganz wie eine Katze.

„Anya." Er nimmt meine Hand, während ich vor ihm stehen bleibe. Er ist in einen dunkelblauen Anzug gekleidet, der gut zu meinem hellblauen Kleid passt. Ich weiß nicht, aus welchem Material es ist, aber ich mag, wie es meinen Körper umschmeichelt. "Du siehst wunderschön aus."

„Danke sehr. Du siehst auch sehr gut aus. Danke für heute."

"Gerne. " Er führt mich zum Esstisch und zieht meinen Stuhl heraus, bevor er seine Jacke auf die Rückseite seiner hängt.

Hazel bringt uns perfekt gegarte Steaks und dicke Pommes Frites.

„Das ist so viel Essen", sage ich.

„Du könntest ruhig mehr essen."

„Übrigens, meine Schwester möchte sicherstellen, dass du nicht sauer auf sie bist wegen der anderen Nacht."

„Ich war sauer auf euch beide, aber wir haben dich noch rechtzeitig erreicht. Ich weiß nicht, was ich gemacht hätte, wenn nicht..." Er hält inne, er wartet, dass ich etwas sage. Ich blicke ihm in die Augen und für einen Moment erkenne ich einen sanfteren, fast fürsorglichen Ausdruck in seinem Gesicht, bevor er verschwindet und ich mich frage, ob ich ihn mir eingebildet habe.

„Ja, es hätte die Überraschungshochzeit ruiniert", kommentiere ich und lenke ab von dem, was ein intimer Moment hätte sein können, hätte er ihn nicht versaut. Ich bin nicht seine erste Priorität. Seine Familie will die Organisation retten und größer und besser machen. Ich bin nur das Mittel, mit dem er es erreichen wird.

„Es geht um mehr als das, du gehörst mir. Niemand traut sich, dich anzufassen, dich anzusehen oder in einem Ton mit dir zu sprechen, den ich als beleidigend betrachte."

Ich blinzele, überrumpelt von seiner plötzlichen Leidenschaft für mein Wohlergehen. Sorgt er sich um mich? Oder ist dies eine weitere Möglichkeit für ihn, mein Leben zu kontrollieren?

Ich habe nichts zu sagen und esse einen weiteren Bissen Steak. Nikolay trägt ein weißes Hemd und Manschettenknöpfe. Es sieht so aus, als wären es seine Initialen, in massivem Gold. Ich glaube nicht, dass ich mir echtes Gold für sein Hochzeitsgeschenk leisten kann. Er hat so viel für mich ausgegeben. Ich fühlte, ein Geschenk für ihn wäre am Hochzeitstag angebracht.

Nikolay schenkt uns mehr Wein ein. Ich trinke nur einige Schlucke auf einmal, plötzlich nervös unter seiner Betrachtung. Sein vertrauter Geruch, der Erinnerungen an meine Kindheit weckt, füllt den Raum zwischen uns. Es ist so, als ob er mir bekannt wäre, nur weiß ich nicht warum.

Der Wein gleitet meine Kehle hinunter. Ich schlucke schwer, der Raum ist zu heiß. Ich würde eher meine Kleider abreißen, als zuzugeben, dass er mich mit lüsternen Gedanken verrückt macht. Meine Pussy ist feucht und ich hoffe, ich ruiniere nicht das Kleid.

Er liest mich wie ein offenes Buch, blättert Seite um Seite um und weiß, was er auf jeder finden wird. Instinktiv legt er eine Hand auf mein Bein, und dann lassen seine Finger einen Weg bis mein Oberschenkel hoch. Ich möchte sie verschränken, sie erwarten, wohin er mit ihnen geht, aufgrund meiner Erfahrung in der Umkleidekabine.

Ich lasse meine Gabel fallen; sie klirrt auf dem von Goldrand verzierten Porzellanteller. Ich greife mit beiden Händen das Tischtuch fest, als ob es mich vor seinen Annäherungsversuchen retten könnte. Ich darf mich nicht in ihn verlieben. Er wird mich behandeln wie mein Vater. Ich werde alles von mir aufgeben, wenn ich ihn hereinlasse – in meine Pussy, meinen Kopf oder mein Herz.

Verderben droht, denn ich weiß, dass ich ihm nicht widerstehen kann, wenn seine Finger mit mir spielen. Hier, im Esszimmer, wo Hazel jeden Moment hereinkommen könnte. Es ist erregend, und er testet meine Grenzen, um mich zu brechen.

Ich unterdrücke ein Stöhnen mit meinen Lippen, aber es ist zwecklos. Die aus meiner Kehle kommenden gutturalen Geräusche sind unterdrückte Lustlaute, und er hat genug Erfahrung, um das zu erkennen. Er fährt fort, mich zu fingern, dreht seinen Körper zu meinem, während seine Lippen meine geschminkten Lippen beanspruchen. Ich atme ihn heimlich ein, er ist betörend. Besitzergreifend, fordernd und emotional nicht verfügbar.

Verdammt, wenn das nicht mein Verlangen nach ihm verstärkt. Ich sehne mich danach, die Sorgenfalten auf seiner Stirn nach seinen Treffen mit Pavel zu entfernen. Ich nehme an, er ist geplagt von schwierigen Entscheidungen und Stress, um die Organisation zur Erzeugung von Geld am Laufen zu halten, ohne die Bratva bloßzustellen. Er ist ein Verbrecher, und ich verliebe mich in ihn. Ich hasse meinen Körper dafür, dass er mich verrät.

„Fühlt sich das gut an?", flüstert er, sein warmer Atem an meinem Ohr und Hals lässt Schauer meinen Rücken hinauf laufen. Seine feuchte Zunge wandert meinen Hals hinauf und umspielt mein Innenohr. Seine Zähne knabbern an meinem Ohrläppchen, unter den Perlenohrringen, die Papa mir zu meinem sechzehnten Geburtstag schenkte.

Ich schnappe nach Luft, als ich in meinem Stuhl herumzappel, um das brennende Verlangen zwischen meinen Schenkeln zu stillen.

„Sag mir, dass du mich wolltest", zischt er an meinen wartenden Lippen, bevor er eine Reihe von Küssen bis zum Saum meines

Kleides trägt. Er fährt fort, drückt tiefer, schiebt meinen spitzen Push-up-BH beiseite und leckt eine Brustwarze, was mich zittern lässt.

„Nein." Ich schleudere das Wort schnell heraus, wissend, dass es eine Lüge ist.

„Du willst mich, gib es zu", ärgert er mich.

„Nein, ich bin..." Verdammt, ich bin atemlos. Ich schließe meine Augen, als könnten sie das Verlangen, dass zwischen meinen Beinen brennt, ausschalten. Meine Pussy ist nass, seine Finger sind ein Stück Himmel für eine Jungfrau, die ihre sexuellen Wünsche gestillt haben möchte.

„Du bist feucht, du willst mich. Wenn du das Tischtuch noch einen Zentimeter weiter ziehst, fällt der ganze Inhalt darauf in deinen Schoß. Gib es zu!"

„Nein!" Ich schüttle meinen Kopf, aber meine Scham verkrampft sich um seine Finger, während ich einatme und die Augen noch fester schließe, im Versuch, ihn abzuwehren. Meine Hände zerren an der Leinentischdecke, die ich geballt in den Händen halte, und ich verliere den Griff, während seine Berührungen meine Zehen kräuseln.

„Gut." Plötzlich zieht er seine Hand weg, sein Stuhl wackelt zurück, richtet sich aber wieder auf und er stürmt aus dem Zimmer.

Es dauert eine Minute, bis ich wieder Atem holen kann. Ich greife nach meinem Weinglas, trinke es wie Traubensaft und stelle das leere Glas auf den Tisch, wo es umkippt, weil meine Hand zittert. Ich stehe auf, stütze mich mit den Händen auf dem Tisch ab.

Tränen sammeln sich in meinen Augen. Ich hasse es zu weinen, sehe es als Zeichen der Schwäche. Doch ich kann sie nicht zurückhalten und sie rollen über mein Gesicht. Ich will ihn, aber er darf es nie erfahren. Auch wenn er meinen Körper nimmt, er kann meinen Geist nicht brechen, sonst ist alles vorbei. Ich sehne mich nach seiner Berührung, seiner Anerkennung, und stattdessen bekomme ich Ablehnung, weil ich seinen Forderungen nicht nachgebe.

Ich atme tief durch, bevor ich zur Treppe gehe und mit der Rückseite meiner Hand mein nasses Gesicht abwische, um zu sehen, wohin ich gehe. Wenn ich die Landung zur zweiten Etage erreiche, steht dort Nikolay, barbusig, sein Oberkörper durchtrainiert, Tattoos bedecken seine Brust. Eine Haarinsel zwischen seinen Brustwarzen betont seinen breiten Brustkorb. Er ist die russische Version des griechischen Adonis.

Ich stolpere in seine starken Arme und lege instinktiv meine Arme um ihn, um nicht zu fallen.

„Was ist falsch daran, mir deinen Körper zu geben? Wir werden heiraten, Sex soll Spaß machen. Ich werde es dir zeigen." Er küsst meine Stirn als Zeichen des Waffenstillstands. Meine Arme schnüren sich enger. Ich habe Angst, aber bin aufgeregt. Er hat mir eine Öffnung gegeben. Eine, die ich nicht ablehnen kann.

Er küsst mich erneut, übereilt über meine Lippen wandernd mit einem fieberhaften Tempo, ich erwidere seinen Kuss. Mein Körper explodiert vor neuen Empfindungen. Ich bin von Neugier und Lust erfüllt. Meine Hände streifen über seinen Rücken, meine frisch manikürten Nägel graben sich in sein Fleisch. Ich bin überreizt und will ihn. Ich will ihn ganz.

Unsere Küsse werden rauer, suchend, erkundend und gegenseitig verschlingend. Ich schnappe nach Luft, während unsere Zungen sich verschließen und er meine in seinen Mund saugt. Er geht rückwärts, in Richtung seines Zimmers und ich folge ihm. Es ist ein Tanz ohne Musik. Er öffnet den Reißverschluss meines Kleides; es fällt von meinen Schultern und schwebt zum Boden. Ich mache einen weiteren Schritt und lehne mich an ihn, während ich weitergehe, ihm blind folgend.

KAPITEL 13, NIKOLAY

*D*ie berauschende Süße von Anya ist das Einzige, woran ich denke, während meine hungrigen Lippen ihren Mund und Hals verschlingen. Ihr spitzenbesetzter BH fällt an meiner Türschwelle zu Boden. Ich fasse ihre Brüste, drücke zu fest zu, aber ich bin aufgeregt, dass sie bereit und feucht für mich ist. Wir sind in meinem Zimmer, meinem Heiligtum. Ich kicke die Tür mit meinem Fuß zu und gleite aus meinen Schuhen.

"Setz dich."

Sie sitzt nackt auf dem Bett.

"Öffne mich."

Sie greift ohne zu murren nach meiner Hose. Mein Reißverschluss gleitet herunter. Gott, wie ich dieses Geräusch liebe; Erwartung fließt durch meine Adern, und ich stöhne, als ihre Hand meinen prallen Schwanz umfasst.

"Leck mich." Ich lege eine Hand auf ihren Kopf und bereite mich auf die quälende Euphorie vor, ihre warmen Lippen an meinem Schwanz zu spüren.

Sanft nimmt sie mich in den Mund und bewegt sich anfangs langsam, findet dann aber ihren Rhythmus. Ich erinnere mich daran, dass sie neu in diesem Spiel ist und ich größer bin als die meisten Männer. Es ist für jede Frau schwierig, mich ganz aufzunehmen.

Mit einer Hand um meinen Schwanz gleitet sie unter meine Hoden, und ich stöhne, als ihre Finger sie sanft streicheln. Verdammt, das ist meine Schwachstelle, und sie hat sie gefunden.

Sie lutscht und bewegt ihre Hand vor und zurück über meinen geschwollenen Schaft. Als sie mit der Zunge um die Spitze herumspielt, greifen meine Finger in ihr Haar, und ich unterdrücke ein weiteres Stöhnen. Sie macht ihre Sache gut, würde ich am liebsten sagen, doch ich bleibe still.

Mein Körper bewegt sich in ihrem Rhythmus, und mein Rücken wölbt sich leicht.

Ich drücke ihre Schultern sanft zurück, ihre Lippen rutschen von meinem Schwanz, und ihre Augen treffen die meinen, fragend nach meinem nächsten Schritt. Mit einem Arm lege ich sie zurück auf das Bett und beuge mich über sie, während sie ihre schlanken Finger durch meine Brustbehaarung gleiten lässt. Wenn ich sie küsse, nimmt sie meine Zunge willkommen in ihrem Mund auf, und wir spielen ein Tauziehspiel, aber ich werde immer gewinnen.

Ich widme mich ihrem Hals, sauge, knabbere und kämpfe gegen meine Sehnsucht nach Erlösung an. Ich will, dass ihr erstes Mal bedeutungsvoll ist. Ihre Finger finden meine Brustwarze, sie gleitet mit ihrer Handfläche sanft darüber, dann nimmt sie sie zwischen Daumen und Zeigefinger, und rollt darüber, bis sie sich versteift. Sie ist intuitiv, während sie ihren Weg um meinen muskulösen Körper findet.

Ihre Brüste sind perfekt. Ich umfasse sie und führe meine Zunge um ihre Nippel. Ich sauge an einem, lasse meine Zunge immer wieder darüber gleiten, als wäre es ein Pickleball, der auf dem

Spielfeld hin und her geschleudert wird. Er versteift sich, und ein tiefes Stöhnen der Begierde rattert in meiner Kehle.

„Mm", stöhnt sie, und ihr Rücken wölbt sich. Ich freue mich an ihrer Hingabe. Ich schiebe meine Hand unter sie, ziehe ihren Körper näher zu mir. Hitze strahlt zwischen uns aus, Schweiß bricht auf meinem Nacken aus, und mein Puls wird beunruhigend schnell.

Ich schiebe meine Hand ihre Körper hinunter und nehme Notiz von ihrer weichen und geschmeidigen Haut, während ich mich über ihre schlanke Taille und kräftigen Hüften vorarbeite. Ich greife ihren Hintern, was ein kleines Aufheulen von ihren wunderbar vollen und geschwollenen Lippen auslöst, Lippen, die ich verehre, selbst wenn sie frech zu mir sind.

Ich schiebe meine Finger zwischen ihre Schenkel. Sie spreizt ihre Beine und gibt mir viel Raum. Mit zwei Fingern dringe ich in sie ein. Sie ist so feucht, dass ich das Verlangen, sie mein zu machen, nicht länger hinauszögern kann.

Ich ziehe mich zurück, und ihre Hände wandern zu meinen Bizeps, instinktiv bereitet sie sich auf das, was als Nächstes kommt, vor. Ich reibe meinen Schwanz über ihre geschwollenen Lippen, verbreite mein Lusttropfen, während sie stöhnt vor Vergnügen. Endlich dringe ich in sie ein, langsam, ich stoße an ihre Schranke und fühle einen Moment mit ihr mit.

„Das könnte wehtun", flüstere ich ihr ins Ohr, als ich hart in sie hineinstoße, ihre Jungfräulichkeit breche, und die Aufregung lässt meinen Schwanz praller werden, als ich für möglich gehalten hätte. Sie gehört mir und kein anderer wird sie jemals haben.

Sie keucht, als ich ganz in ihr bin, aber ich bin im Vollgas, verloren in meiner Lust auf sie. Ich stoße rein und raus, stütze mich auf einem Arm ab, um meinem Schwanz einen anderen Winkel zu geben, während ich mein Gewicht verlagere. Ihre Muschi ist eng. Ich bin verrückt vor Verlangen, gefüllt zu werden. Ich kann ein egoistisches Arschloch sein, aber niemals, wenn ich eine Frau sexuell befriedigen will. Ich setze mich hin, streiche mit meinen Händen über ihre wohlgeformten Beine, über ihre Fersen und greife einen zierlichen Fuß. Gott, ich liebe High Heels bei einer Frau. Ich streife ihre Schuhe ab, um ihre weichen Füße unter meiner großen Hand zu spüren.

Ich lege ihren Fuß ab und bewege mich seitlich, bevor ich erneut meinen Schwanz in sie stoße. Sie keucht auf, als ich sie ausfülle. Ich streichele sie mit meinem harten Schwanz. Ich jubiliere, als ihre glitschigen Wände meinen Schaft schmieren. Sie spritzt ab, ihre Säfte baden meinen Schwanz, und wenn ihr Körper bebt, weiß ich, dass sie bereit ist. Ich stoße härter und schneller in sie.

Ihre Nägel graben sich in meine Trizeps, ihr Atmen wird zu kehligen Stöhnen und sie schreit einen langen ‚ah' heraus, kommt zum Höhepunkt und ihr Sperma badet meinen Schwanz, der in ihr begraben ist.

Ihre Muschi zieht sich um mich zusammen. Mit einem langen Stöhnen lasse ich mich gehen und entlade mich in ihr.

Ich klapp zusammen über ihr und stütze mich ab, um sie nicht zu erdrücken. „Du gehörst mir, vergiss das niemals, du gehörst zu mir."

Ich rolle mich von ihr herunter, gehe ins angrenzende Bad, um mich zu säubern und bringe ihr ein warmes Waschlappen. Scheiße, ich habe die Verhütung vergessen.

„Nimmst du die Pille?"

„Ja", murmelt sie, während sie sich mit einem Laken bedeckt und das Waschlappen benutzt, um sich zu säubern. Ihr Gesicht ist vor Peinlichkeit gerötet, während sie auf meinen immer noch prallen Schwanz starrt. Ich entziehe mich ihrem Blick, um ihr Privatsphäre zu geben.

Ein erstes Mal geht einher mit sexueller Naivität und Schüchtern-heit gegenüber dem Partner. Das gehört dazu. Nicht dass ich ein Experte dafür wäre, Jungfrauen zu entjungfern. Ich hatte ein Jahr nachdem Anya die Highschool verlassen hatte, um ein Mann zu werden. Ich blieb mit einem schlechten Eindruck und einer anhänglichen Frau zurück. Da und damals schwor ich mir, nie wieder eine Jungfrau zu vögeln, und doch, hier bin ich, älter und weiser, und ich habe sie dennoch gevögelt. Ich war der Erste und kein anderer Mann wird jemals seinen Schwanz in Anya stecken. Jetzt muss ich einige Spielregeln festlegen.

"Ich habe Regeln. Ich teile mein Bett nie. Ich werde mich nie verlieben und wir werden nie die Nacht zusammen verbringen." Meine harschen Worte stechen und ihr verletzter Blick ist der eines Vogels, der in einem Netz gefangen ist. Sie fasst sich wieder und erwidert meinen Blick, und ihre Lippen zittern, als wäre sie am Boden zerstört. Ich gehe Duschen.

Als ich zurückkomme, ist Anya weg und alles, was mich an sie erin-nert, ist der Duft der Lilien, der Geruch von Sex in der Luft und Blut auf meinen Bettlaken.

KAPITEL 14, ANYA

Das Klappern meiner Absätze auf den Marmorböden ist das einzige Geräusch, während ich durch das stille Haus zu meinem Zimmer gehe. Die Tür schließe ich und lehne mich dagegen, zucke zusammen und schlucke Schluchzer herunter. Ich begrüße die Zuflucht meiner Privatsphäre. Tränen brennen in meinen Augen, Augen, die einst froh waren, bis ich den Teufel traf. Er ist so kalt und abweisend; ich verabscheue ihn und doch...ich will ihn.

Wie konnte er mir erst Liebe machen und mich dann so schnell abstoßen? Wie bewahre ich mein Herz, wenn ich ihm bereitwillig meinen Körper gebe? Ich hasse mich selbst, aber sehe über meine Fehler hinweg. Ich bin ein Mensch. Ich kann nicht leugnen, dass er meinen Körper mehr jubeln ließ als ein Chormitglied in einem Tabernakel.

Kann ich ihn heiraten in dem Verdacht, dass er Baran getötet hat? Was ist mit Darci? Was ist ihre Verbindung zu mir und werden wir das jemals herausfinden? Sie verdient es, für das Betäuben von mir bestraft zu werden. Warum will jemand mir Schaden zufügen? Ich habe nichts mit der Bratva zu tun, abgesehen von ihrem Blut, das durch meine Adern fließt.

Nikolay und ich arbeiten zusammen an der Bratva, das ist gut für uns beide. Ohne sie ist mein Einkommen begrenzt auf das, was Papa für uns angelegt hat. Ich nehme an, das Geld im Testament geht an Mama. Die Anwälte werden sein Vermögen etwa zur Zeit der Hochzeit regeln. Gemäß Nikolays Äußerungen hat Papa sein Vermögen nicht für uns ausgegeben. Existiert es überhaupt?

Trotz Nikolays grausamen Worte und entwürdigenden Bemerkungen stellt er die Familie an oberste Stelle. Wenn wir heiraten, wird meine Familie zu seiner, und er wird uns schützen und unterstützen. Zusammen sind wir stärker. Wir beide haben etwas zu gewinnen in unserer Verbindung.

Ich lasse heißes Wasser für eine Dusche laufen, in der Hoffnung, die Nacht abzuwaschen. Seine samtige Schlafzimmerstimme hallt in meinem Kopf nach, und Teile meines Körpers sehnen sich noch nach seiner Berührung. Die Erinnerung an seine dunklen Augen, die in der dämmrig beleuchteten Raum in die meinen starrten, gibt mir einen Funken Hoffnung, dass dort hinter diesen Augen ein Mensch ist, der eine Verbindung eingehen kann. Aber wird er mich je hineinlassen?

Ich kann nicht vergessen, was zwischen uns passiert ist. Er ist mein Erster. Ich werde nicht eine weitere Frau sein, die er beiseite wirft. Seine eisige Art schien in der Hitze der Leidenschaft oder Lust aufzutauen. Ich habe nicht genug Erfahrung, um den Unterschied zu kennen.

Sein großer Schwanz, eingeprägt in meinem Gedächtnis, ist sogar nach Porno-Standards erhaben. Ist es möglich, dass ein Mann nach dem Kommen noch hart ist?

Gefühle und Emotionen machen Beziehungen kompliziert, also könnte die Mauer zwischen uns vielleicht sogar gut sein. Könnte ich mit getrennten Zimmern leben? Ohne Liebe?

Wohl kaum.

Ich halte eine neue Tränenflut zurück und stelle mir die einsamen Nächte vor, die ich ertragen muss. Wird er mir treu sein? Wenn ja, für wie lange? Vielleicht kann ich handeln und unsere Ehe beenden. In einem Jahr wird die Bratva unter Kontrolle sein, unsere Bedrohungen neutralisiert, und wir können getrennte Wege gehen. Sicherlich wird er das genauso sehr wollen wie ich.

Ich trockne mich ab, schlüpfe in meine ausgeblichenen Schlafanzug und bürste mein dickes Haar, bevor ich mich mit erneutem Optimismus unter meine Decke lege. Ich muss von ihm wegkommen, bevor er mein Herz zu Kohlebrocken quetscht. Mama hat sich Papa hingegeben und sie ist seit Jahren unglücklich. Ich vermute, ihre Auseinandersetzungen drehten sich um Frauen, und ich frage mich, mit wie vielen Papa über die Jahre geschlafen hat. Man sagt, einmal ein Betrüger, immer ein Betrüger. Ich will nicht enden wie sie - gebrochen, allein, und ohne Selbstwertgefühl.

* * *

NIKOLAY IST SCHON WEG, als ich aufstehe, was ich perfekt geplant habe. Ich beschließe, dass heute der Tag ist, an dem ich das Schwimmbad benutze und gehe nach unten. Alex begrüßt mich und reicht mir eine Trainingsflasche mit Wasser.

„Das Schwimmbad ist warm und es gibt eine Sauna", bemerkt er.

„Danke." Ich nehme das Behältnis von ihm, während er Wache hält neben dem Schwimmbad, das auf den Hinterhof mit den hübschen Laub und Zwerg-Sonnenblumen in Form des Buchstaben V übersieht. Wir genießen Frühlingstemperaturen in dem, was ein frühzeitiger Sommer sein wird. Glücklicherweise werden wir eine angenehme Gartenhochzeit haben, ohne zu erröten von der Sonneneinwirkung. Ich atme tief durch. Die Hochzeit wird wie geplant stattfinden. Ich erinnere mich an das unglaubliche Kleid, das ich tragen werde und daran, dass ich den attraktivsten Mann heirate, den ich je getroffen habe.

Das große rechteckige Schwimmbad ist umgeben von Sonnenliegen, die bequem genug für ein Nickerchen am Nachmittag sind. Die Türkisfarbenen Auflagen passen zu den gerollten Handtüchern, die auf einem Holzgestell gestapelt sind. Dieses Haus bietet jeden modernen Komfort und Dinge, von denen ich nie geträumt hätte. Ich frage mich, ob das auch ein hauseigenes Kinosaal beinhaltet.

Ich lebe in einem aufwendigen, vergoldeten Käfig, aber ein Käfig bleibt ein Käfig, ob er nun aus Gold oder Silber besteht. Fürs Erste opfere ich meine Freiheit, im Austausch für meine Sicherheit. Wenn es um das Leben oder den möglichen Tod geht, entscheide ich mich für das Leben.

Ich trage einen knappen weißen Bikini, den ich in einer der Einkaufstaschen gefunden habe, und steige ins lauwarme Wasser. Zweifellos hat Nikolay es für die Flitterwochen gekauft. Das Schwimmbad muss tief sein, weil ich Bahnen schwimme, ohne dass meine Füße den Grund kratzen. Ich nehme eine sanfte Strömung wahr und bemerke kleine Düsen unter meinen Füßen, die das Wasser ohne Geräusch zirkulieren lassen.

Ich entscheide, dass dreißig Minuten ein guter Anfang sind und steige aus, wickle ein Handtuch um mich, um meinen Bikini auszuziehen, ohne dass Alex es sieht. Er ist ein Gentleman und dreht seinen Rücken zu mir, sodass ich eine Minute Privatsphäre habe. Ich hänge meinen Bikini auf einen Trockenständer und gleite nackt in den Whirlpool und lasse das Handtuch zurück. Ich hatte keine Ahnung, wie fantastisch es ist, nackt in einem Whirlpool zu sein, bis heute. Das sprudelnde Wasser lässt die Verspannungen in meinem Körper, die von den Ereignissen der letzten Nacht übrig sind, verschwinden. Ich entspanne, atme tief ein und schließe die Augen und lasse meinen Körper tiefer ins heiße Wasser sinken.

Aber es ist Nikolay, der sogar in meinem taghellen Verstand spukt. Ich beschließe, die pulsierenden Düsen, die meine verspannten

Schultern massieren, und meinen Rücken zu genießen. Nach zehn Minuten wickle ich ein Handtuch um mich und gehe in die Sauna. Ich schütte eine Kelle Wasser auf die heißen Steine und setze mich auf die Holzbank und nippe an dem Wasser, das Alex mir gegeben hat. Ich bin erfrischt und entscheide, dass ich mich an diesen Lebensstil gewöhnen kann.

Die Bewegung kombiniert mit der Wärme fühlt sich erfüllend an und ich bin bereit, einen weiteren Tag in Angriff zu nehmen. Gott weiß, dass ich etwas brauche, um meine Sorgen und lustvollen Gedanken abzuschwächen. Ich habe Schmerzen "da unten" und frage mich, ob sich die Art und Weise, wie ich gehe und mich halte, verändert hat. Ich bin endlich eine Frau mit körperlichem Wissen. Ich kann nicht anders als lächeln, weil ich weiß, dass die Frauen, mit denen Nikolay im Laufe der Jahre zusammen war, nicht mit mir mithalten können. Ich war auch mit ihm zusammen.

Noch in ein flauschiges, dickes Handtuch gewickelt, verlasse ich die Sauna und gehe hinauf, um zu duschen. Alex folgt mir wie ein Wachhund dicht auf den Fersen. Er wartet vor meinem Zimmer, während ich schnell dusche, meine Haare trockne und in einen schicken dunkelblauen Geschäftsanzug schlüpfe, den Nikolai bei unserer Einkaufstour in meine Ausbeute geworfen hat. Die Absätze, die ich ausgewählt habe, sind höher als die, die ich normalerweise trage. Ich bin mir sicher, dass ich sie nach einem ganzen Tag bereuen werde. Sie strahlen jedoch Sex-Appeal aus. Ich könnte es missbilligen, wie unser Abend endete, aber ich sehne mich danach, dass er wieder in mir ist. Zwischen uns gab es eine Verbindung, und für eine Minute war er verletzlich.

"Alex, wir machen heute ein paar Stopps, und ich habe einen langen Tag mit Unterricht. Meine Lerngruppe trifft sich in der Bibliothek", informiere ich ihn, als ich mein Schlafzimmer verlasse und ihm die Tasche reiche, die ich zum Unterricht mitnehme. "Wir könnten es auch nach dem Abendessen noch hinauszögern."

"Boss wird das nicht mögen", murmelt er, macht sich aber auf den Weg, um das Auto vor mir startklar zu machen.

Ich mache einen Abstecher in die Küche, um Hazel zu sehen und einen Kaffee zum Mitnehmen zu machen. Sie legt mir ein in Papier gewickeltes Omelett in die Hand.

"Du hast das Frühstück ausgelassen und brauchst die Energie", sagt sie.

"Danke, Hazel." Ich nehme einen Bissen vom warmen Essen. "Es ist gut", antworte ich, indem ich sie lobe, während ich meinen Mund voller Essen bedecke. Ich möchte nicht unhöflich sein.

Sie schüttelt den Kopf, aber die Zustimmung in ihren Augen ist offensichtlich. Sie mag mich, und das bringt ein Lächeln auf mein Gesicht.

Mum schreibt mir, dass die Planung für das Event an diesem Wochenende schon fertig ist. Sie hat eine Kopfzahl von vierzig Personen und erwähnt, dass Sergei sehr hilfreich war.

Alex kommt zurück und eilt voraus, um mir die Autotür zu öffnen. Obwohl Männer das Gelände bewachen und wir hinter einem großen schmiedeeisernen Zaun leben, sucht er ständig nach Gefahren.

"Wo zuerst?"

"Ein Juweliergeschäft. Ich möchte Nikolaj Manschettenknöpfe besorgen. Wissen Sie, was für einen Mann mit allem geeignet wäre?"

"Familienwappen? Initialen? Ein Löwe?"

"Ich habe gehört, dass in der Bratva die Krone symbolisch für den König steht."

"Möglich, aber heutzutage geht alles. Warum lassen Sie nicht Ihre beiden Initialen darauf prägen? So kann er an Sie denken, wenn er sie trägt."

Es wäre respektlos von mir, Alex von meiner mit Nikolay erwähnten Vereinbarung zu erzählen. Ich sollte es nach dem, was er getan hat, indem er mich gefickt hat und mich aus seinem Bett geworfen hat wie ein Nebenspiel, nicht wichtig finden. Initialen sind für Paare, die vorhaben, für immer zusammen zu bleiben.

Ich hoffe, dass unsere Vereinbarung zeitlich begrenzt ist. In der Zwischenzeit wäre es klug, meine Reviere zu markieren, insofern er betroffen ist. Ich frage mich, ob es etwas gibt, das ich tun kann, um sicherzustellen, dass es keine anderen Frauen in seinem Leben gibt. Ich entscheide, dass ich psychologische Kriegsführung einsetzen werde. Ich werde ihn auf meine eigene Weise markieren.

In einem von Alex empfohlenen Juweliergeschäft suche ich mir ein Paar reine Goldmanschettenknöpfe aus und bitte den Juwelier, die Buchstaben A & N darauf zu gravieren.

Da Darci immer noch nicht gefunden wurde, protestiere ich nicht mehr dagegen, dass Alex überall mit mir hingeht. Es lässt mich erschaudern, wie leicht es für jemanden war, mich dazu zu bringen, meine Wachsamkeit soweit zu senken, dass er mich betäuben konnte. Ich möchte nie wieder so hilflos sein. Ich lerne, auf meine Instinkte zu hören. Darci hat genügend Hinweise gegeben, und ich habe sie alle übersehen. Das ist ein Fehler, den ich nie wieder machen werde. Unsere Kampf- oder Fluchtinstinkte sind aus einem Grund in unserer DNA verankert. Es ist das Überleben.

Ich mache mir selbst Vorwürfe, weil ich an meinen Vorstellungen von Unabhängigkeit festgeklammert habe und erkenne, dass meine Unachtsamkeit und Unerfahrenheit in der Welt der Bratva eine Schwäche darstellt, die tödlich sein könnte. Ich dachte, ich wäre jung und unbesiegbar. Rückblickend hätte ich gefoltert oder getötet werden können. Mein Feind ist immer noch da draußen und will mich wahrscheinlich, tot oder lebendig, ich weiß nicht.

Ich habe Pavel und Nikolay zufällig gehört, wie sie mit Konstantin darüber sprachen, dass die Iren einige Wellen schlagen und Geld von einem 'Boss' namens George stehlen. Ich schließe daraus, dass es innerhalb der Bratva-Hierarchie eine Machtteilung gibt, um Schutz zu bieten, falls jemand verhaftet wird. Die wichtigen Männer kennen vielleicht Nikolays Namen, aber nur wenige werden ihn wiederholen. Diejenigen ganz unten kennen Nikolays Namen nicht, deshalb ist es fast unmöglich für Interpol, ihn in kriminelle Aktivitäten verwickelt zu finden. Es ist ein geniales Setup. Es funktioniert, und das ist alles, was ich wissen muss. Die Bratva unterscheidet sich hinsichtlich der Geheimhaltung von den meisten Organisationen, was es schwierig macht, die Reihen zu infiltrieren, und Verurteilungen sind fast unmöglich. Nikolay sollte niemals ins Gefängnis kommen, und das ist ein beruhigender Gedanke.

Mobiltelefone sind Wegwerfgeräte. Es gibt todsichere Plätze wie in Spionagefilmen, und zusammen betreibt das Syndikat geschickt lukrative Verbrecherringe.

Die Universitätsbibliothek ist zu ruhig. Ich habe meine Lerngruppe gefunden, und sie ist voller fremder Gesichter. Ich bin der unpassende 'Mann', und es ist so, als ob sich mein Leben in einem sozialen Umfeld immer wieder wiederholt. Jemand fragt, ob Darci das Studium abgebrochen hat, und ich kann zu ihren Vermutungen nichts hinzufügen.

Wir überprüfen Fälle und arbeiten an einer Hausarbeit über ein umstrittenes Gerichtsurteil. Alex greift ein und sagt mir, dass es Zeit ist zu gehen.

"Nein, ich bleibe," antworte ich.

Er wirft mir einen besorgten Blick zu, öffnet seinen Mund, als ob er widersprechen will, und schließt ihn wieder. Er zieht sich zurück, und ich sehe ihn an seinem Handy.

Er kommt zurück. "Dein Verlobter verlangt, dass du beim Abendessen anwesend bist."

"Sag ihm, wenn er mich respektieren würde, würde er auch respektieren, dass ich spät arbeiten muss und später essen werde." Ich scheuche ihn mit meiner Hand weg. Er kann sich mit Nikolay herumschlagen. Besser ihn als mich.

In meinem Hinterkopf weiß ich, dass ich für das hier Ärger bekomme. Aber nach seinen verletzenden Worten gestern Abend, ist es mir scheißegal.

KAPITEL 15, NIKOLAY

Alexs Nachricht über Anyas Weigerung, ihre Lerngruppe zu verlassen, bringt mein Blut zum Kochen. Ich dachte, nach gestern Nacht würde sie verzaubert von mir sein.

Ich schreibe ihr, Komm nach Hause. Jetzt.

Meine Schule und Karriere sind mir wichtig. Ich komme, wenn ich fertig bin, antwortet sie blitzschnell per Text.

Eine Vorwarnung wäre nett gewesen, schreibe ich aufgebracht zurück. Ich will nicht, dass sie weiß, wie sehr ich unsere gemeinsamen Essen genieße. Ich habe Jahre damit verbracht, mit zufälligen Frauen und allein zu essen. Wir haben eine Freundschaft aufgebaut. Wie konnte ich das nur so falsch einschätzen?

„Pavel", rufe ich.

„Ja, Boss?" Er kommt aus einem anderen Raum, Sorge in seinen Augen.

„Setz dich, es macht keinen Sinn, das hier verkommen zu lassen", brumme ich und gieße Wodka ein, und wir füllen unsere Teller.

„Gutes Essen, danke." Auch Pavel ist Single und der Bratwa verheiratet.

„Was passiert mit Konstantin?"

„Alles läuft nach Plan. George hat Probleme, das wussten wir. Liev sammelt die Gelder und dein Bruder, Dmitry, wäscht sie durch Geschäfte hier und mit Krypto. Er hat verrückte Computerfähigkeiten, dein Bruder."

„Ja, er hat ein kriminelles Genie. Ich bin froh, dass er auf unserer Seite ist", stimme ich ohne Zögern zu. Wir haben alle früh im Leben unsere Fähigkeiten entdeckt. Ich bin für die Führung bestimmt; Dmitry, Finanzen; und Roman, Spezialoperationen und Morde. Roman ist ein großartiger Allrounder und füllt die Lücken. Unter uns dreien ist er der vielseitigste.

„Ich frage mich immer noch, wie Igor ums Leben gekommen ist. Wer hätte Insiderinformationen zu seinem Zeitplan haben können?"

„Ich vermute, deshalb wurde sein Bodyguard ermordet. Oder nicht?"

„Vielleicht. Irgendetwas übersehen wir, denke ich. George deutete an, dass die Iren uns wegen der Pferderennen erpressen wollen. Er will eine größere Präsenz im Glücksspiel."

„Das wird der Tag sein, an dem die Hölle zufriert. Wir stecken da mit den Tschetschenen drin."

„Trotzdem denke ich, wir sollten mit Konstantin sprechen; er ist schon länger dabei. Mal sehen, was er denkt."

„Gute Idee, wir sprechen heute Abend mit ihm." Ich lege meine Gabel ab und beende das britische Essen.

„Ich dachte, die Abendessen wären für Anya reserviert." Er sucht nach Klatsch. „Probleme im Paradies?"

„Ich möchte nicht darüber sprechen. Habt ihr Darci gefunden?"

„Kein Glück. Wir sind am Ende. Gefälschte Ausweise und Unterlagen sind heutzutage gang und gäbe. Du weißt das. Sie ist verschwunden." Pavel kippt einen Wodka runter und gießt noch einen ein.

„Aber wer immer sie uns geschickt hat, ist es nicht."

Ich bin frustriert. In Russland haben wir normalerweise die Oberhand. Diese Arbeit entpuppt sich als mehr als ein Vollzeitjob, und ich bin beschäftigter als ich dachte.

„Wir müssen sicherstellen, dass die Hochzeit ohne Unterbrechungen stattfindet. Ich möchte unser bestes Team für die Sicherheit. Was könnte jemand mit Anya wollen?"

„Sie ist die Krone des Ganzen, oder? Jemand will, dass du zurücktrittst, das ändert sich nie. Gier ist die Wurzel allen Übels, glaube ich. Wer hätte den größten Vorteil?" Er zuckt mit den Schultern und stopft sich Würstchen und Kartoffelbrei in den Mund, als hätte er die ganze Woche nicht gegessen.

„Ich glaube, ich muss heute Abend raus. Treffen wir uns mit Konstantin und einigen der Leute im Club und bekommen ein Gefühl für sie."

„Klar, könnte die Moral stärken", stimmt er zu.

„Lass Konstantin uns in einer Stunde treffen."

„Verstanden."

Ich gehe nach oben, um etwas zu finden, das meinen Junggesellenstatus widerspiegelt. Ich bin ein freier Mann und die Frauen fließen wie Alkohol in den besten Clubs Londons. Pavel fährt mich, aber ich wünschte, ich würde meinen eleganten Porsche fahren. Ich verschwende zu viel Zeit damit, über die schönsten blauen Augen nachzudenken, in die ich mich vor Jahren verliebt habe. Ich kann nicht lieben, aber wie können diese Gefühle noch Jahre später bestehen?

Wir halten vor dem Club an und ein Valet, den Pavel erkennt, parkt das SUV. Anya schreibt, dass sie auf dem Heimweg ist. Ich ignoriere sie. Sie wird Unterwerfung auf die eine oder andere Weise lernen.

Der Sexclub, den wir betreiben, befindet sich in einem gehobenen Viertel und wird von einem Kreis von Eliten bevölkert, die den Großteil ihres Lebens damit verbringen, an angesagte Party-Standorte zu jetten. Unsere Clubmitgliedschaften werden zu einem hohen Preis verkauft und es ist ein lukratives Geschäft. Russische Mädchen, die versuchen, Russland zu entfliehen, wissen, dass wir den Ruf haben, sie nicht zu verkaufen, und wir haben niemals einen Mangel an frischen Gesichtern für die Männer.

Während wir die Stufen hinaufsteigen, können wir bereits die Musik hören und den Bass spüren, der von den Lautsprechern im Inneren vibriert. Wir schlängeln uns durch die Menge, Männer, die wissen, wer ich bin, nicken und treten aus Respekt zur Seite. Tänzerinnen und Mitarbeiter kennen mich als den Geschäftsmann, der den Club besitzt. Die Frauen, Tänzerinnen und Gäste blicken lüstern in meine Richtung, aber ich schenke ihnen keine Beachtung.

Wir kommen in meinem persönlichen VIP-Bereich in der obersten Etage an. Eine Flasche Cristal ist gekühlt und wartet in einem Eiskübel. Konstantin hat großartige Arbeit mit dem Ort geleistet. Von diesem Aussichtspunkt aus können wir die Tanzfläche sehen, wo nackte Mädchen sich an den Stangen räkeln und für die Kundschaft twerken.

„Vielleicht solltest du Anya hierher bringen", schlägt Pavel vor.

Dies ist jedoch nicht der richtige Ort für die zukünftige Mutter meiner Kinder; er gibt mir allerdings eine Idee. Vielleicht braucht Anya mehr Aufmerksamkeit, wie einen Ausgehabend. Sie war seit dem Tod ihres Vaters zu Hause oder in der Schule eingesperrt. Sie ist der einzige Grund, warum ich nach Hause gehen will, warum also nicht ihr ein Abendessen bei Sonnenuntergang zu zweit bieten?

„Hast du heute Nacht eine Frau dabei?", unterbricht Pavel meine Gedanken. Nichts hält mich auf. Er macht eine heiße Kellnerin auf sich aufmerksam und bestellt eine Flasche des besten Wodkas und des teuersten Cognacs im Gebäude.

„Weiß noch nicht." Ich wiege noch meine Optionen ab. Anya verfolgt mich und ihr Geschmack ist immer noch auf meinen Lippen. Meine Augen durchsuchen den Raum nach jemandem, der meine Gedanken von Anya ablenkt. Ich bin weniger als beeindruckt, obwohl ich weiß, dass wir die schönsten Frauen in London haben. Sie sind atemberaubend, in allen Altersgruppen und Größen. Einige haben dunkles Haar, andere rot, und es gibt genug heiße Körper, um mein Bett zu füllen und mich zu befriedigen. Und doch merkwürdigerweise bleibt mein Schwanz leblos in meiner Hose.

Verdammt.

Anya schreibt. Sie ist zu Hause. Ich weiß, sie muss neugierig sein, wo ich bin. Ich antworte nicht. Aber, ich sehne mich danach, sie zu sehen. Ich habe sie heute Morgen vermisst und ich habe meinen Zeitplan auf ihren abgestimmt, damit wir uns morgens in der Küche begegnen können.

Konstantin kommt an. Wir begrüßen uns und reden über den Club, bevor er mir mitteilt, dass nächste Woche das Testament der Familie vorgelesen wird. Anya hat nichts davon erwähnt. Sie weiß es vielleicht nicht. Ich gehe davon aus, dass alles bis auf Treuhand-fonds an ihre Mutter geht.

„George bemerkt eine Zunahme an Iren auf der Rennstrecke, er befürchtet, sie könnten sie auskundschaften." Er ist ein attraktiver Mann und er lehnt sich gegen einen Pfeiler, von dem dicke rote Samtvorhänge zur Wahrung der Privatsphäre hängen.

„Für was?"

„Eine Schwachstelle, möglicherweise. Ich bin mir nicht sicher. Sie bieten uns Widerstand in Gebieten, in denen wir Fentanyl umsetzen. Wir rechnen mit weiterem Kokain. Igor bestand darauf, dass wir uns mit den Italienern zusammentun, um es in das Vereinigte Königreich zu bringen. Außerdem haben wir Kanäle, um es in andere europäische Länder zu vertreiben."

„Wir helfen dabei auch. Wenn ich sehe, wie viel Geld nach Südamerika fließt, scheinen wir stark investiert zu haben", antworte ich.

Ich deute ihm an, dass er sich setzen soll, da es keinen Grund gibt, nicht freundlich zu sein. Sein Gesicht entspannt sich, als er sich in das üppige Sofaeckteil sinken lässt. Das Möbelstück kann zu einem Bett umgebaut werden für gesellige Aktivitäten — die Art, die mir heute Abend verborgen bleibt.

„Ja, wir werden diese Woche Lieferungen mit einem konstanten Strom von unseren russischen und italienischen Freunden in den Staaten erhalten. Ich werde dafür sorgen, dass alles den Zoll passiert. Es ist erstaunlich, was man in Dosen mit Obst und Gemüse so alles verstecken kann."

„Das ist es doch, oder?", sinniere ich. Ich mag den Mann; er kann kein Verräter sein. Es macht Sinn als Igors rechte Hand, meinen Posten anstreben zu wollen. Aber das Geld meiner Familie, die Verbindungen und Igors Ruf und Investitionen machen uns zu einem respektablen Gegner. Und in Verbindung mit unserer Macht, nachdem Anya und ich geheiratet haben, würde ich sagen, sind wir unberührbar. Alles was wir tun müssen ist, dorthin zu gelangen ohne weitere Überraschungen.

„Heute Abend Frauen anmachen oder nur zuschauen?"

„Wahrscheinlich nur zuschauen, da ich bald heirate, macht es keinen Sinn, Anya vor der Hochzeit zu verärgern." Ich streiche mir mit der Hand über Mund und Kinn, als ich eine Ausrede für meine fehlende Begeisterung für die leicht bekleideten Frauen, die sich umherwinden, verfasse.

Der Club ist selbst für Kenner unterhaltsam. Die abenteuerliche Kleidung der Besucher und die Vielfalt an Fetischen, Alkohol und

Drogen bieten eine ausgezeichnete Tarnung, um über Geschäftliches zu sprechen.

Ich werfe einen Blick auf Pavel, der unsere Flaschenservice-Kellnerin anmacht. Nachdem sie gegangen ist, öffnet er den Wodka und gießt unsere Shots in gekühlte Gläser.

Wir stoßen auf Russisch an, klirren mit den Gläsern und schlingen den Schnaps hinunter. Als der Wodka meinen Bauch wärmt, lehne ich mich zurück und strecke meine langen Beine aus.

Eine Frau mit langen blonden Haaren, blauen Augen und hohen Wangenknochen kommt heran.

„Hi, ich bin Cherry. Möchtest du den Abend mit mir verbringen?"

„Du bist erstaunlich. Aber du bist mir zu jung", antworte ich und mustere sie von Kopf bis Fuß. Schließlich bin ich ein Mensch und die Jungs dürfen nicht wissen, dass Anya unter meiner Haut steckt und in jedem wachen Gedanken. Es ist als wäre ich verdammt nochmal wieder ein Teenager. Ich laufe mit einer Latte durchs Haus beim Anblick von ihr, und der einladende Duft, den sie hinterlässt, ist nicht zu vergleichen. Ganz zu schweigen davon, dass mein Herz jedes Mal hüpft, wenn sie eine SMS schreibt, auch wenn ihre Nachricht mich auf die Palme bringt.

„Kein Problem, ich habe gehört, du bist ein VIP und wollte mich vorstellen." Sie streckt ihre Hand aus.

Ich nehme ihre milchweiße Hand in meine, und sie ist wie Wunderbrot, weich, formbar, und nichts wie Anyas, die so stark sind wie die beißenden Antworten, die aus ihrem Mund fliegen.

Ich stehe auf. „Schön dich kennenzulernen, Cherry. Ich bin mir sicher, du wirst einen tollen Abend mit diesen Männern haben."

„Wo gehst du hin, Chef?" Pavels Augen fragen mehr nach mir als seine Worte.

„Nach Hause, ich fahre selbst. Setz den heutigen Abend auf meine Rechnung und amüsiert euch."

„Es kommen noch mehr Männer", erklärte er.

„Dann schlage ich vor, du sorgst dafür, dass sie eine gute Zeit haben", grinse ich und mache mich auf den Weg zum Ausgang. Den gesamten Heimweg über grübele ich, wie ich Anya bestrafen soll. Ich weiß nicht, was ich tun soll. Soll ich sie stoßen oder mir näherziehen? Ich kann mich nicht verlieben, ich kann meine Regeln bezüglich der Schlafgewohnheiten nicht brechen und doch möchte ich, dass sie in meinem Bett ist, vorzugsweise bevor der Reißverschluss meiner Hose unter meinem harten Glied platzt. Ich bin höllisch geil, in dem Wissen, dass sie zu Hause ist, und ich werde sie wahrscheinlich sehen.

Das Haus ist dunkel, als ich die Treppe hinaufgehe. Ich höre den Fernseher in Anyas Zimmer. Ich klopfe an.

„Komm rein", ihre süße Stimme singt ein Lied.

Ich öffne die Tür und sehe Anya in einem knappen Top und passenden Höschen, und bekomme den vollen Blick auf ihre festen, runden Pobacken. Ich möchte in sie beißen, nichts hält mich davon ab, bis sie sich umdreht und Ablehnung in ihren Augen aufblitzt.

„Oh, ich wusste nicht, dass du zu Hause bist."

„Geschäft", antworte ich, während meine Kiefermuskeln sich anspannen. Ich bin wie ein Welpe, der nicht weiß, in welche Richtung er laufen soll, um den Ball zu jagen, ohne die Entfernung zu überschätzen.

„Sorry wegen dem Abendessen." Sie klappt das Buch in ihrer Hand zu und stellt es auf ihren Schreibtisch.

„Apropos Abendessen, wir essen morgen auswärts. Zieh ein Cocktailkleid an. Vergiss nicht deinen Pass. Wir gehen um vier."

„Und wenn ich Pläne habe?" Sie zuckt zusammen.

„Sag sie ab. Unsere Hochzeit ist diese Woche, und wir wurden noch nicht in der Öffentlichkeit gesehen."

„Ich glaube kaum, dass es darauf ankommt." Sie blickt herablassend auf mich herab, betrachtet mein Gesicht. Ihre langen Wimpern betonen ihre großen runden Augen, und ihre Pupillen sind so groß wie Untertassen. Sie ahnt nicht, wie sexy sie aussieht mit ihren Haaren in einem unordentlichen Dutt, und ihre langen Beine reizen mich. Ich sehne mich danach, jeden Zentimeter ihres köstlichen Körpers zu lecken, angefangen von ihren vollen Lippen, die von ihrem Lieblingslippenstift rot getönt sind. Ihre Brustwarzen werden hart unter meinem Blick, und mein Glied springt zum Leben.

Verdammt noch mal. Ich überquere den Raum in drei langen Schritten. Ich ziehe sie in meine Arme, verschlinge ihre Lippen und ihren Hals, und reiße ihr Top ab, um ihre Brustwarzen zu erreichen.

Ich räume ihr Bett mit einer Hand von persönlichen Gegenständen frei, wie eine mit Unordnung vollgestopfte Arbeitsplatte, alles landet auf dem Boden. Ich schiebe ihre süßen Höschen herunter, bevor ich zwei Finger in ihre warme, feuchte Muschi stöße.

Sie stöhnt, ihre Lippen küssen mich zurück, ihre Hände öffnen mein Hemd und kratzen meine Haut. Ich ziehe an meinem Gürtel, dann meine Hose, lasse sie zu Boden fallen.

„Wie kannst du es wagen, mich beim Abendessen sitzen zu lassen? Du wirst immer zum Abendessen zu Hause sein", flüstere ich ihr ins Ohr.

„Ich hatte Pläne", keucht sie, als ihr Rücken sich wölbt. Ich stoße sie weiter auf das Bett, wickle meine Finger in ihre Haare, greife eine ganze Handvoll davon und ziehe ihren Kopf zurück, was mir vollständige Kontrolle gibt. Ich ziehe meine Finger aus ihr heraus und lecke sie ab, während sie mit wachsender Erregung zusieht.

„Du bist so süß, aber du hast eine scharfe Zunge."

„Gleichfalls", keucht sie.

„Abendessen oder sonst", antworte ich.

„Was?" Sie wagt es, mich zu einem Drohung zu provozieren.

„Die Schule wird vorbei sein", drohe ich, wissend, dass sie nachgeben wird.

Ich hebe ihr Kinn an und lege meine Hand um ihren Hals. Effektiv mache ich es so, dass sie sich nicht bewegen kann und mir in die Augen sehen muss. „Wir müssen das zum Laufen bringen. Ich schlage vor, du gewöhnst dich daran."

„Man gewöhnt sich daran. Ich gebe meine Unabhängigkeit nicht auf", entgegnet sie, während ihr Körper durch unsere Körperwärme zu schmelzen beginnt.

„Gut, ich werde dich so hart ficken, dass du eine Woche lang nicht sitzen kannst." Und damit stoße ich meinen Schwanz tief in ihre nassen Falten und pumpe sie hart, um das Sperma in meinen geschwollenen Eiern zu entladen. Sie hat für mich alle anderen Frauen ruiniert, aber das wird niemand erfahren. Ich bin der König. Ich darf keine Schwäche zeigen. Sie wird mein Untergang sein, da bin ich mir sicher. Vielleicht nicht heute, aber eines Tages wird sie mein Herz besitzen, so wie ich ihren lüsternen Körper besitze.

Ihre Hände bewegen sich zu meinem Hals, und sie übt Druck aus. Der Ausdruck in ihren Augen ist der eines neugierigen, die Welt zum ersten Mal erlebenden Rehs.

Die ganze Zeit über baut sich meine Erregung auf, und ich bin hin- und hergerissen, ob ich in ihrer Muschi explodieren oder ihr eine Lust bereiten soll, die sie nicht leugnen kann. Ich lege einen Daumen auf ihre Klitoris. Warum wählen?

Ihr Atem beschleunigt sich, und ihr Körper windet sich unter mir. Ich pumpe härter, gehe tiefer und tiefer, härter und schneller. Ihre Klitoris wird hart. Sie steht kurz vor dem Ausbrechen. Sie beginnt zu stöhnen, als eine Welle der Lust gleichzeitig für uns beide freigesetzt wird. Sie schreit auf und hält sich an meinen Schultern fest, um die Kraft meiner Stöße auszuhalten.

Ich stoße ein langes Stöhnen aus und fülle sie mit meinem Samen. Nach einer langen Minute lehne ich meinen Kopf zurück und atme dringend benötigten Sauerstoff ein, um meine erschlafften Lungen wieder mit Sauerstoff zu versorgen. Ich habe einen Schwindelanfall.

Verdammt, verdammt, verdammt. Dieser Sex ist wahnsinnig. Sie ist wie Crack, süchtig machend, und ich begehre sie und nur sie. Ich bin ein Junkie, der seine nächste Dosis braucht, ihre Berührung, ihr Lächeln, ganz zu schweigen von den unglaublichsten Orgasmen, die ich je hatte.

Es beeindruckt mich, dass ihr Körper meinen unaufhörlichen Sexualtrieb bewältigen kann, und sie kann härter und länger ficken als jeder, den ich kenne. Ich ziehe meinen Schwanz aus ihr heraus. Er ist mit ihren Säften bedeckt. Ich richte mich auf, ziehe meine Hose hoch, greife nach meinem Hemd und lasse sie mit einem verwirrten Blick auf ihrem Gesicht auf dem Bett liegen. Gut. Das wird ihr eine Lehre sein, mir wieder mit dem Kopf zu spielen. Ich habe genug von ihren kindischen Eskapaden und mache meinen Standpunkt klar.

Deshalb bevorzuge ich ältere Frauen. Sie sind reifer, und ich muss mir keine Sorgen um ungewollte Schwangerschaften machen. Ich bin noch nicht bereit für Kinder, und Anya auch nicht. In diesem Punkt sind wir uns beide einig.

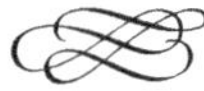

Ich bin ein emotionales Wrack, wenn er geht. Jedes Mal, wenn wir Sex haben, denke ich, dass sich Dinge ändern werden. Er wusste, dass ich nachgeben würde, wenn er damit drohte, die Schule wegzunehmen, der Bastard. Ich kann nicht leugnen, dass ich es liebe, wie hart er mich gefickt hat. Jeder Stoß war tiefer als der letzte, stimulierte den G-Punkt tief in mir und ich konnte mich nicht davon abhalten, vor Vergnügen zu stöhnen. Als sein Daumen meine Klitoris berührte, war ich zerbrochen, genoss die rollende Flut von Euphorie, die ich noch nie erlebt hatte, selbst nicht mit einem Vibrator.

Verdammt, unsere Körper brennen heißer als die Motoren in einem Formel-Eins-Rennwagen. Es ärgert mich, dass er das Bett wieder verlassen hat. Zu seiner Verteidigung hat er mich gewarnt, dass es zwischen uns so sein wird. Ich muss mich nach dem heißen Sex wieder sammeln und mich in die Privatsphäre meiner Dusche zurückziehen.

Ein Abendessen, sagte er. Hat er auch gesagt, einen Reisepass mitzubringen? Was hat er geplant? Ich sollte mein Bestes geben, da wir vielleicht auf eine seiner ehemaligen Geliebten treffen könnten. Meine Kreditkarten sind diese Woche angekommen. Ich brauche mehr Kleidung. Der Himmel ist das Limit. Ich werde ihm zeigen, wie gut ich in seine Welt der wohlhabenden Freunde passen kann. Angesichts seiner unersättlichen sexuellen Bedürfnisse scheint ein Fick am Tag zu erwarten zu sein.

Das heiße Wasser ist beruhigend. Ich reibe das seifige Gel über meinen Körper und erinnere mich an Nikolays starke Hände, die mich gegreifen und meine Haare ziehen, bis es schmerzt. Ich war gelähmt, aber ich erinnere mich an seinen kontrollierenden Griff um meinen Hals. Seine dunklen Augen blitzten vor Aufregung, oder war es Lust?

Der gesamte Vorfall hat mich angemacht. Ich frage mich, welche anderen Tricks er auf Lager hat. Der Mann beherrscht meinen Körper fick um fick. Ich werde ihm zeigen, dass ich nicht das naive Mädchen bin, für das er mich hält. Ich werde mich vor ihm zur Schau stellen und ihn dazu bringen, um meine Aufmerksamkeit zu betteln.

Ich drehe das Wasser ab, greife mir ein frisches, dickes Handtuch vom Wärmeständer und trockne meinen Körper. Bei jedem Streicheln rieche ich den süßen Geruch von brasilianischem Bum Bum Cream.

Ich kann nicht leugnen, dass ich seinen Körper liebe. Wenn er mich anschaut, bin ich überwältigt. Ich kann ihn nicht entdecken lassen, dass mir seine mangelnde Zuneigung das Herz bricht. Ich sehne mich danach, geliebt zu werden, gebraucht...respektiert. Verflucht, dass ich ihm gesagt habe, dass ich bereit bin, alles zu tun, um in der Schule zu bleiben. Ich darf ihn nicht herausfinden lassen, dass mein Körper unter seinem Blick zusammenfällt und mein Höschen von meiner Lust auf ihn durchtränkt ist.

Hazel hat mir wenig über die Familie Volkov gesagt, aber sie hat durchblicken lassen, dass Nikolay ältere Frauen bevorzugt. Ich frage mich, ob er mich nur als Babymacher benutzen wird. Wird er mit anderen zusammen sein, während ich schwanger bin? Ich kenne seine Pläne mit mir nicht, außer der Hochzeit, über die er immer wieder spricht.

Ich werfe das Outfit von heute Abend in den Müll und ziehe frische Kleidung, die nach Lavendel riecht, aus meiner Kommode. Ich prüfe meinen Kleiderschrank und entscheide, dass ich ihn bei seinem eigenen Spiel schlagen werde. Ich gehe einkaufen für die spektakulärsten Outfits auf dem Planeten und wenn ich einen Raum betrete, werden alle Augen auf mich gerichtet sein. Ich schreibe meiner Schwester eine SMS, ob sie morgen mit mir auf Shoppingtour gehen will und schlafe mit dem beruhigenden Geruch von Nikolay in meinen Haaren ein.

* * *

„Wow, Schwester, das ist ein unglaubliches Auto", bemerkt Katerynia, als sie hinten bei mir einsteigt.

"Danke, aber du weißt, dass es nicht meins ist." Ich gebe Alex Anweisungen zu den Geschäften, die wir besuchen wollen und schon beginnt unser Abenteuer.

"Also, was ist los?" fragt sie mit neugierigen Augen.

Ich zucke mit den Schultern. "Nikolay hat diese seltsame Regel, nie in meinem Bett zu schlafen. Es nervt. Was ist eigentlich sein Problem?"

"Das ist bescheuert, aber du weißt, dass die meisten Männer der Bratva ein einsames Leben in ihrer Bruderschaft führen. Für ihn könnte es so sein," fügt sie hinzu.

"Was meinst du damit?"

"Er muss hart bleiben, die Männer führen, darf nie Zweifel haben. Er muss dich heiraten, nicht böse gemeint." Sie wirft mir einen entschuldigenden Blick zu.

"Kein Problem. Daran habe ich nicht gedacht."

"Mama ist jetzt glücklicher ohne Papa."

"Wirklich? Ich bin nicht überrascht. Sie hatten jahrelang eine Mauer zwischen sich. Das will ich nicht," stöhne ich.

"Ich denke, es gibt eine Chance für dich. Du liebst ihn nicht so wie Mama Papa geliebt hat. Ich habe es nie verstanden, weil er sie immer wieder betrogen und sie geschlagen hat, wenn sie es in Frage stellte. Ich würde einem Mann die Eier abschneiden," fügt sie hinzu und ballt ihre Fäuste.

Verdammt, wenn sie nicht genauso temperamentvoll wie ich ist.

"Was suchen wir?"

"Irgendetwas, dass ihn im Bett verrückt machen wird, ein Outfit, um unser Abendessen heute Abend mit Bravur zu bewältigen, und was immer wir sonst finden können."

"Das klingt nach meinem Perfekten Tag. Mein Vater hat mich immer auf ein Budget gesetzt. Es war nervig."

"Oh, wir kaufen auch für dich. Was wäre ein Shopping-Date, wenn nur eine von uns Geld ausgeben darf?"

"Ist er damit einverstanden?" Ihre blauen Augen werden groß vor Sorge um mögliche Repressalien.

"Wir werden sehen. Angesichts dessen, was er für das Personal und die Instandhaltung des Anwesens ausgibt, wird es ihm sicherlich nicht fehlen."

"Hmm, apropos, ich kann es kaum erwarten, deinen Pool zu benutzen."

"Er ist göttlich. Wann immer du willst." Ich greife rüber und nehme ihre Hand. Ich bin mir nicht sicher, ob es für sie oder für mich ist. Vielleicht brauche ich die Nähe von jemandem, den ich liebe, auch wenn es meine Schwester ist. Sie drückt meine Hand zurück, und wir lächeln beide.

Wir durchkämmen Laden um Laden, geben Geld aus, als gäbe es kein Morgen, und essen zum Mittag in der Sushi-Bar in Harrods. Wir schleppen Tüten voller Dessous, Hemden, Jeans und Schuhen zum SUV. Als wir unsere Kleiderbeutel hinzufügen, platzt das Auto aus allen Nähten.

Alex fährt uns zum Juwelier, um die gravierten Manschettenknöpfe abzuholen. Ich hoffe, Nikolay gefallen sie.

Als wir Katerynia absetzen, kommt überraschend Sergei zum Auto.

"Also, wie ist das Leben im großen Haus?" Ich kann nicht sagen, ob es wirkliches Interesse oder einfach nur Verstimmung ist, weil er nicht ausgewählt wurde, mein Leibwächter zu sein.

"Sergei." Ich umarme ihn. "Wie geht es dir? Wow, so viel ist passiert."

"Das stimmt; ich vermisse deinen Vater." Sein Gesicht wird ernst, und für einen Moment frage ich mich, ob er depressiv ist.

"Ich auch. Aber er würde wollen, dass wir mit dem Leben weiter-machen," füge ich hinzu, um ihn aufzumuntern. Er nimmt Katery-nias Taschen und bemerkt das Fahrzeug. Es klingt, als wäre er eifersüchtig, was lächerlich ist. Papa hat ihm mehr als jedem anderen Wächter bezahlt. Ich verstehe seine Einstellung nicht.

Sergei bringt die Sachen meiner Schwester ins Haus, und ich nutze die Gelegenheit, sie zu umarmen und nachzufragen, ob mit Sergei alles in Ordnung ist.

„Er ist Sergei, er hat Papas Tod schwer verkraftet und hat ab und zu dunkle Momente. Hör auf, dir Sorgen zu machen. Wir haben mein Kleid für die Hochzeit und alles, was du brauchst, um heute Abend jede Frau aus dem Raum zu fegen. Jetzt geh ins Schönheitssalon und lass dir die Haare machen. Du musst bis vier zu Hause sein, sonst vermasselst du den Date-Abend."

„Ich würde es nicht Date-Abend nennen, aber du hast recht. Ich muss los." Ich umarme und küsse sie. Das ist unser Ding, kein britischer oder russischer Brauch. Alex fährt mich zum Salon und ist mehr als sonst in der Nähe, nimmt mehr Anrufe entgegen. Ich nehme an, er steht in Kontakt mit Nikolay.

Gegen Mittag bin ich zu Hause, erschöpft, und schau vorbei, um Hazel 'hallo' zu sagen.

„Du hast heute Abend große Pläne, wie ich höre." Sie gießt mir eine Tasse heißen Tee ein. „Deine Haare sind umwerfend", schwärmt sie.

„Danke für den Namen des Friseurs. Er ist fantastisch. Allerdings", ich mache eine Pause und werfe ihr einen fragenden Blick zu, „habe ich keine Ahnung, wohin wir gehen."

Ein Lächeln schwebt auf ihren Lippen und meine Neugier steigt.

„Du musst rechtzeitig fertig sein. Es wird ein schickes, spätes Abendessen an einem sehr romantischen Ort geben. Du musst so gut aussehen wie möglich." Sie grinst schüchtern.

„Weißt du, wohin wir gehen?" frage ich aufgeregt.

„Ja, aber ich darf es nicht verraten. Es ist eine Überraschung." Sie wendet ihre Augen zu ihren Händen. Sie hält die heiße Tasse, als ob sie wärmende Handschuhe wären.

„Ach komm schon, wir sind doch Freunde", bitte ich sie. Ich ziehe einen Hocker heraus und setze mich neben sie auf die Kücheninsel, wo sie frühstückt. Ihre Haare sind immer ordentlich zu einem Dutt zurückgebunden, alle ihre Kleider sind Blumenmuster und sie trägt eine weiße Schürze mit Taschen.

Sie verdreht die Augen, als wollte sie mich damit necken, dass sie Bescheid weiß und ich nicht. Ein Kichern füllt die Luft zwischen uns. Es ist schön, das Glitzern in ihren Augen zu sehen, und sie sieht glücklich aus für eine Britin.

„Echt jetzt?" Ich bin entsetzt, dass sie den Mädchencode nicht ehrt und auspackt. Zu ihrer Verteidigung, es ist ihr Job und sie ist reif genug zu wissen, dass es ihr den Job kosten könnte oder eine unangenehme Konfrontation mit Nikolay, wenn sie mir Geheimnisse verrät. Ich bin sicher, sie ist nicht eine, die gern Klatsch und Tratsch weitergibt, also bleibe ich ohne die Details, die ich wissen möchte.

„Ich habe meine Befehle. Nikolay bezahlt mich." Sie wirft mir einen strengen Blick zu. „Jetzt zieh dich hübsch an und trag hohe Absätze. Nimm deinen schönsten Trenchcoat und es liegt ein Geschenk auf deinem Schminktisch."

„Ein Geschenk?"

„Ja, jetzt geh, verschwinde hier." Sie nimmt meinen Tee, von dem ich nur sechs Schlucke getrunken habe.

„Jetzt?"

„Du musst so aussehen, als ob es dein Hochzeitstag wäre. Es ist so großartig. Ich wünschte, ich hätte einen romantischen Mann wie Nikolay." Für eine Weile frage ich mich über ihr persönliches Leben. Ich möchte nicht nachbohren, aber ich würde gerne mehr über sie erfahren. Meine neugierige Natur schläft nie.

„Und du? Hast du jemals eine große Liebe gehabt?"

„Die größte, er war beim Militär. Ich liebe einen Mann in Uniform." Ihre Augen starren ins Leere, während sie sich an die Vergangenheit erinnert.

„Was ist passiert?"

„Oh, wir haben uns verliebt, wir sind durch ganz Europa gereist, haben geheiratet, zwei Kinder bekommen und er arbeitet in einem von Nikolays Lagern. Er war so attraktiv. Er ist immer noch ein gut aussehender Mann." Sie zuckt mit einem Seufzer die Schultern. „Wir sind älter. Was soll ich sagen?" Ihr Lächeln schwindet und der nostalgische Glanz, den sie noch vor einer Minute hatte, ist verblasst.

"Natürlich kannst du Romantik haben", erwidere ich. Ich meine, ist das alles? Man wird sechzig und das Leben ist vorbei?

"Immer noch verliebt, nur nicht mehr jung genug, um so herumzuhüpfen wie wir es in deinem Alter getan haben." Sie tätschelt meine Hand, bevor sie unsere Tassen in die Spüle leert. "Und nun geh, und amüsiere dich. Ich will morgen alles darüber hören."

Ich springe von meinem Barhocker, um sie zu umarmen. "Danke, Hazel."

"Verschwinde jetzt", entgegnet sie ohne mich zu umarmen. Sie muss es nicht; ich weiß, dass sie sich um mich sorgt. Wer sonst würde mit mir online nach Rezepten suchen und sie gemeinsam ausprobieren um sie perfekt zu machen? Sie nutzt ihr Handy nicht für mehr als Telefonate.

Ich befolge ihren Rat und bereite mich geistig auf einen Abend vor. Worauf? Ich habe keine Ahnung, aber ich hoffe, es wird etwas Besonderes sein. Es war ein langes Jahr und es ist erst Mai.

Mein Verlobter, ein Romantiker? Lass mich in Ruhe. Er ist alles andere als das. Allerdings hindert es mich nicht daran, die Stufen zwei auf einmal zu nehmen, um das erwähnte Geschenk zu erreichen. Was könnte es sein? Mein Herz rast, als ich meine Zimmertür mit Schwung aufstoße.

Auf der Kommode liegt eine kleine Schachtel. Ich kenne diese blaue Farbe aus Klatschblättern, die Werbung für teure Dinge machen, die ich mir niemals leisten könnte. Ich laufe zu dem begehrten Geschenk, hebe den Deckel an und zu meiner Überraschung und Freude entdecke ich ovale Diamantohrringe, die drei Zoll vom Pfosten hängen, der an sich schon ein schöner Diamant ist.

Ich pfeife, diese kosten ein Vermögen und ich bereue, für eine Sekunde, so viel von Nikolays Geld heute ausgegeben zu haben. Ich halte die Juwelen an meine Ohren und sehe mich im Spiegel. Sie fangen die Sonnenstrahlen ein, die in mein Zimmer strömen, und die fantastischen Regenbogenfarben, die vor mir tanzen, faszinieren mich.

Ich lege sie behutsam zurück in die Schachtel. Nikolay muss an mich denken; warum sonst würde er sich die Mühe machen? Er hat viel zu tun. Ich sehe ihn zum Kaffee oder Tee am Morgen und zum Abendessen, aber nach dem Sex lässt er mich achtlos allein. Er wird nie die Nacht bei mir verbringen und ich wage es nicht einmal zu glauben, dass er jemals kompromittieren wird.

* * *

Es ist zehn vor vier am Nachmittag als ich die Treppe hinuntergehe. Ich erinnere mich an Grace Kelly, die meine Großmutter aus den alten Filmen geliebt hat, und ich hoffe, ich bin elegant genug, um Nikolays Erwartungen zu erfüllen.

Die Ohrringe bewegen sich mit mir und ziehen an meinen Ohrläppchen. Mein schwarzes, elegantes Cocktailkleid und die High Heels sind von einem Designer der Stars. Ich trage den Trenchcoat über dem Arm. Mein Pass ist sicher in meiner schicken Tasche. Hazel hat mir noch nie schlechten Rat gegeben. Ich wünschte, meine Mutter könnte meine Freundin sein und mir helfen. Aber sie lebt mehr in der alten Welt, die wir verlassen haben, als in der, die wir aufgebaut haben.

"Wunderbar, Anya." Hazel strahlt ihre Zustimmung aus.

Ich danke ihr, als ich den Marmorboden erreiche.

"Ich habe die Nacht frei, also viel Spaß." Sie dreht sich zum Gehen, als Nicolay mit Pavel erscheint. Nikolays Anwesenheit fesselt meine Aufmerksamkeit. Seine eckige Kinnlinie und das Grübchen im Kinn erinnern mich daran, dass er ebenso solide ist wie seine Gesichtszüge. Auch mit vier Zoll hohen Absätzen ist er immer noch größer als ich.

"Du siehst entzückend aus, Anya", murmelte Pavel. Sein Blick mustert mich nicht mehr. Ich nehme an, er hat mich gefangen genommen.

"Danke, Pavel." Ich habe meine Wimpern im Salon verlängern lassen und schaue durch sie hindurch zu meinem Verlobten. Wohlige Gefühle überkommen mich wie eine sanfte Flut, meine Blutbahnen erwärmen sich.

"Ich bin gleich zurück." Nikolay schlüpft an mir vorbei und sprintet die Treppe hinauf. Er kommt eine Minute später zurück. Ich kann sehen, dass er sich rasiert und umgezogen hat; sein Parfüm riecht frisch und seine Augen funkeln, sie spiegeln sein schelmisches Grinsen wider. "Folge mir." Er streckt seinen Arm aus, und ich lege meinen hindurch, während er mich zu dem wartenden Auto führt.

"Wie war dein Tag?", fragt er, als wir auf der Straße sind.

"Großartig, Katerynia und ich hatten Spaß beim Einkaufen. Ich habe wohl etwas zu viel auf die Kreditkarten geladen." Die Mundwinkel heben sich schmunzelnd an, wenn ich an die Kosten meiner Einkäufe denke.

"Macht nichts. Du könntest mit denen ein Haus kaufen." Er wirft einen Blick aus dem Fenster, während die Sonne am Himmel sinkt.

"Wohin gehen wir?"

"Du wirst es sehen." Er wendet sich mir zu. "Wie läuft die Hochzeitsplanung?"

"Katerynia sagt, wir sind bereit. Möchtest du, dass der DJ für den ersten Tanz ein bestimmtes Lied spielt?"

"Könnte schön sein. Was meinst du?"

"Wir könnten genauso gut die Show genießen." Ich zucke mit den Schultern und atme seinen Geruch ein. Feuer lodert zwischen meinen Schenkeln. Ich fühle mich zu ihm hingezogen. Seine dunklen, sinnlichen Augen nehmen mich ganz in den Fokus.

"Du siehst bezaubernd aus", flüstert er und ich schmelze dahin wie eine Schokotafel unter einer tropischen Sonne. "Hazel sagt, du interessierst dich für Geschichte und Kunst."

"Ja, das tue ich. Das British Museum ist erstaunlich. Jeder sollte sich mit Geschichte auskennen."

"Warst du schon mal außerhalb Russlands im Ausland?"

"Nein, ich wünschte es wäre so." Meine Antwort ist gedämpft. Hat er mir gerade ein Kompliment gemacht?

"Dann wirst du dich freuen." Er lächelt, während unsere Blicke sich treffen. In dem Moment, in dem wir uns verbinden, hält das Auto an einer Landebahn.

Was zum Teufel?

Pavel parkt und öffnet mir die Tür. Nikolay legt seinen Arm um mich und wir gehen auf ein Flugzeug zu.

"Mach es dir bequem", er deutet auf die Kabine des Flugzeugs und ich bin verblüfft über die Ledersessel und was aussieht wie ein Raum am Ende davon. Heilige Scheiße.

Pavel setzt sich zum Piloten und Nikolay setzt sich zu mir auf das Sofa, während wir abheben.

"Hast du Hunger?"

"Ein bisschen", gebe ich zu.

Er geht zu einem kleinen Abteil und holt Kaviar und Champagner heraus. Er öffnet die Flasche und füllt zwei Gläser.

Er reicht mir eins. "Auf meine zukünftige Frau, mögen wir viele Abenteuer erleben."

Ich stoße mit ihm an. Welche Abenteuer?

"Wie läuft die Schule?", fragt er höflich, während er sich neben mich setzt und Kaviar auf einen edlen Cracker legt.

"Danke." Ich nehme ihn an und lege mir eine Cocktail-Serviette in den Schoß, bevor ich hineinbeiße. Ich habe Angst, etwas zu verschütten. Ich folge dem Essen mit einem Schluck Champagner. Eine perfekte Kombination.

Interessiert er sich für die Schule, oder ist das nur Smalltalk?

"Du hast für zwei Wochen Pause?"

"Für den Sommer."

"Wunderbar, ich habe Pläne für eine Flitterwochen-Reise", sagt er und nimmt einen Löffel Kaviar zu sich, während er die Hälfte seiner Flöte hinunterstürzt.

Ich nippe am Champagner und denke daran, dass Alkohol in großen Höhen schneller wirken kann.

"Wie läuft es in London? Gibt es neue Erkenntnisse?"

"Keine, Darci wird nie gefunden werden; wenn doch, dann wird sie wahrscheinlich tot sein. Jemand wollte dich, wahrscheinlich um an mich ranzukommen, aber wir haben mehr Männer, die uns im Auge behalten. Ich bin sicher, im Laufe der Zeit werden wir herausfinden, wer der Verräter ist. Es muss jemand aus unserem engsten Kreis sein."

"Viel Glück dabei. Ich habe noch nie jemanden, der uns nahesteht, in Frage gestellt. Papa bestand darauf, dass wir die besten Leute in unserem Sicherheitsteam hatten."

Nikolay greift nach der Flasche und füllt unsere Gläser wieder auf.

Sein Gesicht ist nachdenklich bei meinen Worten, dann schüttelt er es ab und konzentriert sich auf mich.

"Wenn wir einmal verheiratet sind, werden wir das neue Macht-paar in London sein. Du kannst zur Schule gehen, solange du meine glückliche Braut spielst."

"Eine Bestechung? War ich nicht sportlich bei dem ganzen Drama?" Ich kichere ihn scherzhaft an. Ich bemerke die Beule in seiner Hose. Es scheint, dass unsere sexuelle Spannung nicht nur in meinem Kopf existiert und ich lächle, beruhigt durch den Gedanken, dass er unsere sexuellen Begegnungen genießen muss, auch wenn er ältere Frauen bevorzugt.

"Du hast dich gut benommen, das muss ich zugeben", räumt er ein. Seine düsteren Augen werden weicher, während er jede Kontur meines Gesichts beobachtet, und plötzlich werde ich nervös unter der Intensität seiner Aufmerksamkeit.

"Mache ich dich unwohl?"

"Nein, es ist nur ..."

"Nur was?"

"Du hast einen intensiven Blick; ich bin das nicht gewohnt, mehr nicht."

"Du hast große Anstrengungen unternommen, um mich heute Abend zu verwöhnen. Danke."

"Ich muss deine gut versorgte Frau sein, oder?"

"Das musst du in der Tat." Er trinkt mehr Alkohol, und wir landen.

Meine Augen prüfen die Tür hinter uns und ich frage mich, was darin ist. Ich schaue aus dem Fenster und sehe die Landebahn vorbeiziehen. Als wir unser Ziel erreichen und den privaten Flughafen verlassen, bemerke ich sofort, dass die Beschilderung komplett auf Französisch ist. Mein Magen kippt.

KAPITEL 17, NIKOLAY

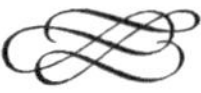

„Paris?" Ihre Atemlosigkeit verrät, dass ich bei ihr gepunktet habe. Ich werde mich nicht verlieben, aber ihr Lächeln versüßt meinen Tag.

„Ja", antworte ich, während wir auf die wartende Limousine zugehen.

„Heilige Scheiße", ruft sie aus. Ihre Augen sind auf mich gerichtet, aber ich weiche ihrem Blick aus. Es ist einfacher, distanziert zu sein, wenn ich ihr nicht in die Augen schaue. Ich genieße die Aufregung in ihrer Stimme, und sie macht mich wieder geil. Es erregt mich, einfach nur neben ihr zu stehen. Ihre Körper passt erstaunlich gut zu meinem, im und außerhalb des Bettes. Aber wenn wir miteinander schlafen, ist es magisch, wie ein Elixier, und ich kann es kaum erwarten, meinen nächsten "Schuss" zu bekommen. Ich habe nie mit Drogen hantiert, aber ich stelle mir vor, dass das das Hochgefühl ist, nach dem Junkies süchtig werden.

Ich weiß nicht, ob ich mich jemals sattsehen werde an ihrem Gesicht, wenn sie unter mir vor Vergnügen stöhnt. Niemand wird je wissen, wie es ist, mit ihr zu schlafen, denn sie gehört mir. In solchen Momenten freue ich mich auf die Möglichkeiten, was wir erreichen können, und vielleicht wird die Zukunft mich mit

Söhnen segnen. Töchter, die ihr ähneln, wären nicht schlimm. Ich kann jetzt schon kleine, blondhaarige Kleinkinder mit geröteten Wangen und heller Haut vor mir sehen. Ich habe sie genug studiert, um jeden Ausdruck und jede Kontur ihres schönen Gesichts zu kennen.

„Die Straßen sind unglaublich", murmelt sie und nimmt die Stadtlandschaft in sich auf, während wir uns durch den Verkehr bewegen. Nichts davon beeindruckt mich, da ich schon oft hier war. Ich hätte diese Reise auch als Geschäftsreise nutzen und unsere Clubs hier überprüfen können. Aber diese Woche ist arbeitsreich und der Besuch dient einzig und allein dazu, Anya meine volle Aufmerksamkeit zu schenken.

„Der Eifelturm", erwähne ich, während wir ihn umrunden. „Wir werden noch einmal zurückkommen, um nachts um ihn herum zu skaten."

„Du skatest?"

„Nun, ich eislaufe; hier ist es auf Rädern", antworte ich mit einem Schulterzucken und einem frechen Grinsen. Ich bin ein Mann mit vielen Talenten. Aber ich liebe Outdoor- und Indoorsportarten. Mein Penis zuckt, wenn ich Anyas rehaugenähnliche Augen beobachte, die sich begeistert weiten, während wir an Pariser Sehenswürdigkeiten vorbeifahren.

„Ich würde liebend gerne zurückkommen und alles erkunden", ruft sie aus, bevor wir vor dem Museum halten.

„Der Louvre?" Sie wirft mir einen schnellen Blick zu und wendet sich ab, aber nicht bevor ich bemerke, dass ihre Augen feucht sind. Ich möchte meine Arme um sie legen und ihre Begeisterung teilen, aber ich fürchte, ich würde einen Teil von mir preisgeben, den ich versprochen habe, niemals herzugeben. Keine emotionale Bindung ist mein Versprechen an mich selbst. Wenn eine Frau meine Meinung dazu ändern könnte, dann wäre es Anya. Sie ist die Verkörperung von Eleganz in feinster Form. Die Ohrringe, die sie trägt, verblassen im Vergleich zu ihren Augen, die vor Neugier und kindlichem Erstaunen leuchten. Sie ist kein Kind. Sie ist eine Frau mit Zielen und Träumen, die unbewusst auf mich gewartet hat.

Und obwohl ich die Freiheit hatte, auszugehen und zu feiern, lernte ich das Geschäft von meinem Vater.

Der Zauber wird gebrochen, als sich die Autotüren öffnen. Ich schiebe meine Finger in ihre, während wir Hand in Hand das Museum betreten. Es ist eine kurze Tour, aber da wir heiraten werden, ist diese ganze Reise darauf ausgelegt, sie in meine Welt des kultivierten Lebens einzuführen. Es ist ein Einblick in die Welt, über die sie in ihren Zeitschriften liest, eine Welt, die ich ihr bieten kann, wenn sie sie akzeptiert.

Wir nehmen uns das Museum vor und halten an, um die Beschreibungen zu jedem Kunstwerk zu lesen. „Du hast ein Mona-Lisa-Lächeln, wenn du mich neckst und es absichtlich tust. Warum?"

„Ich hatte keine Ahnung. Ich stichle nicht gegen dich. Wir haben unterschiedliche Meinungen, das ist alles. Ich werde meine Lebensziele nicht aufgeben. Ich werde deine Frau sein, doch ich muss auch ich selbst sein."

Ich finde ihre Ehrlichkeit erfrischend. Allzu oft sagen Frauen mir, was sie denken, dass ich hören möchte. Anya besänftigt mich nicht. Ich respektiere ihre Ehrlichkeit, auch wenn es nicht die Antwort ist, die ich hören möchte. Die Sanftheit in ihrer Stimme lässt meine Brust erweitern. Sie bleibt sich selbst treu, wie ich. Ich leugne nicht, was ich bin und welche Rolle ich im Leben habe; ich bin mit der Bratva, meiner Familie, verheiratet. Nun schließt sie sich uns an. Ich lege meinen Arm um sie und führe sie zu den eindrucksvollsten Ausstellungen. Sie ist in die Kunst vertieft und das Glück auf ihrem Gesicht ist so vieles mehr wert als die Kosten für die Reise.

„Wir müssen jetzt gehen", füge ich in die Konversation ein. „Ich bin sicher, du bist am Verhungern."

„Bin ich", gibt sie zu. Sie akzeptiert meinen Arm um sie herum und zu meiner Überraschung legt sie ihren Arm um mich, während wir gehen. Es ist ein Waffenstillstand, aber so viel mehr. Warum versetzt Zuneigung von ihr mich in Unruhe? Es ist eine gute Unruhe, eine voller Spannung und Möglichkeiten. Ich hatte nie die Faszination von einer Frau berührt zu werden benötigt. Doch ich liebe es, wenn sie es tut.

„Großartig, hier entlang", kündige ich an, während Pavel sicherstellt, dass der Weg sicher ist und wir zu einem von bekannten Prominenten frequentierten Restaurant gehen. Ich habe die Glamour-Magazine auf dem Tisch in der Küche bemerkt. Sie liebt Filme, weil ich sie nachts in ihrem Zimmer im Fernsehen höre, wenn keiner von uns schlafen kann."

Wir kommen rechtzeitig für unsere Reservierung im Restaurant von Guy Savoy an. Hohe, dunkle Wände, die an eine andere Ära erinnern, begrüßen uns, als wir Platz nehmen. Das intime Speisezimmer hat glasüberdachte Bücherregale und große Fenster mit Blick auf den Park. Ein sanftes, bernsteinfarbenes Glühen der über den Kopf hängenden Globen fällt auf Anyas helles Haar. Ich liebe ihre neugierige Natur und obwohl es der teuerste Platz zum Essen in Paris ist, bin ich froh, dass ich ihr diesen Luxus ermöglichen kann.

„Die Filmstars essen hier", quietscht sie und ihr Lächeln ist mehrt lohnenswerter als die Überwindung großer Hindernisse bei der Arbeit. Das ist noch nie zuvor mit jemandem passiert. „Wie hast du das geschafft?" Ihre Augen wandern zu den Büchern auf dem überdachten Regal, voller Staunens.

„Ich kenne Leute." Ich kann mein Lächeln nicht zurückhalten, als es auf meinem Gesicht aufblüht. Ich habe sie beeindruckt. Was aber noch wichtiger ist, ich genieße es, mein weltliches Wissen zu teilen und sie zeigt Wertschätzung. Es gibt viele Erfahrungen, die ich im Schlafzimmer mit ihr teilen will, aber das wird vielleicht noch eine Weile dauern.

Ich bestelle die beste Flasche französischen Wein und wir diskutieren das Abendmenü, während sie ihr Hauptgericht auswählt und ich Vorspeisen bestelle.

„Das ist unglaublich. Ich wusste nicht, dass du so viele Verbindungen hast." Ihre Augen werden weicher, als sie über ihr Weinglas in meine blicken. Wir werden in ein paar Tagen verheiratet sein und es fühlt sich nicht mehr wie ein Opfer an.

„Ich bin einfallsreich. Was soll ich sagen? Ich wäre nicht der Don ohne eine Fähigkeit zu überleben in der Welt, in der wir leben. Was bringt es, Geld zu haben, wenn wir nicht die Freuden genießen, die es uns kauft?"

„Wie mich?"

„Du bist nicht gekauft, Anya. Reduziere dich nicht selbst. Es ist eine Ehe zwischen Familien. Wir werden beide profitieren. Ist das nicht genug?"

Sie ist still, als das Essen vor uns platziert wird und ich zeige ihr, wie man Schnecken isst.

„Ich weiß nicht. Ich wollte aus Liebe heiraten; du warst eine Überraschung. Papa hat mich nicht gewarnt."

„Hm, du dachtest, er gab nach, weil du es wolltest? Nein. Es ist nie so einfach. Es gibt immer eine versteckte Absicht, erinnere dich daran. Nur wenige geben von sich selbst, ohne etwas im Gegenzug zu wollen. Es liegt in der menschlichen Natur."

„Und was willst du?"

„Ich habe, was ich will. Apropos, ich wollte dir das geben." Ich hole den Ring aus meiner inneren Westentasche. „Ich war nachlässig in meinen Manieren; jedoch habe ich ihn für dich ausgesucht. Gib mir deine Hand."

Sie gehorcht ohne zu zögern und die Mundwinkel kräuseln sich zu einem Lächeln. Ich schiebe den Ring an ihren Finger. Das ist eine

Premiere und ich nehme mir die Zeit, ihre Hand so lange wie möglich zu halten.

„Er passt perfekt," antwortet sie zurückhaltend, hebt ihre Hand und betrachtet sie im Licht. Ich bewundere ihr enormes Lächeln, das heller strahlt als die Edelsteine an ihrem Finger.

„Gefällt er dir? Der Saphir erinnert mich an deine hübschen Augen."

„Oh, er ist wunderschön. Danke, Nikolay."

Ich bewundere ihre aufrichtige Wertschätzung für ein feines Schmuckstück. Sie benimmt sich nicht berechtigt wie meine Bett-gespielinnen, die versuchen so viel wie möglich herauszuholen, bevor mein Interesse nachlässt. Anya ist anders. Ich mochte jüngere Frauen nie, aber sie ist reifer als die meisten ihres Alters. Sie verschwendet ihr Leben nicht mit sozialen Medien oder endlosen Textfreunden. Ich liebe es, dass sie ihrer Schwester nahe steht und bereit ist Opfer für ihr Wohlergehen zu bringen.

Ich streiche den Ring von meiner To-do-Liste. Es scheint überflüssig, sie zu bitten, mich zu heiraten. Es ist beschlossene Sache.

Ich lenke unsere Aufmerksamkeit auf das Essen und der Koch kommt raus, um uns zu besuchen, bevor wir gehen. Anyas Gesicht ist von dem Erlebnis des ersten Eindrucks, was Geld bringen kann, gerötet.

Als wir aufstehen, um zu gehen, sind alle Augen im Raum auf uns gerichtet. Wir sind das unbekannte Power-Paar und der Mittel-punkt der Aufmerksamkeit aller. Schultern zurück, Kinn hoch, sie legt ihren Arm durch meinen und wir machen unseren eleganten Abgang.

Im Auto lehnt Anya ihren Kopf an meine Schulter. Es war ein langer Tag. Zweifellos hat die Aufregung sie erschöpft. Ich küsse ihre Stirn und atme ihr Wesen ein. Ich will sie ficken, mein Schwanz füllt sich mit Aufregung, aber ich lasse sie ruhen.

Ich begleite sie zum Jet und nach dem Abflug, lege ich sie in die Kabine hinten, auf das Bett. Ich ziehe ihre Absätze aus und mache es ihr bequem. Ich bin begeistert, dass ich derjenige bin, der sie auf ihre erste Reise nach Paris mitnimmt. Ich dachte, sie wäre wie ein Kätzchen, das Katzenminze schnuppert, nervig, aber stattdessen fand ich eine Frau, die nach ihrer Identität und ihrem Platz im Leben sucht. Ihre Ziele sind bewundernswert. Vielleicht kann sie eines Tages für uns arbeiten.

Anya geht neben mir zum wartenden Auto und wir fahren nach Hause. Oben auf den Stufen dreht sie ihr hübsches Gesicht zu mir hoch. Ich bin erfüllt von lüsternen Gedanken. Mein Schwanz ist bereit, eine Naht in meinen dreitausend Euro teuren Anzug zu reißen.

„Danke für die unglaubliche Reise," murmelt sie verträumt.

„Gerne geschehen. Es war angespannt, weißt du, im Lichte dessen, was passiert ist. Es ist schön, rauszukommen."

"Ja, das war es", ist alles, was sie hervorbringen kann, bevor meine Lippen die ihren erobern. Ihr roter Lippenstift wird nicht mehr ordentlich sein, nachdem unsere Lippen sich gegenseitig verschlungen und meine Zunge ihren Mund betreten hat. Sie wehrt sich nicht gegen mich. Ich habe keinen Willenskampf mehr, und meine Zunge beherrscht ihren Mund, bevor sie zu ihrem Hals übergeht, wo ich übermäßig gierig sauge. Ich schimpfe mit mir selbst. Ich möchte ihren seidenen, perfekten Hals nicht mit einem Knutschfleck verunstalten. Andererseits markiere ich meine Frau. Es besteht kein Zweifel, dass sie jetzt und für immer die Meine ist.

Ich nehme sie in meine Arme und ihre Arme gleiten um meinen Hals, während sie sich an meine Brust schmiegt. Wie gerne würde ich ihre Haut auf meiner Brust fühlen. Ich verfluche mein Hemd mit einer Million Knöpfen und Manschettenknöpfen. Ich kann nicht schnell genug in mein Bett kommen. Nachdem ich sie auf mein Bett geworfen habe, löse ich meine Manschettenknöpfe, werfe sie auf meinen Schminktisch und ziehe meine Kleidung hastig aus, ohne mich darum zu kümmern, wo meine Schuhe landen.

"Sag es", befehle ich, während ich ihre Feinheiten entferne. Ich streichele ihre Füße, bevor ich ihre High Heels ausziehe und sie auf den Boden werfe.

"Fick mich." Sie betont das 'Fick', um klarzustellen, dass sie mich beauftragt.

Mein Schwanz springt aus seinem Gefängnis, als meine Hose fällt. Ich ziehe ihren nackten Körper an den Rand des Bettes und knie auf dem kühlen Marmorboden. Meine Lippen gleiten in ihre feuchte Pussy, und ich lecke sie, als wäre sie mein Lieblingswhiskey, nur dass sie süß schmeckt. Ich stöhne und tauche tiefer ein, und ihr Rücken wölbt sich von der weichen Bettdecke. Ihre Hände greifen nach meinem Kopf und bewegen ihn dorthin, wo sie ihn haben möchte — eine Frau, die weiß, was sie mag und es kommuniziert.

Ich komme ihrer Bitte nach und lege meinen Daumen auf ihren Kitzler, streichele ihn, während sie unverständliche Worte murmelt und stöhnt.

"Komm nicht."

"Mm", ist alles, was sie von sich gibt. Ich stehe jetzt über ihr. Mein pulsierender Schwanz schwillt in ihrer warmen Pussy an. Sie wartet auf mich und ihr Rücken wölbt sich, als wollte sie die Entfernung zwischen uns überbrücken. Ich lächle im abgedunkelten Zimmer. Sie will mich. Aber ich halte mich zurück. Sie zu reizen wird ihre Orgasmen intensiver machen. Und ich beabsichtige, ihr mehr als einen zu geben.

"Jetzt", stöhnt sie sehnsüchtig.

Das ist alles, was ich wissen muss, um meinem Verlangen nachzugeben. Ich stoße wieder und wieder in sie hinein. Ihre Pussy umschließt meinen venösen Schwanz. Die herrlichen Empfindungen, als ich bis zum Anschlag in ihre Pussy eindringe, machen mich noch geiler. Ihre Nässe durchtränkt meinen Schwanz. Ich liege flach über ihr, meine Lippen bedecken ihre Brustwarze und meine Hand greift nach einer großen Brust, gibt ihr einen festen Druck, während wir unseren Rhythmus finden. Ihre Pussy umschließt meinen Schwanz, und ich stöhne vor Vergnügen und wir kommen beide, als wir den Gipfel einer zwanzig Fuß hohen Welle namens Ekstase erreichen.

Sie ruft meinen Namen, und ich mag den Klang, wie er von ihren Lippen rollt - sanft, sinnlich und euphorisch.

Verdammt, sie ist verdammt heiß, und ich weiß nicht, ob ich jemals genug von ihr bekommen kann. Danach zog ich sie zu mir, körperlich, geistig und emotional erschöpft. Ich schwelge in der Möglichkeit, dass sie die perfekte Frau für mich ist, während ich einschlafe.

KAPITEL 18, ANYA

Es ist dunkel, als ich aufwache. War die letzte Nacht nur eine Fantasie? War ich wirklich im Louvre? Paris, die Stadt der Liebe. Gedanken an unser offizielles erstes Date lassen mich leise seufzen. Ist Nikolay dabei, ein Herz zu entwickeln? Ich streiche mit den Fingern über den prächtigen Ring, dessen Diamantkanten abgeflacht sind – es ist unwirklich, wie groß er an meinem zierlichen Finger ist.

Er ist romantisch! Mir dreht sich der Kopf; dieser Ring ist mehr wert als mein Auto, nein, korrigiere, eher wie zehn meiner kleinen Jettas. Angesichts seiner Haltung gestern scheint es ihm offensichtlich egal zu sein, wie viel er für mich ausgibt. Wie er sein Geld verdient, ist mir völlig gleichgültig. Aber ich weiß, wohin die Gier meinen Vater geführt hat, und ich will nicht, dass Nikolay das gleiche Schicksal ereilt.

Ich gehe davon aus, dass ich in meinem eigenen Bett liege und bin verwirrt, als ich meine Augen öffne und ein Zimmer voller dunkler Holzmöbel sehe, vermutlich Antiquitäten. Es gibt einen Schrank mit einem langen Spiegel an einer Tür. Der Mond war letzte Nacht voll, also muss es fast Morgengrauen sein, gemessen an den Schatten, die zwischen den Fensterläden hervorkriechen.

Mein Herz setzt einen Schlag aus. Warum bin ich immer noch in Nikolays Zimmer? Hat er seine Meinung über die Schlafarrangements geändert? Oder ist das eine einmalige Sache? Ich rolle mich vorsichtig um, in der Erwartung, dass er fort ist, aber er schläft ruhig neben mir. Ich nehme mir einen Moment, um ihn zu beobachten, ohne die Bedrängnis seiner intensiven Augen. Ich nehme sein entspanntes Gesicht auf, während er tief schläft. Mein Herz schwingt hoch. Er hat mich die Nacht bleiben lassen. Das muss doch etwas bedeuten.

Ich beobachte, wie sich seine Brust hebt und senkt. Der auf seinem Kinn und seinen Wangen wachsende Flaum ist sexy. Der leichte aber vertraute Duft auf dem Kissenbezug erreicht meine Nase. Jetzt erkenne ich den geheimnisvollen Duft. Es kommt von den Salbeiblüten in Russland. Das ist es, was mir an ihm so vertraut vorkommt! Mein Vater ist aus seiner Stadt, aber wir sind umgezogen, als ich noch klein war. Die Blumen bedecken das Land und werden als Duftstoffe in natürlichen Seifen und Kölnischwasser verwendet.

Wir müssen uns als Kinder gekannt haben. Ich zwinge meinen Geist, in die Vergangenheit zurückzugehen. Ja, vage erinnere ich mich an einen Teenager, der mir die Zöpfe zog! Wir waren mit den Volkovs befreundet. Wir gingen alle denselben Weg von der Schule nach Hause. Er war damals schon attraktiv und ich muss zugeben, dass ich in ihn verknallt war.

Was wäre aus uns geworden, wenn man uns unseren Lauf gelassen hätte? Wären wir uns in Liebe verfallen? Hätten wir eine gemeinsame Zukunft gehabt, wenn meine Familie geblieben wäre?

Vielleicht waren wir von Anfang an füreinander bestimmt. Wie hoch sind wohl die Chancen, dass wir nach all diesen Jahren wieder zusammengebracht werden? Ich denke darüber nach und bin über die Offenbarung geblendet, dass er mich mochte, als wir jung waren. Ich frage mich, ob er sich erinnert. Wie auf mein Geheiß flattern seine Augen. Ich stütze meinen Ellbogen auf das Kissen und meine Hand hält meinen Kopf.

Das Morgengrauen dringt in das Zimmer. Nikolay scheut keine Kosten, wenn es um mich geht. Ich weiß, dass er die letzte Nacht genossen hat, weil ich in seinen Augen jedes Mal ein Aufblitzen sah, wenn ich meine Begeisterung über die exquisite Kunst, das unglaubliche Essen und den luxuriösen Privatjet zum Ausdruck brachte.

Papa ließ uns nie mit ihm fliegen. Er sagte, dass Privatjets für die Arbeit und nicht für das Vergnügen gedacht sind. Jetzt erkenne ich, dass er es sich leisten konnte und wir viele Luxusgüter haben könnten, aber er war ein egoistischer Mann. Nikolai hatte recht, Vater gab mir, was ich wollte, weil er am Ende wusste, dass ich für die Familie verantwortlich sein würde. Um dies zu tun, müsste ich heiraten, um die Sicherheit der Familie zu stärken und natürlich die Finanzen.

„Guten Morgen." Nikolai regt sich und reicht mit einem Arm aus, zieht mich sanft zu sich hin. Seiner verführerischen Stimme gebe ich nach und lege meinen Kopf auf seine nackte Brust. Seine Haare sind zerzaust, und ich kann nicht umhin zu lächeln, beim zufriedenen und friedlichen Ausdruck auf seinem attraktiven Gesicht. Gewiss, wir haben letzte Nacht mehrmals Liebe gemacht und ich hatte zahlreiche Orgasmen. Ich hatte keine Ahnung, dass das überhaupt möglich war. Ich bin etwas wund, aber genieße es, weil er mich immer und immer wieder begehrt hat.

„Guten Morgen", erwidere ich und weiß beim besten Willen nicht, warum ich erröte. Wir haben mit sexuellen Stellungen experimentiert und jetzt bin ich froh, dass er mein Gesicht nicht sehen kann. Ich möchte meine Gefühle nicht preisgeben.

„Was hast du heute vor?" Er spielt mit meinen Haaren, lässt seine Finger hindurchgleiten, als wäre er in Gedanken versunken. Normalerweise hat er einen straffen Zeitplan und verlässt das Haus eilig ohne auch nur ein 'Auf Wiedersehen'. Morgenunterhaltungen beschränken sich auf Geschäftliches, Tatsachen und Anweisungen.

„Ich muss die Hochzeitsdetails prüfen und mich für das Herbstsemester einschreiben. Und du?"

„Mm, ich denke, ich möchte noch eine weitere Stunde im Bett verbringen und sicherstellen, dass du dich den ganzen Tag an mich erinnerst."

Ich schaue auf und sehe einen wollüstigen Schimmer in seinen Augen und weiß instinktiv, dass das Laken ein Zelt über seinem steifen Glied bildet.

„Ach ja?" necke ich ihn.

Seltsamerweise fühlt sich das natürlich an. Ist das nicht das, was das Eheleben sein soll? Kommunikation, Romantik? Soll ich es wagen, mich in ihn zu verlieben?

Er streicht sanft mit seinen Fingern, die ich liebe, über die Seite meines Gesichts und zwischen meinen Beinen wird es feucht. Er schaut mir in die Augen; die Begierde strahlt von ihm ab wie die Hitze eines Generators.

Er neigt sich zu mir und küsst mich langsam, nimmt sich Zeit, um meine Lippen zu lecken und meinen Mund zu erkunden. Meine Zunge umschlingt seine und wie ein langsamer Tango wechseln wir uns beim Saugen ab. Sein leises Stöhnen erfüllt das Zimmer und ich packe sein Glied, um es in meinen Mund zu nehmen.

Ich gehe in eine Position, so dass ich vor seinem Glied knie und fahre mit meiner Hand seinen Schaft bis zur Basis entlang. Ich lecke mit meiner Zunge um die Spitze, die mit seinem Vorsaft überzogen ist. Er stöhnt erneut. Ich schiebe ein paar Finger unter seine Hoden und reibe sanft über den stoppelnachwachsenden Bauchnabelrasierer. Die Mädchen in der Schule sagten, dass Männer das mögen. Er keucht und saugt Luft durch seine perfekten Zähne. Ich fahre mit meiner Hand auf und ab seinen Schaft, bevor ich ihn in meinen Mund nehme.

Er legt seine Hand auf meinen Kopf, leitet mich zu einem Tempo, das er mag. Sein Körper versteift sich und sein Glied schwillt an, füllt meinen Mund, während ich meine Lippen um ihn klammere, um Druck auszuüben, obwohl er glitschig ist.

Ich bewege meinen Kopf auf und ab bis er einen langen, kehligen Seufzer ausstößt und seinen Höhepunkt erreicht. Ich schlucke, aber es ist nicht genug, es kommt immer mehr, wie ein überlaufender Fluss. Ich schlucke erneut und sein warmer Samen rutscht mir die Kehle hinunter und hinterlässt einen salzigen Geschmack auf meinen Lippen.

"Du hast das sehr gut gemacht", lobt er mich und zum ersten Mal ist es ein Kompliment ohne Hintergedanken.

"Mm." Ich lege meinen Kopf auf mein Kissen und frage mich, wann er aufstehen wird. Ich bin schockiert, als er sich umdreht und seinen Kopf zwischen meine Beine begräbt.

"Ich denke, es ist nur fair, dass du auch kommst", murmelt er, während er meine Feuchtigkeit leckt. Meine Brustwarzen werden hart unter seiner erfahrenen Berührung. Meine Säfte sickern über meine geschwollenen Lippen. Seine Zunge flattert über meine Klitoris und ich kann nicht widerstehen, meinen Hintern von dem Bett zu heben, während ich mich nach mehr Reibung sehne.

"Du bist gierig", bemerkt er, bevor er zwei Finger in meine Vagina einführt. Ich bewege mich rhythmisch auf ihm, während er meine innere Göttin perfekt stimuliert. Wir sind wie ein gut geprobtes Symphonieorchester, seine Zunge trifft alle meine empfindlichen Punkte und eine Euphorie steigt in meiner Pussy auf, während sie sich um ihn herum zusammenzieht.

"Komm", befiehlt er.

Die Begierde baut sich in meinem Bauch auf, heißes Blut pumpt durch meine Adern und mein Kopf schwebt in den Wolken, blind für alles andere als die ansteigende Euphorie in meiner Pussy. Ich reite die Welle bis zum Gipfel und explodiere, ergieße mich über ihn, während ich seinen Namen rufe. Ich ziehe an seinen Haaren, mein Körper spannt sich an, mein Rücken wölbt sich, ich stöhne beim letzten intensiven Streicheln meiner Klitoris, wo seine Finger meinen G-Punkt massieren und ich komme erneut, spritze in seinen Mund während er mich aufleckt wie ein durstiger Hund.

Mein Körper war in der Luft suspendiert, aber nach der zweiten Welle der Orgasmen bin ich erschöpft. Ich sinke in das Bett, verbraucht.

"Wie war das?" Ich kann nicht sagen, ob er sich über mich lustig macht, aber solange er mich so zum Höhepunkt bringt, ist es mir egal. Ich bin süchtig nach ihm, seinem herrlichen Schwanz und wie er meinen Körper und meine Seele mit Vergnügen durchdringt, meine aufgestaute sexuelle Begierde freisetzt.

"Unglaublich", schnurre ich. Ich bin schwach vor Begehren nach ihm und schmelze unter seiner Berührung. Ich habe Glück, dass mein zukünftiger Ehemann mich begehrt. Ich möchte in diesem Kokon leben, den wir uns in den letzten zwölf Stunden gebaut haben. Ich möchte nicht, dass es endet, aber ich weiß, dass ich unrealistisch bin.

"Gut", sagt er und springt aus dem Bett. "Ich habe einen vollen Tag vor mir. Wir sehen uns beim Abendessen, jetzt kannst du gehen."

Und so zerbricht meine Welt wieder. Das ist sein Zeichen für mich zu gehen.

"Du musst nicht so verdammt unhöflich sein", rufe ich aus, als ich aus seinem Bett springe. Ich sammle meine Kleidung und Schuhe, die überall im Raum verstreut sind. Ich verlasse wütend den Raum und schlage die Tür hinter mir zu.

Warum muss er alles zerstören? Es ist nur eine Frage der Zeit, bevor ich mich wehre. Ich werde sein Spiel nicht mitmachen. Ich werde nicht meine Mutter sein; ich werde nicht sein Fußabtreter sein. Ich soll seine Ehefrau werden und er kann besser sicherstellen, dass er mich respektiert, sonst ist dieser Deal geplatzt und ich stelle mich den Konsequenzen.

KAPITEL 19, NIKOLAY

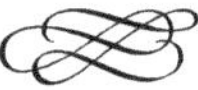

Ich bin so ein Bastard. Anya ist süß und merkwürdigerweise entgegenkommender, als ich erwartet hatte. Ich bin mir sicher, dass sie das Beste aus der Situation macht, indem sie einfach tut, was ich will. Der Trip nach Paris war angenehm, so sehr, dass ich meine Wache senkte und meine Regel brach, mein Bett nicht die ganze Nacht zu teilen. Ich wollte länger bei ihr im Bett bleiben, aber irgendwie fand ich die Willenskraft, ihren Zauber zu brechen.

Meine Mutter wird am Vorabend der Hochzeit einfliegen und während unserer Flitterwochen in London bleiben. Nach dem Tod meines Vaters wird es gut für sie sein, Freunde zu besuchen und sich abzulenken.

Es macht mir Sorgen, dass wir den Verräter unter uns noch nicht gefunden haben. Ich habe mehr Männer in die Sicherheitsabteilung gesteckt, um sicherzustellen, dass die Hochzeit ohne Probleme abläuft. Diese Heirat ist ein Coup und wird die Zukunft unserer Familien stärken und festigen.

Ich habe entdeckt, dass Igor Drogengeschäfte in Arbeit hatte und wir können diese auch in unsere Lieferkette einbinden. In Russland sind wir weit vom Meer entfernt, was uns benachteiligt, weil wir auf andere angewiesen sind, um Schmuggelware durch Häfen und über kilometerlange Straßen per Lkw zu bringen.

Anya wirft einen Wutanfall und knallt meine Schlafzimmertür zu, was mich amüsiert. Wenn sie denkt, sie hat mich verärgert, dann liegt sie falsch. Ich mag es, wie sie ihre Meinung sagt und ihre Gefühle ausdrückt. Solange sie das tut, wenn wir alleine sind und nicht vor Konstantin oder den Brigadiers.

Pavel klopft und kommt herein. „Ärger im Paradies?"

„Nichts, was ein weitere harter Fick nicht heilen könnte", antworte ich, während ich nackt herumlaufe und meinen großen maßgeschneiderten Kleiderschrank für zwei personen durchstöbere.

„Deine Brüder kommen heute an. Du solltest mit deinen Terminen fertig sein, bevor sie hier sind."

Ich weiß nicht, was ich ohne Pavel tun würde, der meinen Zeitplan kontrolliert. Ich habe andere Sorgen. Ich muss Allianzen schmieden und Geschäftspartner zufriedenstellen, um das Imperium zu führen. Er kann sich um die Logistik kümmern, mich dorthin zu bringen, wo ich hinmuss, und sicherstellen, dass unsere Standorte sicher sind. Zugegeben, ich habe Firmenbüros, aber einige Geschäfte werden in einer Gasse hinter unserem Club abgewickelt, um sicherzustellen, dass wir nicht aufgenommen werden. Wir haben die zusätzliche Sicherheit zu wissen, wo alle versteckten CCTV-Kameras sind. Technologie dringt ständig in unsere Welt ein, und Auto-Tracker hören jedes Detail und können an den unauffälligsten Orten versteckt werden. Das bedeutet, dass wir täglich alle Fahrzeuge, Büros und Häuser gründlich absuchen müssen.

„Gut, also werde ich unten sein, wenn du nichts brauchst." Ich kann das Grinsen in seinem Gesicht und seine hochgezogene Augenbraue nicht übersehen, als er einen zweiten Blick auf das unordentliche Bett wirft. Es ist offensichtlich, dass Anya die Nacht verbracht hat. Die Laken sind auf beiden Seiten geworfen und der Geruch von Sex hängt noch in der Luft.

„Geh nicht dahin. Ich werde nicht weich. Ich war müde und Paris, nun, das ist meine Schwäche."

„Erzähl dir selbst, was du willst; ich wette, Anya kommt unter deine Haut und in deinen Kopf."

„Verpiss dich", kontere ich.

„Ich gehe", erwidert er, als er die Tür hinter sich schließt.

Ich dusche, in der Hoffnung, ihren Lavendelduft abzuspülen. Ich kann nicht herumlaufen, ihren Duft in der Nase und ständig eine Erektion bekommen. Verdammt, Pavel hat recht. Sie verändert mich, Detail für Detail. Ein freier Tag? Ich? Das würde niemand glauben. Eine Erinnerung an sie in Paris taucht in meinem Kopf auf. Ihre Augen waren geschlossen und sie lehnte den Kopf zurück, während sie im Restaurant köstliche Delikatessen aß. Offensichtlich genießt sie die feinen Dinge, die mein Geld kaufen kann. Aber schmilzt ihr Herz für mich?

Warum ist mir das so wichtig?

Es ist verdammt wichtig. Mir ist aufgefallen, wie Männer sie angesehen haben, als wir gestern Abend durch den Speisesaal gelaufen sind. Zugegeben, die Ohrringe waren atemberaubend, aber sie verblassen gegen ihre Schönheit. Sie hat keine Ahnung von der Wirkung, die sie auf Männer hat und sie ist nicht zickig, wie die meisten Frauen in wohlhabenden Kreisen. Die meisten Frauen in unserem reichen Umfeld müssen das Beste von allem haben, von der Lage und Größe des Hauses, den teuersten Autos, treuer Belegschaft und fast berühmten Köchen.

Sie werden Anya nett ins Gesicht reden, aber einen Dolch bereithalten, um sie in den Rücken zu stechen. Diese Hyänen kreisen in denselben sozialen Kreisen wie wir und Anya wird ihre Sticheleien, die voller Eifersucht sind, und das hinter ihrem Rücken reden über ihr Outfit, das angeblich nicht gut genug ist, obwohl gar nichts daran auszusetzen ist, nicht kommen sehen. Ich werde mich einmischen müssen und die wenigen Frauen, mit denen ich im Laufe der Jahre befreundet bin, bitten, auf sie aufzupassen. Das Jetset-Leben ähnelt der Arche Noah, denn jeder muss ein Paar sein, besonders für Frauen. Es ist ein Doppelmoral, aber in diesem Fall wahr.

Ich habe nichts mit diesen Leuten zu tun, weil ihr sozialer Kreis mir Zugang zu gewählten Beamten und Investitionspartnern bietet. Meine Familie bemüht sich ständig um Legitimität in den Augen der Gesellschaft und des Gesetzes. Wahrnehmung ist Realität und ich melke diese Zitze für Legitimität.

Was Anya betrifft, werde ich ihre Freunde überprüfen; sie wird nie davon erfahren, da Pavel es hinter den Kulissen machen wird. Ich hingegen muss darüber im Bilde sein. Ich werde immer um ihre Sicherheit besorgt sein. Es ist am besten, dies durch meine Aufsicht zu mindern, aber ich habe keine Zeit. Alex kann sich um die alltäglichen Details kümmern, aber ich werde seine Eier in der Guillotine haben, falls etwas in seiner Wache schief geht. Ich kann es nicht riskieren, dass ihr etwas passiert. Ich verliebe mich in sie, weil Liebe aus der Frage ist, obwohl sie seit unserer Kindheit einen besonderen Platz in meinem Herzen hat. Ich dachte, ich könnte leben, ohne sie wieder zu sehen. Manchmal wünschte ich, ich hätte es nicht getan, aber das Schicksal schritt ein und brachte uns wieder zusammen.

Ich kaufe, was ich will, und habe eine Garage auf dem Anwesen, die mit den teuersten Sportwagen gefüllt ist. Das Einzige, was ich mir versage, ist die Liebe. Ich kann mir den Luxus oder den Kummer, wenn sie nicht mehr erwidert wird, nicht leisten. Ich habe bereits eine Regel gebrochen, indem ich sie letzte Nacht in meinem Bett schlafen ließ. Das darf nicht wieder passieren.

Ich trockne mich nach der Dusche ab und kleide mich professionell, bevor ich Pavel im Erdgeschoss treffe. Der Tag ist voll mit Unternehmern, die wir benötigen, um alte Büros zu renovieren, die wir vermieten werden, und seriösen Geschäftspartnern für einen neuen Club, den wir später in diesem Sommer eröffnen.

Ich werde wenig Zeit haben und mich damit zufrieden geben müssen, dass unsere Flitterwochen kurz ausfallen. Ich möchte auf dem Meer sein, damit ich Anya über das Geländer meiner Jacht bücken und sie nehmen kann. Ich bin mir sicher, dass die Klatschpresse uns bemerken wird und die Art der Publicity günstig sein wird, um meinen Namen vor die Männer zu bringen, die ich treffen möchte.

Ich war nicht überrascht, als die Bilder von ihrem verstorbenen Vater online aufgetaucht sind, und an der Seite war eine Momentaufnahme von uns, wie wir am Tag unseres Wiedersehens aus ihrer Wohnung kommen. Der 'Mystery Man', so nennen sie mich. Sie ahnen nicht, dass sie den neuen König der Volkov Bratva entdeckt haben.

Ich gehe in die Küche, in der Hoffnung, dass Anya da sein wird, um mich zu verabschieden. Es ist ein unausgesprochenes Ritual zwischen uns, an das ich mich gewöhnt habe. Mein Herz schlägt schneller, mein Blutdruck steigt, ebenso mein Verlangen.

Pavel lehnt an den Schränken, richtet sich aber auf, als er das Klacken meiner Schuhe auf dem kalten Marmorboden hört. Er schenkt mir einen Kaffee ein.

„Pavel, gibt es Neuigkeiten zur Testamentseröffnung der Petrovs?" Ich nehme den Becher schwarzen Kaffee entgegen und führe ihn zu meinen Lippen, in der Hoffnung, dass Anya auftaucht, bevor wir gehen.

„Ja, sie findet am Montag nach der Hochzeit statt. Was ist los?"

„Es ist nichts, ich bin nur neugierig. Es ist ungewöhnlich für uns, so lange im Unklaren zu sein. Hat Dmitry schon in die Akten eingebrochen? Ich möchte keine Überraschungen."

„Er könnte Neuigkeiten haben, wenn er ankommt. Ich weiß, dass er daran gearbeitet hat. Er hat Gesichtserkennungskameras aus der CCTV für Darci benutzt; alles, was er herausgefunden hat, ist, dass sie zur Schule und zum Supermarkt hin und her geht. Nach dem Vorfall wurde sie dabei gesehen, wie sie ihre Wohnung, irgendeine schäbige Absteige im Osten von London, verlässt."

„Mm. Ja, wir schaffen viele Drogen dorthin. Tatsächlich werde ich Dmitry nach der Hochzeit nach New York schicken müssen, um sich mit unseren Bratva-Kontakten dort zu verbinden. Vater versuchte einen Deal mit den Italienern auszuhandeln, um mehr Fentanyl in die Stadt zu bringen. Von dort aus transportieren wir es nach Westen nach Chicago und nach Osten zur Küste. Die Kubaner kontrollieren die Hafenstadt Miami. Ich will mich nicht mit den Kartellen anlegen. Da lasse ich lieber jemand anderen die Pufferzone sein."

Er nickt, mein Gedankengang verdient seinen Respekt. „Arbeitest du mit den Morettis zusammen?"

„Ja, es scheint so, als hätte Dmitry Freunde in New York und Kontakte zu den Morettis aus der Internatszeit. Irgendwas mit Streit in einer Bar während der Frühlingsferien in einem vornehmen Ferienresort." Ich muss lachen, ich überlasse es ihm oder Roman, zu jeder Tages- und Nachtzeit Ärger zu finden. Dmitry kann nicht zurückweichen, wenn er das Gefühl hat, beim Pokerspiel oder in einer Billardhalle hereingelegt worden zu sein. Ich verstehe nicht, warum Klugscheißer den Umschlag pushen. Es liegt in ihrer DNA. Sie können es nicht lassen, einen Trick zu versuchen. Russen neigen dazu, unauffällig zu bleiben, es sei denn, zu viel Wodka ist im Spiel. Detailpläne auszuarbeiten und diese mit lasergenauer Präzision auszuführen, ist der Schlüssel, um unentdeckt zu bleiben. Rein, raus und nichts verpatzen.

Die Italiener in Amerika sind hemmungsloser. Je länger ich darüber nachdenke, desto mehr realisiere ich, dass wir Leute vor Ort brauchen. Es gibt keinen Spielraum für Fehler. Ich werde einen meiner Brüder hinschicken, um sicherzustellen, dass die Italiener das Geschäft nicht vermasseln. Drei Millionen Pfund sind unsere Beteiligung, und das ist nur unser Ende des Deals. Es wäre eine gute Beute zum Abschöpfen, wenn unsere Feinde wüssten, dass es kommt. Eine verpfuschte Lieferung kann unseren Hals in der Schlinge landen. Wir haben Hehler in vielen Ländern, die auf diese Lieferung warten, und sie sind nicht die Art von Männern, die ich verärgern will.

Hazel ist an ihrem Gas-Herd beschäftigt und der beruhigende Duft von Schinken und Eiern macht sich in der Luft breit, während ich nervös die Tür im Auge behalte. Wird Anya auftauchen, oder ist sie verärgert? Wenn ja, wie beruhige ich sie? Warum liegt mir das überhaupt am Herzen? Sie ist genauso Sex-süchtig wie ich; wir können einander nicht widerstehen.

"Weißt du, wenn du sie weiterhin verärgern wirst, wird das nur noch mehr Groll erzeugen. Du brauchst sie genauso sehr, wie sie dich braucht. Wäre es so schlimm, einfach mal nett zu sein?" Pavel fragt, und er hat einen Punkt. Ich bin froh, dass er der Einzige ist, der meine Enttäuschung bemerkt hat, als die stahlblauen Augen nicht zum Frühstück dazu kommen.

"Erinnere dich daran, mit wem du redest", schnauze ich, als Hazel Teller mit Eiern, gebratenen Kartoffeln, Toast und Schinken vor uns hinlegt. Ein Topf mit heißem Tee, Kaffee, Sahne und Zucker steht bereits im Frühstückseck auf dem Tisch.

"Ja", antwortet er, während er ein Stück gebutterten Toast in den Mund stopft. In Schwarz gekleidet, ist seine Pistole an seinem Gürtel befestigt und sein Handy liegt auf dem Tisch.

Ich trage einen grauen Anzug für meine Geschäftstreffen. "Lass jemanden meinen Smoking von der Reinigung abholen. Unsere Eheringe sind im Safe. Ich kann kaum glauben, dass es endlich soweit ist."

"Du wusstest, dass du weggeheiratet werden sollst. Du hattest eine gute Zeit", fügt er hinzu und kratzt das gelbe Eigelb mit einem weiteren Stück Weizentoast vom Teller.

"Verdammt", murmle ich. Sie ist immer noch nicht hier. Ich bin der Boss, zur Hölle mit dem! Ich habe die Warterei satt. "Ruf Anya, ich muss vielleicht Frühstück zum Pflichtprogramm machen."

Pavel will grinsen, weil er weiß, dass sie mich zur Weißglut treibt, aber er weiß auch, dass er den Mund halten und das schlecht versteckte Lächeln von seinen Lippen wischen soll.

"Mach ich", antwortet er und steht ohne Zögern auf, um meine Verlobte zu holen.

Ein paar Minuten später höre ich Stimmen im Flur. Ich bin sofort beruhigt, als ich ihre Stimme von den leeren Wänden hallen höre. Das ist mehr so mein Ding. Ich ziehe den letzten Schluck Kaffee runter und streiche mein Haar mit meiner Hand nach hinten. Was zum Teufel mache ich da? Ich bin nervös. Ich werde nie wegen einer Frau nervös.

"Anya." Ich stehe auf. "Guten Morgen."

"Wenn du meinst." Sie macht auf stur und stellt sich neben Hazel, um ihre Spiegeleier aus der gusseisernen Pfanne auf einen weißen Teller zu schieben.

"Ja, das meine ich." Ich setze mich. "Ich entschuldige mich für meine Schroffheit heute Morgen. Ich bin es nicht gewohnt, mein Zimmer zu teilen." So, genug gesagt.

Sie zuckt mit den Schultern und greift nach einer Teetasse, bevor sie sich uns am Tisch anschließt, aber sie setzt sich neben Pavel, nicht neben mich. Sie ist immer noch verärgert.

„Nur zur Erinnerung, du kannst das Haus umgestalten, wie du möchtest. Mach es dir gemütlich. Wir leben hier, nicht meine Mutter, auch wenn ich sie liebe", füge ich hinzu. Damit sollte sie glücklich sein. Es kommt mir in den Sinn, dass sie aus Trotz die

Kreditkarte zum Glühen bringen könnte. Allerdings mache ich mir keine Sorgen. Ich hätte es verdient, aber ich weiß, dass sie nicht so kindisch handeln würde. Was ihre Einkaufstouren betrifft, hat sie noch nicht herausgefunden, dass ich von ihrer Unterwäsche profitiere und ihr neuer Kleiderschrank voller Kleidung für die Orte benötigt wird, an die ich sie bringen werde, um sie zur Schau zu stellen.

Die Erinnerung an ihren roten Push-up-BH, der zu ihrem Spitzenstring passte, erregt mich. Ich bin überrascht, dass kein Klopfen unter dem Tisch zu hören ist. Ich lenke meine Hand auf mein Essen, das inzwischen kalt geworden ist, aber ich tue so, als ob alles in Ordnung wäre, um meinen Kopf klar und meine Hände beschäftigt zu halten.

„Unsere Hochzeitsankündigung mit Bildern wird nach der Zeremonie in der Zeitung erscheinen. Unsere kurze Flitterwochen an der französischen Riviera sind bereits gebucht und danach möchte ich, dass du an einige Wohltätigkeitsveranstaltungen teilnimmst. Philanthropie ist gut fürs Geschäft. Ich lasse dir eine Liste da. Zudem kommen meine Brüder heute an. Das Abendessen wird eine Gelegenheit sein, sie kennenzulernen."

„Teilen sie auch deine charmante Persönlichkeit?"

„Ich würde sagen, sie sind aufgeschlossener als Nikolaj", wirft Pavel ein. Ich bin sicher, er versucht, Anya zu beruhigen, dass sie nicht alle so mürrisch sind wie ich, und er versucht, die Wogen zu glätten. Ich war fordernd. Ich brauche sie in guter Stimmung für die anstrengende Woche. Es ist mir wichtig, dass sie einen guten Eindruck auf meine Familie macht. Das war mir vorher nicht wichtig, aber jetzt, da ich sie in meinem Bett hatte, ist es plötzlich wichtig, dass meine Familie sie mag.

Ich erinnere mich an Anya und ihre Schwester aus unseren bescheidenen Anfängen. Sie kümmerte sich damals um ihre Schwester, wie sie es heute tut. Ich hatte Schwärmereien für sie, tatsächlich befriedigte ich mich selbst bei dem Gedanken an ihr hübsches Gesicht, aber sie war zu jung zum Ausgehen. Ich frage mich, ob sie sich erinnert. Diese Informationen behalte ich für mich. Ich baue meine Mauer der Gleichgültigkeit wieder auf, damit ich nicht von Drohungen beeinträchtigt werde.

Sie hat meine Entschlossenheit, emotionslos zu bleiben, wirksam geschwächt. Sie bemerkt nicht, dass sie jeden Tag ein Stück meiner Mauer abträgt. Ich bin es gewohnt, dass Frauen mich wegen Geld und Prestige suchen. Zweifellos gab es viele, die gerne meine Frau gewesen wären. Anya braucht von mir nichts als Schutz, und unsere Ehe bietet uns beiden diesen Schutz.

Ich schaue auf ihren Ringfinger und Erleichterung breitet sich in mir aus. Sie trägt ihn immer noch.

„Gehst du zur Testamentseröffnung deines Vaters am Montag? Wir können anschließend in unsere Flitterwochen abfahren", schlage ich vor.

„Ja, Mum könnte bestimmt die Unterstützung gebrauchen."

„Wie geht es ihr?"

„Gut. Ich spreche einige Male pro Woche mit ihr. Obwohl ich gehört habe, dass du ihn ziemlich in Beschlag nimmst, war Sergei für sie und Konstantin da."

„Ein Mann muss seinen Lebensunterhalt verdienen."

„Hm." Sie presst ihre Lippen zusammen. Zweifellos fragt sie sich, was von ihr verlangt wird, abgesehen davon, meinen Schwanz zu blasen und ein paar Nachkommen zur Welt zu bringen. Ich kann verstehen, warum dies nicht ihr Traum sein könnte, wenn man bedenkt, dass sie sich ihren Weg in der Welt bahnen möchte. Ich versuche immer noch herauszufinden, wie wir beide unsere Karrieren unter einen Hut bringen können.

Ich beobachte, wie sie einen Schluck Sahne in ihren Tee gibt und ihn trinkt. Sie isst nur kleine Bissen und beendet ihren Schinken nicht.

„Du musst essen, Anya."

„Ich muss bis Sonntag in mein Kleid passen." Sie schaut mir nicht in die Augen. Ich bin sicher, es ist ihre Art, mich für meine Kälte zuvor zu bestrafen, und ich verdiene es. Mein Herz sinkt. Ich kann erkennen, dass sie unglücklich ist, wenn das Licht in ihren Augen erloschen ist und ihre Wangen farblos sind.

Pavel spürt die arktische Kälte im Raum und entschuldigt sich.

„Was kann ich tun, um es dir wieder gut zu machen?" Ich lehne mich über den Tisch und lege meine Hand auf ihre, obwohl sie eine Gabel in der Hand hält.

„Ich sollte es dir nicht sagen müssen", murmelt sie unter ihrem Atem, während sie einen weiteren Schluck Tee nimmt.

Sie hat recht. Ich weiß, dass ich launisch und oft zu direkt bin.

Hazel verlässt die Küche, als ob auf Kommando.

Ich schaue auf meine Uhr, eine Uhr, die mehr wert ist als die meisten Autos, die in London gefahren werden. „Ich muss gehen." Ich beuge mich herunter und küsse ihre Lippen. Sie wehrt sich dagegen, ihre eigenen zu bewegen. „Es tut mir leid. Bitte gib mir noch eine Chance." Ich lege meine Hand über ihre, während sie auf dem Tisch liegt.

„Ich werde es in Betracht ziehen. Du verbrauchst jedoch deine zugewiesenen Anfragen. Ich kann es kaum erwarten, deine Brüder kennenzulernen. Soll ich etwas Besonderes servieren?" Sie ist meinen Geschwistern gegenüber wärmer als mir und der Stich meiner Schroffheit ist mein Verhängnis.

„Überhaupt nicht. Ich schätze das Angebot", antworte ich, während sie ihre Hand aus meiner zieht.

Ich greife nach meiner Jacke und gehe zur Tür.

Würde es mich umbringen, für eine Veränderung nett zu sein? Alte Hunde brauchen Zeit, um neue Tricks zu lernen. Ich bin in meinen

Gewohnheiten festgefahren und ich weiß nicht, wie ich meine Emotionen unter Kontrolle halten soll. Heiße, tiefe Gefühle lassen mich den ganzen Tag und die ganze Nacht an sie denken. Ich ertrinke in Anya und kämpfe darum zu überleben, ich lasse meine Launen an ihr aus, obwohl sie Besseres verdient. Papa hat immer gesagt, dass wir Entscheidungen immer zum Wohle der Bratva treffen müssen.

Ist es besser, zu lieben und das Risiko des Verlierens einzugehen, oder sie zu verlieren, weil ich nicht zugeben will, dass ich verliebt bin?

KAPITEL 20, ANYA

Ich möchte das Herrenhaus hübsch machen und Nikolays Familie beeindrucken. Ich lasse Alex mich zu einem lokalen Geschäft fahren, um frische Blumen zu kaufen. Angesichts der Größe der Anwesen um uns herum dauert das mehr als zwanzig Minuten. Als wir zurückkommen, hilft mir Hazel die Stiele anzuschneiden und sie in verschiedene Vasen zu legen, die jeden Raum schmücken. Ich sollte schwarze Rosen oder eine Krähe in Nikolays Schlafzimmer stellen. Stattdessen finde ich einige weiße Margeriten mit orangefarbenen Mitten und füge lila russischen Salbei hinzu. Sie passen gut zu seinen dunklen Möbeln und werden den Raum aufhellichten.

Ich frage mich, ob er sich an unsere Begegnung als Kinder erinnert. Er war mein erster Schwarm, auch wenn wir jung waren, ich erinnere mich. Er hat die gleichen Augen, aber er war damals unbeschwerter. Das muss das Gewicht des unerwarteten Eintritts in die Bratva und die Quelle der Falten auf seiner Stirn sein.

Ich dachte, er hasste mich, als wir Kinder waren. Erst als Mum mir sagte, Jungs ärgern dich, wenn sie dich mögen, wurde seine Aufmerksamkeit weniger nervig. Sie hatte recht, wie es sich herausstellte. Neckereien sind die universelle Sprache eines Jungen, der versucht, die Aufmerksamkeit eines Mädchens zu erregen. Aber jetzt? Ich bin sicher, er muss unsere Chemie spüren. Die Reise nach Paris war durchdacht und eine unglaubliche Überraschung. Gefolgt von der Präsenz des Rings, und ich liebe Glanz und Glitter! Im Herzen bin ich ein einfaches Mädchen, aber die Glitzersteine ziehen ständig meine Blicke auf sich. Ich drehe ihn den ganzen Tag lang um meinen Finger, aus Angst, ihn zu verlieren. Ich bin sicher, er hat ihn ausgewählt, damit ich mit den Frauen der High Society mithalten kann. Das Klassensystem ist lebendig und besteht weiterhin. Zugegeben, die am unteren Ende sind nicht so schlimm wie früher, aber es gibt eine Hierarchie in der Gesellschaft, und ich bezweifle, dass eine davon jemals in meinem Leben verschwinden wird.

Ich durchsuche das Haus nach Teelichtern und Haltern, um Lavendel-duftende Kerzen strategisch im Haus zu platzieren. Ich helfe Hazel, den Tisch zu decken, und stelle Spitzkerzen in Waterford-Kristallhalter. Seine Mutter muss hier alles ausgesucht haben. Sie hat einen exzellenten Geschmack, und ich frage mich, wie sie ist. Nikolay spricht nicht viel über seinen Vater. Es scheint, wir haben beide unseren Kummer beiseite geschoben, um eine Hochzeit durchzuführen. Ich möchte wissen, was passiert ist. Wird er mir den wirklichen Nikolay zeigen? Gespräche im Bett beschränken sich auf sexuelle Wünsche und Begierden, während er mich mit Vergnügen in den Wahnsinn treibt.

Es ist spät am Nachmittag, als die Haustür aufgeht und ein Tumult ausbricht. Zwei Männer stolpern mit einigen mehr hinter ihnen hinein. Ich kann sofort erkennen, wer Nikolays Brüder sind und eile ihnen entgegen, um sie zu begrüßen. Ich zupfe an meiner Bluse, um sicherzustellen, dass mein Bauchnabel angemessen bedeckt ist, meine Jeans sind sauber mit ein paar modischen Löchern, und meine TOMS Parker Sneakers sind neu. Nikolay bestand darauf, dass ich sie bestelle, und sagte, sie seien der letzte Schrei. Ich gebe zu, er ist ziemlich modisch, was mich betrifft. Er sagt, es liegt daran, dass er weiß, was mir am besten steht, und ich frage mich, wie er das erkennen kann; wir kennen uns erst seit einer Woche wieder.

„Wow, du bist ein Anblick zum Anbeten", sagt ein Bruder, als er mich in eine Bärenumarmung zieht. „Ich bin Roman; du wirst meine Schwägerin sein." Er ist das Nesthäkchen der Familie, hatte Nikolay mir vorher erklärt.

„Ich denke, das stimmt." Ich bin überrascht und kann nicht widerstehen zu kichern, während meine Hände seine Schultern greifen, um mich zu stabilisieren. Anscheinend ist der Rest der Familie nicht so kühl wie Nikolay.

„Lass sie runter, Roman." Nikolays raue Stimme lässt alle erstarren. Wann ist er nach Hause gekommen?

„Verzeih, Bruder, sie ist unversehrt. Siehst du?" Er stellt mich sanft ab und wendet sich dann zu Nikolay, um ihn, wie ich annehme, mit einer Bratva-Umarmung zu begrüßen.

„Jetzt bin ich dran." Der Bruder mit den längeren Haaren tritt vor und umarmt mich zivilisiert. „Ich bin Dmitry. Willkommen in der Familie."

Dmitry kommt mir ernster vor als die beiden anderen. Roman wirkt ausgelassen, aber Nikolay hat mir erzählt, dass er normalerweise introvertiert ist. Dmitry ist der Zahlengenie und hat ein berechnendes Auge. Sein Blick fixiert sich intensiv auf den unordentlichen Dutt, den ich mir hastig früher zusammengezogen und keine Zeit hatte zu fixieren. Ich bemühe mich, mich nicht beurteilt zu fühlen, während ich nervös Haarsträhnen hinter mein Ohr stecke.

„Danke. Ich bin so froh, dass ihr hier seid, kommt rein", weise ich sie an und führe den Weg ins formelle Wohnzimmer. „Ich vermute, ihr seid durstig. Ich habe ein bisschen von allem im Schnapskasten. Oder Tee, wenn ihr bevorzugt."

„Wodka", verkündet Roman. Ich fange Nikolays strengen Blick auf, als er an mir vorbei zur Bar geht, plötzlich ein pflichtbewusster Gastgeber. Offensichtlich war er eifersüchtig, weil Roman mich berührt hat. Das finde ich erfrischend. Er ist eifersüchtig, ein untrügliches Zeichen, dass er unter seiner rauen Fassade und seinem passiv-aggressiven Verhalten Gefühle hat.

Dmitry trägt Jeans, aber sie sehen teuer aus. Seine Stiefel erinnern mich an das Militär. Als er seine Lederjacke auszieht und seine Ärmel hochkrempelt, kann ich die Tattoos auf seinen Armen nicht übersehen. Es gibt zu viele, um ihre Bedeutung zu erkennen. Die Tinte, die früher verwendet wurde, um Gefängnisaufenthalte zu kennzeichnen, ist heute keine Aussage mehr, aber heutzutage sind Tattoos üblich, also ist es jedermanns Vermutung.

Roman hat kurze Haare und hohe Wangenknochen wie seine Brüder, aber sein Kiefer ist weicher und abgerundeter. Er muss nach seiner Mutter kommen. Sie sind alle attraktiv und sprechen alle mit Nikolay auf Russisch, zweifellos schnell aufholend. Sie stoßen mit ihren Wodka-Shots an, kippen ihn zurück und haben eine weitere Runde. Sie sind ausgelassen, aber das scheint meinen Verlobten nicht zu stören. Ich entspanne mich, wissend, dass ich heute Abend nicht die Launen aushalten muss. Er nickt mir zu, um sich ihnen anzuschließen und reicht mir einen Wodka-Shot, damit ich auf unsere bevorstehende Hochzeit anstoßen kann.

Nachdem ich den Schnaps hinuntergeworfen habe, entschuldige ich mich, um nach Hazel und dem Abendessen zu sehen. Wir haben Lamm und in Rosmarin geröstete Kartoffeln. Das Haus ist voller Menschen, als wäre es ein Feiertag, und ich bin glücklich. Ich begrüße seine Familie, als wären sie meine eigene. Sie scheinen mich zu akzeptieren und ehrlich gesagt, ich erinnere mich kaum an sie aus der Zeit, als wir in der gleichen Stadt lebten. Bis das Abendessen serviert wird, brauchen die Männer dringend nüchtern zu werden.

Das Essen geht ohne Probleme vonstatten, und das Gespräch fliegt, als die Jungs mir Fragen stellen und Geschichten über Nikolay erzählen, um ihn in Verlegenheit zu bringen. Nikolay nimmt es gelassen hin. Nach einer Weile bin ich erschöpft und entschuldige mich, um ins Bett zu gehen. Es ist unwahrscheinlich, dass seine Brüder so bald zur Ruhe kommen werden.

Nikolay steht mit mir auf und legt seine Hand um meinen Arm.

„Gute Nacht, Anya, danke, dass du diesen Abend zu etwas Besonderem gemacht hast."

„Kein Problem, sie sind süß." Ich blicke nach oben und sehe das lodernde Begehren in seinen Augen. Ist es möglich, dass ich ihm gefällig war und er mir keinen Seitenhieb gibt?

„Ich liebe sie. Wir sind eine Familie." Seine Lippen sind nahe an meinen. Ich zögere, weil ich den Zauber nicht brechen will. Meine Füße werden zu Betonblöcken, weil ich mir wünsche, dass er mich küsst.

Er steht still, als ob er überlegt, was er tun soll. Ich strecke die Hand aus, um die Seite seines Gesichts zu streicheln. Ich mag ihn so gerne sehen, zugänglich, menschlich und vielleicht sogar verwundbar.

Endlich finden seine Lippen die meinen. Ich erwidere seinen Kuss, um ihm zu zeigen, dass ich ihm den heutigen Morgen vergeben habe. Meine Lippen werden unter der Kraft seiner Küsse wund und geschwollen, er markiert sein Territorium. Als er sich schließlich von mir zurückzieht, sind meine Höschen nass.

"Gute Nacht", flüstere ich, als ich in mein Zimmer gehe. Ich bin sicher, seine Brüder wissen von unserer Schlafanordnung und es wäre nicht unangebracht, wenn wir vor der Hochzeit getrennte Zimmer hätten.

Ich ziehe mich aus, dusche und schlüpfe in ein Tanktop und kurze Unterhose, bevor ich ins Bett steige. Es ist ein hohes Bett, wie in

Luxushotels, mit flauschigen Kissen und einer Bettdecke. Ich muss kichern, als ich darüber nachdenke, wie ich jeden Abend mit Anlauf ins Bett springe.

Ich liege in der Dunkelheit, die Fenster sind offen, ihre lebhaften Stimmen schweben von der Terrasse unten zu meinem Fenster. Nach einer Stunde verschwinden ihre Stimmen, als sie in den Hinterhof gehen, um Zigarren zu rauchen und mehr Wodka zu trinken. Das ferne Murmeln ihrer Stimmen wiegt mich in den Schlaf.

* * *

ICH STEHE FRÜH AUF, das Haus lebt auf mit Nikolai und seinen Brüdern. Ich denke an die Kinder, die wir eines Tages vielleicht haben werden und wie sie mit ihrem Lachen diese Villa füllen werden. Mit über zwölf Zimmern, einschließlich Badezimmer, ist es kein Problem, seine Familie für ein paar Nächte unterzubringen, wenn sie sich für einen Aufenthalt entscheiden. Ich hoffe, sie tun es, denn ich möchte heimlich mehr über Nikolai erfahren und seine Brüder sind die perfekte Quelle.

Ich mag den Lärm, denn als ich mit meiner Schwester aufwuchs, hatten wir keine anderen Geschwister, mit denen wir streiten oder lachen konnten. Wir hielten aus liebevoller Vernachlässigung zusammen, aber es waren immer nur wir zwei, denn Mum war nicht der Typ, der gerne mit uns spielte. Ich schwöre, ihr Fernseher war ihre Welt.

* * *

"DA IST SIE JA", verkündet Dmitry meine Ankunft im Speisesaal. Hazel hat eine volle Auswahl an Wurst, Eiern und Keksen vorbereitet. Ich setze mich neben Nikolai.

"Guten Morgen. Ich hoffe, ihr habt alle gut geschlafen." Ich betrachte Roman, er wirkt völlig entspannt. Er sticht in einer

Menschenmenge heraus, er ist so ernst und seine natürliche Haltung ist eher militärisch als zivil.

"So gut, wie man eben ohne Frau unter sich schlafen kann", neckt Roman.

"Also bist du der wilde", necke ich zurück.

"Das sagen manche. Ich denke, wir wechseln uns alle mal ab. Und du?"

"Ich bin langweilig." Ich gieße meinen Tee ein und gebe ein wenig Sahne hinein, während Hazel mir einen Teller macht.

"Wir haben gehört, dass man dir in der Bar etwas ins Getränk gemischt hat. Das ist alles andere als langweilig, meine liebe Schwester", erinnert mich Roman.

Er nennt mich Schwester und das berührt mein Herz. Ich beginne das Gefühl zu haben, dass ich zu dieser Bratva-Familie gehöre und nach Jahren als Außenseiterin ist das tröstlich. Ich ermahne mich selbst, mich nicht zu sehr zu binden; wenn Nikolai mich verlässt, verliere ich sie alle.

"Das war wirklich ein merkwürdiges Ereignis."

"Ihr müsst vorsichtig sein. Ihr habt ein Ziel auf eurem Rücken und wir hoffen immer noch, die Schlampe zu finden, die das mit dir gemacht hat."

Schauer laufen mir den Rücken hinunter, wenn ich mir vorstelle, was sie mir hätten antun können. Russen sind rücksichtslos, wenn es um Folter geht. Sie sind berüchtigt dafür, schlimmer als Tiere zu sein, um zu bekommen, was sie wollen. Scheitern bedeutet Tod.

"Gibt es Neuigkeiten darüber, wer dahinter steckt?" Ich hatte seit einiger Zeit kein Update mehr.

"Ich verfolge ihre Banktransaktionen in der Hoffnung, etwas zu finden. Ich bin ein hauseigener Hacker und kann das Darknet navigieren. Wenn sie eine digitale Spur hinterlassen hat, werde ich sie finden." Dmitry nickt und überzeugt mich davon, dass er sich um meine Sicherheit kümmert und sicherstellt, dass Darci nie wieder das Tageslicht sieht.

Ich habe Mitleid mit ihr. Vielleicht wollte sie mir keinen Schaden zufügen. Sie könnte dazu gezwungen worden sein. Ich hatte keine Möglichkeit zu wissen, dass sie nicht von einem berühmten Vater ist. Jetzt frage ich mich, ob ihr Vater vielleicht ein Verwandter einer anderen Mafiafamilie sein könnte.

"Du weißt, sie sagte, ihr Vater sei im Rockgeschäft berühmt. Was, wenn er in der kriminellen Welt berühmt wäre? Könnte sie eine Tochter oder Enkelin eines unserer Rivalen sein? Man sagt, wenn du lügst, weiche nicht weit von der Wahrheit ab."

"Das ist ein guter Punkt." Nikolay betrachtet mich mit Respekt. "Wir wissen, dass jemand unseren Vätern nach dem Tod schaden wollte. Welche Mafiafamilie hat am meisten zu gewinnen? Konstantin erwähnte, dass die Iren auf die Pferderennbahn drängen, ein Brigadier nimmt zu wenig ein, aber das könnte unterschlagen werden. Wir behalten ihn und seine Leute im Auge. Darci könnte ein irischer Name sein; sie muss nicht einmal verwandt sein. Sie könnte auf zahlreiche Arten hereingelegt worden sein. Das macht die gesamte Situation noch chaotischer." Nikolay rutscht vor in seinem Stuhl und legt seine Hände auf den Tisch, seine Finger sind verflochten, während er spricht.

"Guter Einwand," stimmt Roman zu. "Vielleicht sollte ich Konstantin mal begleiten, die Docks abchecken und ein paar Türen eintreten. Wer immer dahinter steckt, könnte auch für Papas Tod verantwortlich sein."

"Ich habe meine Männer dran," fügt Nikolay nüchtern hinzu.

"Beide Morde könnten Zufall sein. Ich habe herausgefunden, dass Igor an einer kontroversen Besprechung in der Ölfirma beteiligt war. Papa hat ihm wahrscheinlich geholfen, Gelder über Offshore-Konten größerer Oligarchen zu waschen", fügt Dmitry hinzu. "Es gibt eine Hierarchie, und jeder ist schuldig, bis das Gegenteil bewiesen ist."

Ich versuche die Ressourcen, die diese Familie zur Verfügung hat, zu begreifen. Ich habe einen Vogelperspektive davon, wie vernetzt Papas Welt war, und es würde mich nicht überraschen, wenn Dmitry nicht wüsste, was ich letzte Woche zum Abendessen hatte. Ich frage mich auch, ob mein Computer und mein Handy Ortungsgeräte haben. Habe ich überhaupt irgendeine Freiheit? Oder ist diese nur eine Illusion, nicht nur für mich, sondern für die ganze Welt? CCTV erfasst das Bild einer Person durchschnittlich 300 Mal am Tag; das habe ich recherchiert. Angesichts der Ressourcen, die am Tisch sitzen, ist es nicht so unmöglich, den Mörder von Papa zu finden, wie die Polizei uns glauben machen würde.

"Ich denke, meine Verlobte hat genug gehört. Wir sprechen später", unterbricht Nikolay.

"Bist du bereit für den großen Tag?" Dimitry ändert das Thema, ist aber aufrichtig und obwohl er ein Verbrecher ist, berührt es mich, dass er sich um unsere Hochzeitspläne sorgt. Auch er hat sensible dunkle Augen wie Nikolay, aber ich weiß nicht, ob mein zukünftiger Ehemann unsere Vereinigung mit der Zeit akzeptieren oder sein Herz in einem Tresor verschließen wird. Nach Paris dachte ich, dass sich unsere Schlafarrangements ändern könnten, und die Enttäuschung war wie ein Messerstich, als er alles beim Alten belassen hat.

"So viel, wie ich kann. Heute ist der letzte Tag, um Dinge abzuholen, die wir vielleicht vergessen haben."

"Wer kommt mit dir?" fragt mich Nikolay.

"Alex, natürlich."

Nikolay scheint damit einverstanden zu sein und nickt, während seine Finger sein Teetasschen umschließen und Hazel es ihm nachfüllt.

An ihrem Gesichtsausdruck erkennt man, dass sie es genießt, die Männer hier zu haben. Ich vergesse, dass sie sie kannte, als sie noch Jungen waren, also ist dies so etwas wie eine Heimkehr für sie. Ich lehne mich zurück und genieße es, wie sie ihnen mehr wie eine Mutter als eine Dienerin dient.

"Du wirst eine wunderschöne Braut sein, und wir hatten Angst, du würdest..." Romans Worte werden unterbrochen, als Dmitry ihm mit dem Ellbogen in die Rippen stößt.

"Autsch, was zum Teufel?" ruft er aus.

"Manieren, Brüder", warnt Nikolay.

Sie dachten, ich wäre unansehnlich.

Ich entschuldige mich und schnappe mir meine Handtasche für einen Tag draußen.

Alex fährt und meine Gedanken sind woanders, als meine Ohren das ekelhafte Knirschen von Metall hören und das Auto anfängt zu drehen. Mein Kopf ist neblig, ich fühle mich, als wäre ich gerade aus einer wilden Achterbahn raus. Ich kämpfe immer noch um meine Orientierung, als Männer mit Skimasken mich aus dem Wrack ziehen.

Ich suche nach Alex und sehe sein blutendes Gesicht, das auf dem Airbag ruht; er ist bewusstlos. Ich darf nicht gefangen genommen werden. Nikolay kann nicht die Verhandlungsmacht aufgeben, um mich zurückzuholen. Es ist wie der Umgang mit Terroristen. Sie werden immer mehr wollen. Ich wehre mich gegen meine Entführer, schlage und trete, aber ohne Erfolg. Einer von ihnen sticht mir eine Nadel in die Schulter, und meine Welt wird dunkel.

KAPITEL 21, NIKOLAY

*P*avel bekommt einen Anruf. Die unstete Stimme am anderen Ende des Telefons ist mein Signal, dass gleich die Hölle losbricht. Die einzige Frage ist, wer davon betroffen sein wird?

Pavel legt auf. "Das Auto, das Alex gefahren hat, wurde gerammt. Es war ein professionelles Ausbremsmanöver. Alex ist auf dem Weg ins Krankenhaus. Anya ist verschwunden."

"Verdammt!", schreie ich und greife nach der leeren Teekanne, die ich gegen eine Wand werfe, wo sie in Keramikscherben zersplittert. "Wie konnte das passieren?"

Hazel zuckt zusammen und setzt sich gegenüber von Dimity in die Nische. Der Schmutz auf dem Boden ist unser kleinstes Problem und wird ignoriert.

"Was wir tun müssen, ist uns darauf zu konzentrieren, Anya so schnell wie möglich zu finden", schlägt Dmitry vor und stopft sich eine Wurst in den Mund. Er weiß, dass wir auf einer Mission sind und nicht aufhören werden, bis wir sie gefunden haben. Es könnte seine letzte Mahlzeit für den ganzen Tag sein.

"Wo ist ihre Mutter, Inessa? Katerynia? Ist Sergei bei ihnen?" Ich feuere Fragen ab, während mein Kopf rast. Die Familie muss in einem sicheren Haus untergebracht werden. Ich habe viele Häuser auf der ganzen Welt gekauft, getarnt durch Briefkastenfirmen.

Ich mache mir Vorwürfe, dass ich nicht alle bis zur Hochzeit abgeschirmt habe. Mein Instinkt sagte mir, dass wir noch nicht außer Gefahr sind. Wer auch immer hinter all dem steckt, hätte den Mut aufbringen müssen, offen gegen mich vorzugehen. Nur ein Feigling würde eine wehrlose Frau nehmen. Ich habe Anya im Stich gelassen. Solange sie vermisst wird, ist die Hochzeit abgesagt, und die Bratva ist in Gefahr.

"Jemand wird mit seinem Leben dafür bezahlen", schwöre ich.

"Wir sind an deiner Seite, Bruder", versichert Roman.

Ich nicke und fahre mit den Fingern durch meine Haare. Paris ist für Liebende, aber ich brauchte nicht dorthin zu gehen, um zu lernen, dass mein Herz schneller schlägt, wenn ich an Anya denke. Ihre Berührung setzt meine Haut in Flammen vor Verlangen und ich sehne mich danach, sie wiederzusehen. Die Gefühle, die ich als Teenager hatte, sind seit unserem Wiedersehen explodiert. Ich hätte netter zu ihr sein können, aber wenn ich es wäre, würde sie es sehen und auch die Männer. Wie hat Papa es geschafft, Mum zu lieben und die Bratva zu führen? Wir sind darauf trainiert, bei der Mission zu bleiben, und jetzt muss ich meine Braut finden, bevor wieder gegen mich vorgegangen wird.

Hazel scheint geschockt zu sein, deshalb legt Dmitry eine tröstende Hand auf ihren Rücken. "Wir werden sie finden", versichert er ihr ruhig. Wir sind mit Hazel aufgewachsen und haben hier unsere Feiertage verbracht. Sie war wie eine zweite Mutter für uns und mochte Anya sehr.

Ich bezweifle, dass wir Anya schnell finden werden, weil die Entführer sie verstecken und sie als Faustpfand gegen mich einsetzen werden. Ich kann nicht auf die Probe gestellt werden, da ich sie liebe und mich für die Bratva entscheiden muss. Andernfalls hätte ich meine Position als Pakhan nicht verdient.

Dmitry schaut mich erwartungsvoll an und wartet auf einen Befehl, aber ich weiß nicht, wo ich anfangen soll. Ich kann den Schrecken einfach nicht abschütteln. Ich kann nicht akzeptieren, dass ich noch jemanden verlieren könnte, den ich liebe. Ich dachte, wenn ich Anya nicht liebe, bleibt sie sicher und das war ein Übersehen meinerseits. Habe ich sie all die Jahre geliebt? Sie war meine erste Schwärmerei, aber warum kann keine andere Frau meinen Schwanz zweimal hintereinander zum Explodieren bringen?

"Führen scheint Spaß zu machen und du hast alle Vorteile, die das Geld bringt, aber du trägst die Last der Welt auf deinen Schultern und sie verschwindet nie", warnte Papa. Seine Worte verfolgen mich in diesem Moment der Schwäche. Ich frage mich, ob er jemals diese Angst gespürt hat, die gleichzeitig sein Herz und seinen Magen packt. Hatte er Angst um Mamas Leben oder unseres? Wenn es passierte, hat er es mir nie erzählt. Er war mein Vater, aber auch mein Mentor, die Person, an die ich mich um ernsthaften Rat gewandt habe, weil er seine Emotionen trennen konnte, im Gegensatz zu meinen Brüdern, die das Leben ohne meine Verantwortungen genießen. Papa und ich sind in den letzten Jahren enger zusammengerückt, daher irritiert es mich, warum er die Details seines Versprechens an Igor zurückgehalten hat. Rückblickend könnte es Hinweise darauf gegeben haben, dass Heiraten unsere Allianzen stärker machen könnte und als Junggeselle war es einfach, es zu übersehen und das Unvermeidliche zu verschieben.

Ich hätte den Tod meines Vaters gerächt, wenn er nicht mit Igors verbunden gewesen wäre. Offensichtlich wurden die beiden Männer aus einem bestimmten Grund ausgewählt. Ihr Ende war nicht durch die Hand von Rivalen; Rivalen, die ich ohne zu zögern getötet hätte. Meine Erfahrung besteht darin zu wissen, wer in der Hierarchie ist, weil einige Männer Immunität haben. Es gibt andere, die wir nicht stören wollen und ich muss den Unterschied erkennen. Die Welt ist voll von mächtigen Männern. Falsche

Entscheidungen führen zu einem Blutbad - unserem Blut. Unsere Welt ist, wo Männer Macht, Täuschung oder Angst ausüben.

Todeskommandos sind darauf spezialisiert, jeden auf einer Liste umzubringen; leider standen Papa und Igor darauf. Wir wissen nie, wer uns verrät. Es ist wie in Game of Thrones, politische Figuren haben Informanten überall, und leider informieren russische Bürger über ihre Familienmitglieder.

Es ist unmöglich zu wissen, welche Ereignisse zwei Anführer in der Bratva zum Verhängnis wurden. Es hätte eine hitzige Debatte über Erdöl sein können, der Rubelwechselkurs, oder etwas mehr Durchdringendes oder Harmloses wie eine Beleidigung der Frau eines Beamten. Wenn ich ein Spieler wäre, würde ich sagen, dass die Regierung Papa und Igor ins Visier genommen hat, um ein öffentliches Beispiel an ihnen zu machen. Die Botschaft ist, an der Linie zu bleiben, den Mund zu halten oder die gleichen Folgen zu erleiden. Die Todeskommandos nehmen keine Geiseln. In Russland sind wir daran gewöhnt.

"Warum jetzt? Wenn Anya oder ich Zielscheiben wären, warum gerade heute?" Ich frage mehr mich selbst als die anderen im Raum.

"Deine Hochzeit, Bruder. Es muss so sein. Wir sind alle hier. Wir könnten alle eine Zielscheibe sein. Jemand will unsere Bratva übernehmen", antwortet Dmitry ernst.

"Das Haus wird mit Wächtern befestigt. Dmitry, hast du den Kamerastrom von dem Autounfall?"

"Ich arbeite daran." Er tippt weiter auf seinem Laptop. "Nun, sie trugen Masken. Es sieht so aus, als wäre Anya sediert gewesen."

Ich eile zum Tisch und blicke auf die Filmaufnahmen von den Regierungskameras. "Wir müssen herausfinden, ob sie Russen sind."

Pavel platzt heraus: "Wie sonst könnte jemand von innen die Kontrolle übernehmen, wenn alle loyal sind? Sie müssten sich an eine externe Quelle wenden. Wir haben Geld verloren. Geld kauft Söldner, oder vielleicht stecken sie mit den Iren unter einer Decke?"

"Wie meinst du das?"

"Die Iren haben subtile Anschläge nahe der Pferderennbahn verübt."

"Gracie!" Ich mache mir Sorgen um mein wunderschönes weißes Rennpferd, das ich liebe. Ich rufe den Trainer an, der bestätigt, was ich bereits weiß. Gracie fehlt im Paddock."

"Wie kann ein Pferd verschwinden? Verdächtige auf Kameras irgendwo!"

„Verdammt", ruft Pavel; er hatte diesen Sommer große Hoffnungen in das Pferd gesetzt. „Die Iren wollen die Rennbahn. Ich nehme an, sie greifen uns von zwei Seiten an. Arbeitet Sergei etwa mit ihnen zusammen?"

Ich habe nicht genug getan, um Anya zu schützen. Wenn ihr etwas zustößt, bin ich verantwortlich. Ich verdränge die dunklen Gedanken, aber meine Ängste laufen wie ein Horrorfilm im Hintergrund ab. Was, wenn sie vergewaltigt wird? Angegriffen? Verletzt?

Ich gehe in der Küche auf und ab; niemand kann mich trösten.

„Ich brauche Antworten! Jetzt! Jede Minute zählt."

Ich darf Anya nicht verlieren. Ich habe sie gerade erst nach so vielen Jahren wiedergetroffen. Wir hatten noch nicht genug Zeit miteinander. Ich will so viel mehr. Ich war ein Idiot und habe sie weggestoßen, um einen Abstand zu den unausweichlichen Gefühlen zu schaffen, die nur Liebe sein können. Ich kann es kaum erwarten, sie zu sehen. Ich bin eifersüchtig auf jeden Mann, der sie mit Lust in den Augen ansieht, auch wenn ich will, dass jeder ihre Schönheit zu schätzen weiß.

Sie ist die Frau, die nach dem Tod meines Vaters wieder Glück in mein Leben gebracht hat. Ihre positive Energie bringt Licht in dieses ansonsten sterile Haus. Die Blumen auf dem Küchentisch erinnern mich daran, wie gedankenvoll sie ist, um mein Haus, unserem Haus, Heimlichkeit zu verleihen. Sie bringt mehr in dieses Haus ein als die teure moderne Kunst an den Wänden. Alles, was ich in meinem Leben getan habe, hatte seinen Grund. Jetzt kann die Logik zur Hölle fahren. Ich werde jeden Stein umdrehen, bis Anya wieder sicher in meinen Armen ist.

* * *

„INESSA, ich frage dich nochmal, wo ist Sergey?" Ich überrage sie, ich würde sie schlagen, aber ich habe die Regel, unschuldige Frauen nicht zu verletzen. Ist sie unschuldig? Das frage ich mich. Ich glaube, sie ist zu dumm, um mit den Iren oder Sergey zu konspirieren.

„Ich weiß es nicht." Sie wringt ihre Hände in ihrem Schoß, während sie vor mir sitzt. Meine Männer durchforsten ihr Haus nach Hinweisen. Andere Soldaten suchen Sergeys Wohnung ab, während wir hier herumalbern und versuchen, Details von ihr zu bekommen, von denen wir hoffen, dass sie uns zu Anya führen, bevor sie verletzt wird.

„Kateryna!" Ich brülle. „Was weißt du über Sergey?" Anyas Schwester zuckt zusammen, als ich ihren Arm ergreife, bereit, die Hand gegen sie zu erheben. „Deine Schwester wird irgendwo festgehalten. Wenn wir sie nicht finden, wird sie getötet werden. Sergey hat jahrelang für deine Familie gearbeitet. Lasse kein Detail aus."

Ihre Augen weiten sich, in der Annahme, dass ich sie vielleicht schlagen könnte, und wenn sie in den nächsten drei Sekunden nicht spricht, werde ich das auch tun. Jetzt bin ich ein Dynamitstange mit einer kurzen Lunte.

„Er...er...lauscht gerne unseren Gesprächen. Er ist nicht so professionell wie die anderen Wachen. Ich habe aus Versehen durchsickern lassen, dass ihr beiden an diesem Sonntag heiraten wollt." Sie schließt die Lider, um sich abzuschirmen vor der baldigen Vergeltung.

„Warum durfte er so nachlässig sein?"

„Ich weiß es nicht. Wir waren irgendwie mehr wie Familie. Papa hat ihn immer gegenüber Konstantin verteidigt."

Meine Augen fahren auf und fixieren Inessa. Sie ist eine kleinmütige Frau ohne Rückgrat. „Was weißt du? Rede, sofort."

Ich bin kurz davor, sie an ihren Schultern zu packen und zu schütteln, als sie plötzlich ausruft: "Sergei ist Igors unehelicher Sohn. Niemand wusste es. Er hat einen anderen Nachnamen. Ich wusste, dass er über den Tod seines Vaters verärgert war, aber er war nicht mehr er selbst. Wir haben ihm eine Wohnung, Geld und Dinge gegeben, um ihn glücklich zu machen, weil ich Igor verboten hatte, ihn zu beanspruchen. Ich wollte nicht gedemütigt werden. Er hat immer sein Gehalt und das Geld, das Igor ihm gab, durchgebracht", fährt sie fort. "Ich wollte, dass es aufhört, ihn abschneiden und ihn zurück nach Russland schicken, aber er war der Sohn, den Igor wollte und seine Schwächen übersah. Ich dachte, er wollte zu uns passen, aber wir kauften sein Schweigen." Sie senkt beschämt den Kopf. "Ich konnte nichts sagen. Ich will meine Tochter zurück", schluchzt sie, während Tränen über ihr Gesicht rollen. "Ich wusste nicht, dass er gefährlich sein könnte. Er mochte die Mädchen. Ich dachte, er hätte eine Schwäche für Anya."

"Das hat er", fügt Katerynia hinzu. "Anya war als Teenager in ihn verliebt, und ich fand es seltsam, wie er immer wusste, was wir machten, wenn wir aus dem Haus schlichen und bis spät in die Nacht ausgingen. Es kam mir so vor, als ob er unsere Gedanken lesen konnte; jetzt denke ich, dass er vielleicht Wanzen im Haus angebracht hat." Sie rührt sich in ihrem Stuhl, "Ich meine, er fand und entfernte Wanzen in unserem Haus. Wer sagt, dass er nicht selbst welche platziert hat?"

"Verdammt", schreie ich und packe das nächste Objekt, eine Lampe, und schleudere sie gegen eine Wand, wo sie zersplittert. Es ist symbolisch für mein Leben. Es ist in Stücke zerbrochen. Ohne Anya... Ich fahre mit der Hand durch mein Haar. Ich kann sie nicht verlieren; ich habe sie gerade erst wiedergefunden. Ich bin noch nicht bereit, dass es endet.

"Das Testament wird nach eurer Hochzeit verlesen, aber du solltest wissen, dass Igor das Geschäft Anya vererbt hat. Deshalb muss sie dich heiraten. Ich schätze, seine Illusionen über seinen Sohn haben sich abgenutzt, und ich habe dafür gesorgt, dass dies das letzte offizielle Testament war. Ich kann nicht mit diesem Mann leben, der uns den Rest unseres Lebens kontrolliert." Inessa tupft die Tränen von ihrem Gesicht und schluchzt. "Ich will meine Tochter. Bitte bring sie nach Hause", bittet sie, während unsere Blicke sich treffen. Wir beide betrauern, was passieren könnte, aber ich verwerfe diese Denkweise. Ich werde sie finden.

Pavel und ich wechseln Blicke. Die Familie hat ein paar Leichen im Keller, und Anya zahlt den Preis dafür.

Ich wende mich an Igors Berater. "Glauben Sie, dass er sie zwingen wird, ihn zu heiraten, oder wird er sie als Köder benutzen, um mich anzulocken?"

"Schwierige Frage", antwortet Konstantin, während er still auf das Ende meiner Befragung wartet. "Ich hatte keine Ahnung. Ich wusste, dass er Geld bekam. Ich nahm an, er würde zusätzliche Aufgaben für Igor erledigen, es war ein heikles Thema, und ich konnte ihn nicht allzu sehr unter Druck setzen. Ich hätte es zusammensetzen sollen."

"Jetzt, wo ich gesprochen habe, können sie hier nicht heiraten. Es ist illegal", fügt Inessa hinzu.

"Das ist unwichtig. Wo wird er mit ihr sein? Sie kennen seine anderen Besitztümer, und ich nehme an, einige könnten versteckt sein."

"Das stimmt." Er nickt einmal zur Zustimmung.

"Wir müssen zu allen gehen; los", antworte ich.

Pavel ist schon am Telefonieren, als wir zu unserem schwarzen SUV gehen. Seine Augen sind ausdruckslos, als er erklärt: "Sergei ist schon vor ein paar Stunden weggefahren, und sein Telefon geht nicht durch. Verdammter Mist. Wir waren schutzlose Enten. Glaubst du, er hat Igor getötet?"

"Zweifelhaft, er kommt mir nicht wie ein Mann vor, der dazu in der Lage ist. Er wollte seine Liebe und Anerkennung. Mit seinem Tod stirbt jede Aussicht darauf. Dieser Ire, Cillian, er führt die irische Mafia an. Wir müssen Dmitry informieren."

Pavel schickt weitere Soldaten zum Haus von Inessa, um die Sicherheit zu erhöhen.

Ich bin wütend genug, um jemandem den Kopf abzureißen. Pavel hätte nichts von Sergei wissen können, wir haben ihn nicht geprüft, und russische Unterlagen können gegen Bezahlung geändert werden.

"Igors Tod hat ihn perfekt positioniert, um mit Hilfe anderer die Führung zu übernehmen", murmele ich.

Pavel streicht sich mit der Hand über sein strenges Kinn. "Sergei braucht Hilfe. Wen vermuten wir?"

"Die Iren helfen ihm", rufe ich aus. "Es macht Sinn, denn Gracie ist verschwunden, und wir haben gehört, dass die Iren versuchen, sich in unsere Wettbüros einzumischen. Das ist George's Gebiet, also ist er entweder mit drin oder wird ausgenutzt. Jemand veruntreut Geld für eine Übernahme. Alles fügt sich zusammen."

* * *

WIR KEHREN auf mein Anwesen zurück und informieren meine Brüder. Hazel bereitet Fleischpasteten für uns vor, die wir mit auf die Reise nehmen können.

"Ich bin für dich da, Bruder", sagt Roman und überprüft seine Waffe, um sicherzustellen, dass sie geladen ist. "Wir werden mehr Waffen und etwas von ihrem Geld auftreiben und Dinge ins Rollen bringen."

"Keller. Papa war immer bereit für einen Krieg." Das Zimmer wird für einen Moment still, während seine Erinnerung über uns schwebt. Ich habe meine Wut über seinen Tod unterdrückt. "Ich glaube nicht, dass Sergei in der Lage ist, Papa und Igor zu töten; das ist weit hergeholt. Er ist nicht besonders klug, er macht auf sich aufmerksam, aber wer weiß, was er über Igor oder das Testament wusste."

"Ich werde alle Männer dazu bringen, das Haus stärker zu patrouillieren; die anderen werden sich an einem sicheren Ort sammeln. Ich werde sie an einen Ort schicken, den wir noch nie benutzt haben, so dass, wenn jemand kompromittiert ist, wir wissen, dass wir eine Maulwurf haben." sagt Pavel. "Die anderen werden am anderen Ende der Stadt Chaos verursachen, sobald wir Einzelheiten über den Ort haben."

"Gute Denkweise. Mach weiter. Dmitry, irgendetwas schon?"

Pavel schickt Männer, um alle unsere Fahrzeuge mit weiteren Männern, die kommen, um das Haus zu bewachen und uns zu folgen, wenn wir eine Liste von Orten zum Überprüfen haben, zu inspizieren.

Hazel setzt sich, und ich gieße ihr Tee ein; sie ist über Anya bestürzt.

"Ich werde sie finden, Hazel", versichere ich ihr, obwohl ich keine Ahnung habe, wie.

Anya muss Angst haben. "Wo könnte Sergei sie hingebracht haben? Ich will Antworten. Jetzt! Konstantin, du kanntest ihn am besten. Lassen Sie uns zuerst Ihre Vorschläge ansehen."

Endlich habe ich den Kopf frei und bin im Kriegsmodus. Der Krieg ist erklärt, und ich muss kämpfen, um das meine zu behalten."

Mein Herz wird mit jeder vergangenen Sekunde schwerer. Sekunden werden zu Minuten, und alles geschieht in Zeitlupe. Die Vorstellung, dass jemand Anya unter meiner Nase wegschnappen könnte, ist unfassbar. Wir sind alle fähig, Guerilla-Taktiken einzusetzen, um das zu bekommen, was wir wollen. Wir sind auch gnadenlos. Das beunruhigt mich am meisten.

"Roman, was wird Sergei ihr antun?"

Er zuckt mit den Schultern. "Er will den Thron. Was würdest du dafür tun?" Seine Augenbrauen ziehen sich zusammen, und sein Kiefer versteift sich. Wirklich? Er wählt jetzt den Moment, um mir die bittere Wahrheit zu sagen, anstatt seine schlechten Nachrichten zu beschönigen.

KAPITEL 22, ANYA

Ich habe Kopfschmerzen, zum Zerbersten, und mein erster Gedanke ist, dass ich dieses Mal nichts getrunken habe. Was zum Teufel ist hier los? Ich öffne meine Augen und zwinkere in das, was aussieht wie eine Mittagssonne, die durch ein kleines schmutziges Fenster fällt. Der muffige Geruch von Mais-Chips und Mottenkugeln hängt in der abgestandenen Luft. Gott sei Dank ist es nicht Sommer, sonst würde ich schwitzen.

Ein Stuhl kratzt, und eine mir bekannte Stimme spricht am Telefon. „Schlag zu, Cillian. Ich habe dir das Pferd als Anzahlung gegeben. Sobald ich Anya geheiratet habe, gehört mir alles. Du wirst es nicht bereuen." Er legt auf und wendet sich mir zu.

"Ah, endlich bist du wach." Sergei ist die letzte Person, die ich erwartet hätte, hier zu sehen. Er steckt seine Sonnenbrille auf den Kopf und macht zwei große Schritte, um zu mir zu gelangen.

Meine Handgelenke und Knöchel taub vom Sitzen in einer Position zu lange. "Wasser", bringe ich hervor.

„Wasser? Bist du nicht überrascht? Ich lasse mich nicht mit Füßen treten, Anya. Ich dachte, wir hätten etwas am Laufen, als du jünger warst." Er nickt zu einem anderen Mann im Raum, der aus dem

Schatten tritt mit einem automatischen Maschinengewehr über seine Schulter. Der Mann nimmt einen Becher von der Waschmaschine und füllt ihn mit Wasser aus dem Waschbeckenhahn. Er führt die Tasse an meine ausgetrockneten Lippen. Ich trinke, bis der Behälter leer ist, schlucke Wasser, um das Beruhigungsmittel aus meinem System zu spülen. Ich habe geschlafen und nicht halluziniert, also habe ich weniger Angst vor den Nebenwirkungen.

"Ich war ein Kind, Sergei. Was hast du von mir erwartet?"

„Es war im College, du hast andere Männer kennengelernt, und ich war nicht gut genug. Du bist ausgezogen", spottet er.

„Ich bin erwachsen geworden. Was hast du erwartet?" Er ist nicht der Sergei, den ich kannte. Er hat sich verändert. Seine Augen sind kalt und ohne Emotionen. Es ist, als würde ich einen Fremden betrachten.

„Ich will dich. Ich wollte dich immer. Der Vater hatte keine Ahnung, dass ich dich geliebt habe."

„Vater?"

„Ja, wir teilen denselben Vater. Es war das am besten gehütete Geheimnis. Selbst deine Mutter hat es für sich behalten. Als Igor starb, habe ich das zu meinem Vorteil genutzt, um die Bratwa mit dir an meiner Seite zu beanspruchen."

Es dauert eine Minute, bis ich verstehe, was er sagt. Wenn er Papas unehelicher Sohn ist, macht ihn das zu meinem Halbbruder. Ist er verrückt geworden?

"Sergei, wenn du mich zu Nikolay zurückkehren lässt, bin ich sicher, wir können das klären." Ich setze mein aufrichtigstes Gesicht auf und versuche, die Situation zu drehen, da ich hilflos bin und der Wachmann im Raum wohl nicht Russisch aussieht. Doppelter Scheiß. Ich bezweifle, dass er sich um mich oder das kümmert, was in dieser Situation richtig ist, da er wahrscheinlich derjenige war, der mich aus dem Fahrzeug gezogen hat. "Was ist mit Alex passiert?"

"Nach meinem Verständnis lebt er noch. Allerdings werden die Volkov-Brüder erledigt, sobald sie ihr Grundstück verlassen." Er geht in schwarzen Jeans und einem Langarm-T-Shirt auf und ab; an seiner Hüfte ist ein gefülltes Pistolenmagazin.

Papa hat gesagt, er sei ein guter Schütze, hat in der russischen Armee gedient, bevor er zu uns nach London kam. Ich gehe davon aus, dass er eine taktische Ausbildung hat, und es gibt keine Möglichkeit für mich, Nikolay zu warnen.

„Und wie steht es um meine Mutter? Katerynia? Geht es ihnen gut?"

„Sie sind zu Hause, und es wird zweifellos Befragungen geben. Aber es ist sinnlos. Niemand wird uns finden. Wir sind auf dem Schwarzmarkt der Iren. Hier wird niemand nach uns suchen."

Schließlich ein Hinweis. Nikolay und Pavel haben vermutet, dass die Iren ins Pferderennmilieu einsteigen, und ich bete, dass sie es zusammensetzen.

"Also, du brauchtest die Hilfe der Iren, um das zu tun? Sie werden dich besitzen, Sergei."

Er lässt ein überhebliches Lachen los, Schauder laufen meinen Rücken hinauf. Er ist wahnsinnig geworden.

Ich sehne mich danach, Nikolay zu sehen, nicht weil ich brauche, dass er mich wieder rettet, sondern weil ich ihn liebe. Tief im Inneren haben wir eine Verbindung. Die Belastung dieser Situation hat Erinnerungen an unsere Kindheit geweckt. Damals versprach er mir, dass er mich heiraten würde und küsste meine Wange. Nicht lange danach zog meine Familie weg. Unsere Väter hatten Geschäfte miteinander, aber wir Kinder sahen uns nie wieder, nachdem ich weggezogen war.

„Vater hat die Bratva dir überlassen, also werde ich Nikolay töten und dann übernehmen. Alles wird mein sein. Ich bin der rechtmäßige Erbe!" ruft er wie ein Verrückter aus. Ich bemerkte, dass er sich nach Papas Tod anders verhielt, aber es gibt keine Möglichkeit, dass ich hätte vorhersehen können, dass er in seinen Wahnvorstellungen geisteskrank geworden ist.

Ich habe mich gefragt, warum Papa ihn weiter als Wächter beschäftigte, wenn er sich nicht immer professionell verhielt. Ein Wächter muss seine Gefühle unter Kontrolle haben und professionell bleiben, um nicht kompromittiert zu werden. Wurde Sergei mehr wie ein Familienmitglied behandelt? Vielleicht, und ich frage mich, ob er zum Töten fähig ist.

„Und was ist mit Baran? Hast du ihm wehgetan?"

„Baran ist ein besserer Kämpfer als ich, aber jemand anderes hat es getan und Vater getötet, was meine Zukunft offen lässt, alles zu haben. Die Iren wollen nur die Rennbahn."

„Sie werden dich nie gehen lassen, Sergei, siehst du das nicht ein? Du bist besser dran, wenn du dich stellst."

Er schlägt mir hart auf die Wange und der Stuhl, an den ich gefesselt bin, wackelt. Verdammt. Das schmerzt, aber ich beiße auf meine Lippe und weigere mich vor Schmerz aufzuschreien.

„Lerne deinen Platz; du bist nur so lange etwas wert, bis die Bratva mein ist. Dann kann ich mit dir machen, was ich will. Du wirst machtlos sein, mich zu stoppen."

Verdammt, ich sitze in einem Keller fest mit einem Wahnsinnigen und ich werde als Köder benutzt. Ich bete, dass Nikolay mich findet. Aber wie hoch sind die Chancen dafür? Gering. Ich komme zu dem Schluss, dass die brutalen Fakten hilfreicher sind, sprich ich muss hier alleine rauskommen.

Sergei hat ein Holster an seinem Gürtel, aber der riesige Wächter ist ein weiteres kniffliges Problem. Ich kann es nicht mit beiden aufnehmen.

Das verschwundene Pferd wird Nikolay aufmerksam machen. Ich frage mich, was Katerynia weiß. Ich bin sicher, sie wurden befragt, da Sergei heute nicht zur Arbeit gekommen ist. Auch wenn er eine Ausrede gehabt hätte, es ist zu sehr ein Zufall, dass ich fehle und er nirgendwo zu sehen ist. Wirf Nikolays Pferd dazu und es ist ein Dreifachschlag.

"Was, du denkst Nikolay wird dich retten? Wach auf, Anya, er wird dich nie lieben. Du kannst frei von diesem Leben sein, sobald du mir alles überschreibst." Er geht unruhig hin und her, während er ein Auge auf mich hat. "Ich bin der Sohn der Petrovs und der rechtmäßige Erbe. Und die Bratva wird die Wahrheit ein für alle Mal kennen", höhnt er, und ich nutze seine Ablenkung, um meine Handgelenke zu drehen und zu sehen, ob ich meine Hände frei bekommen kann.

Selbstverständlich haben sie mein Handy weggeschmissen und benutzen jetzt Wegwerfhandys. Es gäbe kein Ende zu dem Geld, das ich zahlen würde, nur um Nikolay noch ein letztes Mal zu sehen. Ich weiß, es war Schicksal, dass wir zusammengehören sollten. Ich verstehe nicht, warum es so lange gedauert hat, alles zusammenzufügen. Wir waren noch Kinder. Ich habe ihn nicht ernst genommen, weil er jung war, und dachte, ich wäre nur ein flüchtiger Gedanke für ihn. Ich frage mich, ob er sich an sein Versprechen erinnert, mich zu heiraten. Ich würde willentlich Ja zu ihm sagen. Ich muss noch ein letztes Mal ausbrechen. Ich muss ihm sagen, dass ich mich jetzt an alles erinnere und dass ich ihn liebe.

KAPITEL 23, NIKOLAY

Zwei Polizisten klopfen an die Tür und geben mir Anyas Handtasche und Handy, die am Unfallort gefunden wurden. Pavel hört ihnen zu. Ich bin zu verstört, um die Einzelheiten zu hören, keine davon ist wichtig. Anya ist weg. Wir erstatten eine Vermisstenanzeige, wissen aber, dass es nutzlos sein wird, und wir können nicht viel sagen. Sie wissen, dass sie vermisst wird, also können wir es nicht abstreiten, aber wir werden das alleine regeln.

Ich halte ihre Habseligkeiten fest, und die kleine, zerbrochene Schachtel in ihrer Handtasche fällt heraus. Die Handtasche ist eine, die wir gemeinsam ausgewählt haben.

Ich gehe zurück in die Küche und betrachte die Schachtel. Es ist nicht die, die ich ihr gegeben habe, und sie ist zu klein. Ich öffne den zerquetschten Deckel, und darin befinden sich goldene Manschettenknöpfe mit unseren Initialen. Seltsamerweise habe ich nie eine Belastung vom Juwelier auf ihrer Kreditkartenabrechnung gesehen. Es ist ein nachdenkliches Geschenk, das sie selbst bezahlt hat, was bedeutet, dass sie sich um mich kümmert. Ich stopfe die Manschettenknöpfe in die vordere Tasche meiner Jeans in der Hoffnung, dass sie mir Glück bringen werden.

Ich sehne mich danach, ihr zu sagen, dass keine Frau jemals gut genug für mich war, weil mein Herz seit unserer Kindheit ihr gehört. Wenn wir uns nie wieder vereint hätten, hätte ich in einer langweiligen, lieblosen Ehe enden können und sie hätte sich wahrscheinlich in Schule und Arbeit vergraben.

Ich muss sie finden. Selbst wenn sie nicht mit der Bratva verbunden wäre, wäre sie meine Wahl für eine Ehefrau. Nun schleicht sich Trauer in meine Brust wie ein kalter, dichter Nebel, in dem Wissen, dass ich ihr vielleicht nie sagen darf, dass ich sie liebe. Ich kann nicht zugeben, dass ich besiegt bin. Es ist noch Zeit, und ich werde nie aufgeben.

"Dmitry, du musst Cillian finden. Ich bin sicher, Sergei hat sie gut versteckt. Wir werden die drei offensichtlichen Orte, die Konstantin kennt, angreifen. Wir müssen uns auf die Iren und George verlassen. Ich bin sicher, er muss sein Ohr am Boden haben. Was weiß er, was wir nicht wissen? Und können wir ihm trauen?

"Bin dran", ruft er aus und leert eine Dose Red Bull.

"Was kann ich tun?", fragt Konstantin.

"Wer hat einen Kontakt zu den Iren? Kann ich mich mit Cillian treffen?"

"Unter den gegebenen Umständen zweifelhaft; er ist wahrscheinlich in einem sicheren Haus verschanzt. Ich würde davon abraten. Wir müssen auf Angriffe auf unsere Geschäfte vorbereitet sein. Aber ich werde sehen, was ich tun kann."

"Lassen Sie ein Team Ihre Standorte auf Anzeichen von Anya oder Männern, die sich für den Krieg rüsten, überprüfen." Ich wende mich an Roman. "Bereiten Sie die Waffen vor, wir werden die Orte angreifen, die Dmitry findet, und wir werden Türen eintreten, bis wir sie finden."

"Sergei sollte bis jetzt Forderungen stellen, wenn er den Verlust von Männern, die durch unsere Kugeln sterben, verhindern will. Wie viele Männer könnte er umgedreht haben?" Ich frage.

"Ich sage, wir sollten George rau behandeln. Genug ist genug. Er musste etwas vermuten. Er macht das schon zu lange, um nicht zu wissen, was vor sich geht." Pavel macht einen validen Punkt und ich stimme zu.

"Findet George, bringt ihn zu unserem Lagerhaus und lasst unsere Männer ihn foltern. Ich habe die Schnauze voll von Fragen. Ich will, dass er singt wie ein Vogel."

Pavel nickt und geht nach draußen, um den vertrauenswürdigen Männern, die auf Anweisungen warten, Befehle zu erteilen.

Mein Telefon klingelt.

"Ich weiß, dass du eine Armee zusammenstellst, aber ich habe Anya, und du hast nichts."

"Sergei", sage ich seinen Namen, um die Menschen um mich herum zu alarmieren. Dmitri eilt an seine Tastatur, um den Anruf zu verfolgen.

"Du wirst uns nicht finden, also such nicht. Die Bratva gehört mir. Ich habe Anya. Der Gewinner bekommt alles."

„Leck mich. Du wirst den Tag bereuen, an dem sich unsere Wege erneut kreuzen."

„Viel Glück. Ich weiß alles über dich, aber du weißt nichts über mich."

Er hat einen Punkt. Es ärgert mich, aber ich darf meine Emotionen nicht Oberhand gewinnen lassen. Ich lausche auf Hintergrundgeräusche im Anruf, alles, was mir einen Hinweis geben könnte, wo sie sind, und als ich gerade aufgeben will, macht Sergei eine Pause und ich höre die U-Bahn.

„Pass auf dich auf, wenn du rausgehst." Sergeis Handy wird tot.

„Ich habe die U-Bahn gehört; wir müssen diesen Zug finden. Es wird das Suchgebiet einschränken."

„Es gibt zu viele, Bruder." Dmitry lacht. „Ich bin großartig darin, aber London ist eine riesige Stadt. Gib mir dein Telefon. Lass uns sehen, ob er dumm genug war, einen Handyturm zu benutzen. Wenn ja, verfolge ich sein Auto und die Fahrzeuge der Familie. Vielleicht haben wir Glück und es sendet vom GPS-Tracker. Sergei scheint mir nicht besonders klug zu sein. Er ist auffallend und handelt unüberlegt, um zu glauben, er könnte damit durchkommen."

„Wäre nicht das erste Mal, dass Dummheit zu einem ausgewachsenen Krieg führt", brumme ich, als ich mein Handy an Dmitry übergebe. Er sieht sich die eingehenden Anrufe an und findet die Burner Nummer. Sergei hat kein WIFI benutzt und Dmitry führt es durch Programme auf seinem leistungsstarken Laptop aus.

Ich halte den Atem an und hoffe, dass er ein Wunder vollbringen kann. Wenn wir den Bereich eingrenzen können, in dem Sergei sie möglicherweise festhält, werden wir mehr Informationen haben als jetzt. Das Adrenalin lässt mein Herz ticken wie eine Zeitbombe.

„Okay, ich habe einen Handyturm. Jetzt muss ich es mit der U-Bahn zur Zeit seines Anrufs triangulieren. Er muss sich in einem dicht besiedelten Gebiet befinden."

Roman ist in der Küche und lädt Waffen auf die Theke, damit er und Pavel sie zu unseren Fahrzeugen bringen können, die vor dem Haus geparkt sind. Von der Sicherheitsübertragung zum Haus aus beobachtet Roman, wie Fahrzeuge vor dem Haus zusammenkommen, während mehr Männer ankommen, um zu helfen.

„Ich kenne London wie meine Westentasche", erklärt Konstantin, der über die Schulter meines Bruders schaut. „Ich wette, Sergei hat sich im Osten versteckt, wo unsere irischen Rivalen arbeiten. Er benutzt die Iren, also müssen wir davon ausgehen, dass er einige von Cillians Männern hat." Er wirft Ideen in den Raum. Seine

Stimme ist voller Sorge und Adrenalin. Das sind die Situationen, die wir fürchten, aber gleichzeitig wissen wir, dass sie unvermeidlich sind.

Dieser Bastard hat die Liebe meines Lebens gestohlen und ich werde ihn verdammt noch mal vernichten, wenn ich ihn finde."

„Es ist immer noch zu groß, aber ich habe es auf eine Quadratmeile eingegrenzt. Ich kreuzreferenziere es mit dem Eigentum, das von Cillians Unternehmen gehört", fügt Dimity begeistert hinzu. „Wir werden sie finden", sagt er, während seine Augen so schnell huschen wie seine Fingerspitzen fliegen. Gott, ich habe Technologie noch nie so geliebt wie heute. „Ich habe auch die CCTV-Kameras mit Gesichtserkennung gehackt."

„Verdammt, du bist unglaublich." In mir brennt das Adrenalin in meinen Adern. Ich hoffe, wir sind nicht zu spät.

„Das Auto ist beladen. Ich sage, wir fahren los und du kannst uns von dort aus leiten", schlägt Roman vor. Ich bin froh, dass meine Brüder hier sind, um zu helfen.

„Ich folge dir mit einem Fahrzeug voller Männer", fügt Konstantin hinzu, als er mir einen beruhigenden Klaps auf den Rücken gibt, während wir hinausgehen.

KAPITEL 24, NIKOLAY

Zwei Tage vor der Hochzeit und meine Braut ist verschwunden. Reden wir mal davon, wie das Karma mich in den Hintern beißt!

Ich sitze auf dem Beifahrersitz, während wir eine Gasse nach der anderen abfahren, auf der Suche nach Sergeis Auto. Schweiß sammelt sich unter den Schutzwesten, die wir über unseren T-Shirts tragen, in Erwartung heftiger Schusswechsel. Ich wische mir mit dem Handrücken die Stirn. Ich hoffe, dass die GPS-Chips in allen Fahrzeugen, die er für diesen Coup benutzt haben könnte, funktionieren und bete, dass er dumm genug war, eines davon zum Ort zu fahren, an dem er Anya hat.

Wir überfahren ein Schlagloch und fliegen aus dem Sitz. Ich halte mich am Armaturenbrett fest, obwohl ich angeschnallt bin.

Konstantin ruft an und sagt, dass George spricht. Er meint, dass ein großer Russe aus Belarus Sergei eventuell hilft. Außerdem vermutet er, dass die Iren involviert sind. Er hat keine Ahnung, wo das Pferd ist. Es wäre dumm, ein wertvolles Gut zu töten, aber meine Feinde würden nicht zögern, sie zu töten, um mich zu ärgern.

„Wir könnten das für dich regeln, Nikolay. Das ist unser Job", erklärt Pavel.

„Nein! Das ist mein Krieg. Anya gehört mir, und jeder, der Hand an sie legt, ist ein toter Mann. Ich werde nicht ruhen, bis wir sie alle umgebracht haben. Die Iren werden sich nach diesem Vorfall zweimal überlegen."

Dunkle Wolken ziehen auf und erinnern mich an den Nachmittag, als ich Anya bei sich zu Hause abgeholt habe. Alles erinnert mich auf die eine oder andere Weise an sie. Ich sehne mich danach, sie in meinen Armen zu halten und schwöre, sie jeden Abend für den Rest meines Lebens im Schlaf festzuhalten.

"Dort", ruft Dmitry, "das Laptop taucht an einem Haus neben euch auf, aber fahrt weiter." Die ersehnte Stimme meines Bruders kommt über das Bluetooth des Fahrzeugs, während er zu Hause bleibt, um unsere Mission zu überwachen.

Pavel fährt an dem Haus vorbei, und mein Adrenalinspiegel steigt; mein Herz schlägt so heftig, dass es in meinen Ohren pocht. Könnte es sein, dass wir sie jetzt finden?

„Ich gehe zuerst rein", ruft Roman und öffnet seine Tür, bevor Pavel das Fahrzeug vollständig zum Stehen bringt. Wir parken in einer leeren Auffahrt drei Häuser weiter.

„Roman, ich gehe zuerst", sage ich.

„Ich bin der Beste darin. Ich werde jeden ausschalten, der uns im Weg steht, und Sergei für dich aufbewahren", erklärt er, als er die Waffen aus dem Kofferraum holt.

„Gut", gebe ich nach. Er hat einen validen Punkt. Er hat mit den erfahrensten Militärmännern der Welt gearbeitet, weshalb er unser Alleskönner ist. Ich muss ihn das tun lassen, was er am besten kann. Es ist für das Wohl der Familie.

„Außerdem musst du heiraten und die Sache unter Dach und Fach bringen, oder es wird ein langer, zäher Krieg", fügt Pavel hinzu.

„Genau, kein Druck...", witzle ich, aber niemand lacht.

Wir folgen dem militärischen Protokoll und gehen hintereinander auf das verfallene Haus in der Crack-Reihe zu, wo zahlreiche obdachlose Drogenabhängige leben.

Es ist später Nachmittag, die Sonne steht tief, und dank der Wolkendecke sind wir schattenlos. Eine Salve von Schüssen hallt in der feuchten Luft wider, während Roman sich nähert. Es gibt nur einen Weg hinein und eine Kugel zischt an unseren Köpfen vorbei in dem engen Korridor. Ich bin sicher, dass es drinnen genug Männer und Munition gibt. Kugeln prallen mit einem Ping von Gebäuden und verrosteten, kaputten Autos ab. Abprallende Kugeln sind eine berechtigte Sorge und der Grund, warum ich Schießereien auf engem Raum hasse. Abwechselnd erwidern wir das Feuer. Wir sind leichte Ziele und jeder ist auf sich selbst gestellt.

Zum Glück hat Roman die Männer auf dem Dach platziert. Wir ducken uns, suchen Deckung, dann rücken wir wieder vor, sobald Roman uns das Zeichen gibt. Das Kies knirscht unter unseren Füßen, wenn wir uns bewegen. Sie haben uns im Visier. Wir können einen direkten Angriff nicht vertuschen.

Roman erwidert das Feuer wie ein Profi, legt ein neues Magazin ein und winkt uns mit seiner rechten Hand, um vorzurücken. Ich folge ihm, Waffe gezogen, Finger am Abzug, während wir an gefallenen Iren vorbeigehen, zu erkennen an den keltischen Tattoos auf ihren Unterarmen. Ich hoffe, das ist zu Ende bevor die Polizei eintrifft.

Eine Einheit von Männern auf der anderen Seite der Stadt lenkt ab, um die Verfügbarkeit in unserem Gebiet zu begrenzen, falls unsere Mission auffliegt. Selbst mit Schalldämpfern an unseren Waffen, die Gegend ist dicht besiedelt. Die Bürger mögen generell keine Waffen; Kugeln die an Fenstern vorbeifliegen, werden nicht toleriert. Wir müssen schnell rein und raus.

Ein Mann liegt verwundet am Bein am Boden, aber er signalisiert uns, weiterzumachen. Ich werde in die Brust getroffen, es verschlägt mir den Atem, aber ich kämpfe, um auf den Beinen zu bleiben und mich darauf zu konzentrieren, Anya zu finden. Mein Arm blutet; ich spüre nicht viel. So lange ich meine Maschinenpistole und die Sig an meinem Gürtel tragen kann, laufe ich bis ich umfalle.

Es scheint eine Ewigkeit zu dauern, bis wir das Haus einkreisen. In der Realität hat es wahrscheinlich weniger als eine Minute gedauert. Roman verwendet einen kleinen Zünder, um die Tür aufzusprengen, und der Lärm ist ohrenbetäubend. Wir halten inne, um uns von der Explosion zu erholen, bevor wir das alte Haus stürmen. Ich folge Roman in den Keller.

Er wirft eine Blendgranate in die Tür, die wir aufgebrochen haben. Ich mag nicht daran denken, dass Anya dort drinnen mit Munition ist, aber es ist unsere einzige Option um unsere Gegner zu verwirren.

Rauch erfüllt die Luft, meine Ohren läuten, und wir rücken vor. Roman schießt auf den ersten Mann, den er sieht, und ich steige über den Riesen von einem Russen hinweg, der tot ist, bevor er den Boden berührt. Die zweite Welle unseres Angriffs hat gewirkt. Ich drücke den Abzug und töte einen noch am Boden liegenden Mann und trete aus purer Wut auf seine Brust, während ich vorbeigehe.

George hatte recht, der Russe war einer meiner illoyalen Soldaten, genau wie er ihn beschrieben hat: groß, stämmig und ohne Reue.

Meine Augen brennen, als ich durch den Rauch und die Trümmer schaue. Ich erkenne eine Gestalt auf einem Stuhl vor mir. Täuscht mich mein Verstand, oder ist sie das? Ich gehe weiter. Meine Brust schmerzt wie sau, weil meine Weste eine zweite Kugel abbekommen hat. Ich schleppe mich weiter.

Anya! Ich freue mich, denn ihr Gesicht zu sehen, bedeutet, dass meine Gebete erhört wurden. Sie hat einen Lappen in den Mund geschoben bekommen, ihr Gesicht ist schmutzig und geschwollen, und ihre Augen sind weit vor Schreck.

Ich ziehe ein Taschenmesser aus meinem Gürtel; Ich schneide ihre Kabelbinder durch und entferne den Knebel aus ihrem Mund. Die Verwirrung im Keller lässt keinen Raum für Worte. Niemand kann hören. Es ist, als ob wir unter Wasser sind und Worte in dem Tumult gedämpft werden.

Sergei tritt aus den Schatten heraus mit einer Handfeuerwaffe auf mich gerichtet. Zu meiner Linken hat Roman eine Pistole auf ihn gerichtet. Sergeis Gesicht ist voller Überraschung von dem Angriff, und seine verrückten Augen treffen meine. Ich ziehe meinen Revolver und schieße, aber nicht bevor er einen Schuss abgibt und meine Schulter trifft. Roman schießt ebenfalls auf ihn.

Der Staub setzt sich ab. Sergej ist tot. Unser Adrenalinschub ist vorbei. Ich brauche Luft, Stiche und Anyas Arme um mich. Roman und Anya helfen mir zu gehen, und wir verlassen das alte Crack-haus. Die Sonne lugt hinter einer Wolke hervor. Ich nehme ihr Gesicht in meine Hände und küsse sie, aber es ist kurz. Wir müssen uns bewegen. Unsere Reinigungskräfte sind hier und sammeln die Patronen auf und tragen unsere Gefallenen, die es nicht geschafft haben, fort.

Anya hält meine Hand auf der Rückbank. Ihre Tränen fallen auf mein Gesicht, während ich in ihrem Schoß liege. Ich werde in das nächste sichere Haus gebracht, das als Notaufnahme ausgestattet ist, wo unser Arzt den ganzen Tag auf Abruf bereit gestanden hat.

„Mir geht's gut. Es ist vorbei", flüstere ich, bevor ich ohnmächtig werde.

* * *

ICH HÖRE EIN INFUSIONSGERÄT PIEPEN, als ich aufwache und mit den Zehen wackele. Ich kann sie spüren, was für eine Erleichterung. Ich liege nicht in meinem Bett. Verdammt, das ist kein gutes Zeichen.

251

Die Lichter sind gedimmt, doch die schönste Frau der Welt schaut mir in die Augen. Sie versichert mir, dass ich in Ordnung sein werde. Ich hebe eine Hand, um ihren Kopf zu berühren und ziehe ihre Lippen auf meine, während ich die Augen schließe und den süßesten Kuss genieße, den ich je gekannt habe.

„Ich liebe dich, Anya. Schon seit wir Kinder waren. Ich meinte, was ich damals gesagt habe. Ich werde dich heiraten." Ich grinse. Es wäre nicht meine Art, ein Versprechen nicht zu halten.

Tränen laufen ihr über das Gesicht. „Du hast dich erinnert. Ich auch! Dein Duft erinnert mich an die Blumen, durch die wir gegangen sind. Ich wusste bis diese Woche nicht, dass du der Junge warst, der meine Zöpfe zog und mir meinen ersten Kuss gab."

Ich nicke. „Ich habe dich nie vergessen; es war einfacher, mit dir außer Reichweite zu leben."

"Ich liebe dich, Nikolay, aber du musst dich ausruhen", flüstert sie an meiner Wange. Die Wärme ihrer Nähe ist die einzige Medizin, die ich brauche. Sie hat sich in saubere Kleidung gekleidet, während ich schlief, und nun kriecht sie zu mir ins Krankenhausbett, kuschelt sich unter meinen unverletzten Arm.

"Wie schlimm ist es?"

"Ein paar gebrochene Rippen, ein Einschussloch in deiner Schulter. Der Arzt sagte, du wirst in Ordnung sein. Die Rippen werden am längsten brauchen, um zu heilen."

"Das wird sicher nicht das erste Mal sein, dass meine Rippen gebrochen sind. Ich nehme an, ich brauche ein weiteres Tattoo, um diese Narbe zu bedecken." Ich nicke zu meiner linken Schulter.

"Mir gefällt es irgendwie. Übrigens, ich habe die Manschettenknöpfe in den Taschen deiner Jeans gefunden."

"Sie haben es überstanden. Ich habe sie für Glück behalten", erkläre ich.

"Sie müssen es wohl sein." Sie hebt den Kopf, lächelt und küsst mich zärtlich, bevor sie vorsichtig ihren Kopf auf meiner stark verbundenen Brust ablegt.

"Verdammt, meine Rippen schmerzen."

"Ich kann mich bewegen", schlägt sie vor.

"Wag es nicht, daran zu denken dich zu bewegen. Ich will nach Hause." Der Schmerz sagt mir, dass ich lebe. Und fürs Erste ist das genug. Das Leben mit Anya an meiner Seite ist alles, was ich brauche.

Verdammt, meine Schulter brennt und meine Gedanken schweifen ab. Ich ziehe Anya zu mir, beruhigt durch ihre Anwesenheit und die Liebeserklärung. Es ist als wären wir wieder Kinder und die Aufregung meiner ersten Liebe kehrt zurück, als wäre es erst gestern gewesen, nur dass wir erwachsen sind und kurz davor, den Knoten zu binden.

KAPITEL 25, ANYA

Eine Woche ist vergangen. Wir haben heiße Abende voll unglaublichen Sex genossen, kombiniert mit Nikolays kürzeren Arbeitstagen. Ich schwelge in seinen Armen in der Nacht und darin, wie er eine Fassade aufbaut, wenn die Männer anwesend sind, als ob er nicht total in mich verliebt ist.

Cillian hat immer noch sein weißes Rennpferd, Gracie. Normalerweise würde es den Iren nicht gestattet, es zu behalten. Aber Nikolay 'schenkte' es Cillian als Geste des guten Willens in der Hoffnung, dass er den Frieden wahren kann.

Es stellt sich heraus, dass ich nach dem Tod meines Vaters die Königin der Petrov Bratva bin, da er alles mir vermachte. Er sagte, er sei stolz auf mich, weil ich für mich selbst eingetreten bin und ein Jurastudium zweifellos nützlich für das Geschäft sein wird. Er überließ es mir, für Mum und Katerynia zu sorgen. Auf persönlicher Ebene schrieb er sogar, dass er sicher sei, dass Nikolay und ich ein langes und erfolgreiches Leben haben würden.

„Willst du immer noch heiraten?", fragt Nikolay, während er mein Gesicht streichelt, als wir in seinem übergroßen King Size Bett liegen, während die Morgensonne auf die Wände tanzt. „Du brauchst mich nicht. Ich meine, vielleicht zum Schutz, aber du bist eine reiche Frau in deinem eigenen Recht."

Ich halte inne, ich habe nie darüber nachgedacht, wie sehr ich ihn liebe, und im Verlauf unserer stürmischen Verlobungszeit vertraue ich ihm. Heiraten und eine Karriere haben, bedeutet nicht, dass ich nicht möchte, dass er nachts mein Bett wärmt und vor allem wird er sein Bestes tun, um mich sicher zu halten. Ich verstehe unsere heimtückische Welt voll und ganz und habe gelernt, dass Feinde uns aus jeder Richtung angreifen können und sie tragen keine Etiketten wie meine teure Garderobe.

„Es gibt niemanden, den ich lieber an meiner Seite hätte als dich." Meine Augen weichen auf, während ich sein attraktives Gesicht betrachte und seine einst eisblauen Augen nun so ruhig sind wie ein See im Sommer mit blauem Himmel darüber. Ob es Liebe ist oder die Hochzeit morgen, ich würde gerne Kinder mit ihm haben. Ich habe mich Hals über Kopf in diesen Mann verliebt, der alles tun wird, um mich und unsere zukünftige Familie sicher zu halten. Der Gedanke an ein Baby und Kleinkinder, die auf dem abgeschiedenen Anwesen herumlaufen, Miniaturen von uns, erwärmt mein Herz.

„Unsere Ehe wird unsere Familien und Imperien vereinen", sagt er.

„Es ist das, was unsere Väter wollten. Ich bin so froh, dass wir diese Ölaktien losgeworden sind."

Wir nehmen uns beide einen Moment Zeit, um uns an unsere Väter und ihre unglückliche Geschäftsentscheidung zu erinnern. Zugegeben, Grigory, Nikolays Vater, war nicht stark beteiligt. Wir glauben, dass es mehr eine Schuld durch Assoziation war und er für das fragwürdige Verhalten seines Freundes verantwortlich gemacht wurde, als die Machthabenden die Befehle gaben.

Wir faulenzen herum, aber die Sonne ist unser Wecker und Gäste kommen an.

„Ich wünschte, wir hätten Zeit, Liebe zu machen", sagt Nikolay, als er eine meiner Brustwarzen zwischen seinen Fingern zwickt.

„Nicht so, als wären wir nicht die ganze Nacht wach gewesen. Ich meine, meine Mädchen sind immer noch am Erholen." Ich kichere.

„Genau so wie ich es will. Ich möchte nie aus deinen Gedanken verschwinden."

Als ob ich ihn jemals vergessen könnte; wir kennen uns unser ganzes Leben lang und das Schicksal hat uns wieder zusammengebracht.

Er ist großzügig mit seinen Küssen und unsere Lippen treffen sich. Ich schlinge meine Hände um seinen Hals.

„Verdammt, wenn wir so weitermachen, werden meine Brüder lange warten müssen und Muße ist die Mutter der Laster, besonders bei Roman", flüstert er, als er sich mit einem Stöhnen von mir abrollt.

Er steht auf, und sein Steifer ist bereit für Action.

„Vielleicht ein Quickie?", reize ich ihn.

Er dreht sich um, und ein breites Grinsen ziert sein ansonsten mürrisches Gesicht. „Du hast meine Gedanken gelesen, du Miststück", kichert er. „Dreh dich um", befiehlt er.

Ich stütze mich auf alle Viere. Er zieht mich zur Seite des Bettes, und die Höhe ist genau richtig für seinen harten Schwanz. Zuerst gleiten seine Finger in mich, „Du schmeckst immer so süß", murmelt er, bevor ich höre, wie er seine Finger leckt, als wäre ich die Füllung in einem Kirschkuchen.

„Ich werde hart und schnell in dich eindringen", warnt er.

Ich stütze meine Arme auf die Matratze, und sein pulsierender Schwanz dringt vollständig in mich ein und füllt meine enge Muschi, während seine Hand sich in die Mitte meines Rückens legt, und meine Muschi um ihn herum schwallt. Es ist so heiß, wenn er seine Hand auf mich legt. Das kann so subtil sein wie das Halten meiner Hand während wir spazieren gehen, das Festhalten meines Halses in einer Position, während er mich gegen eine Wand gedrückt hält, während er mich in sein Büro bringt, oder das Streicheln meines Körpers während des Vorspiels.

Ich will ihn, ganz ihn. Er stöhnt, und meine Muschiwände spannen sich um ihn. Die Reibung lässt mich frösteln. Ich klammere mich an die Bettwäsche und schnappe nach Luft, während Welle um Welle von unglaublich intensiven Orgasmen über mich hinwegrollen. Ich spüre, wie er seine Samen in mich ergießt. Er kollabiert auf meinem Rücken und hält mich an sich, als würde er mich nie wieder loslassen.

Schließlich zieht er seinen Schwanz heraus, während er aufsteht, und die Wärme seines Samens läuft mir die Oberschenkel hinunter. Ich bin in jeder Hinsicht ausgefüllt.

* * *

DMITRY UND ROMAN gesellen sich zu uns in Nikolays Lieblingswohnzimmer, weil er es liebt, mit seinen Brüdern und Pavel abzuhängen. Sie können auch ein Fenster aufknacken und heimlich Zigarren rauchen. Ich habe die Schlupflöcher der Jungs zum Rauchen im Haus entdeckt.

Es ist Zeit für den Aperitif. Sie öffnen Wodka und schenken ihn für alle ein. Ich weiß es besser, als Nikolay zu sagen, dass er ihn nicht trinken sollte. Ich bin sicher, er hat schlimmere Verletzungen durchgestanden.

„Danke, Brüder." Er hebt sein Glas, und sie alle klingen an und kippen die Flüssigkeit hinunter.

„Mama kommt heute Abend", informiert uns Roman.

„Nun, ich hoffe, sie ist nicht enttäuscht, dass wir in die Flitterwochen fahren, nach der Hochzeit", kündigt Nikolay mit einem teuflischen Schimmer in den Augen an, was bedeutet, dass er sich darauf freut, meinen Hintern über das Heck seiner Yacht zu spanken, während wir uns unter dem Mondlicht an der Côte d'Azur zu Tode ficken.

„Überhaupt nicht. Sie will dich selbst sehen." Romans Augen tanzen, während er Nikolay hänselt. Ich verstehe, dass Roman das Nesthäkchen in der Familie ist, und sie liebt es, ihn zu verhätscheln. Jetzt scheint sie nur um Nikolays Genesung besorgt zu sein.

„Ich kann es kaum erwarten", füge ich hinzu und frage mich, wie sie wohl ist und ob wir uns verstehen werden.

„Pavel wird sie abholen. Ich habe ein unglaubliches Festmahl vorbereitet", füge ich hinzu, während ich mich entschuldige, um mich auf ihre Ankunft vorzubereiten. Das Haus ist voller Blumen, und wir haben ein Zimmer für sie oben vorbereitet mit roten Rosen und kleinen Pfefferminzschokoladen auf ihrem Kissen. Ich hoffe, ich habe es nicht übertrieben, aber wir werden Familie sein, und ich habe nur eine Gelegenheit, sie zu beeindrucken.

* * *

NATASHA KOMMT AN, und alle Jungs reden gleichzeitig auf sie ein, lachen und umarmen sie. Sie überschütten sie mit Zuneigung. Schließlich erreicht sie mich.

„Anya, es sind Jahre vergangen. Ich bin so aufgeregt, dich und Nikolay endlich zusammen zu sehen." Sie strahlt. Ihr Gesicht leuchtet, während ihr dunkles Haar in perfekt gelockten Strähnen über ihre Schultern fällt, fast wie das leckerste Soft-Eis. Sie trägt einen Designer-Hosenanzug und einen langen Trenchcoat, der ihre schlanke Figur und Statur einer Frau unterstreicht, die einst vor der Geburt der Jungen in Europa als Model arbeitete.

Ich umarme sie und begrüße sie auf Russisch. Ich küsse sie auf beide Wangen, und ihr Designer-Parfüm erfüllt das Foyer. Sie ist elegant gekleidet, und ich hätte nichts weniger erwartet. Sie ist wunderschön.

„Lass uns ins Solarium gehen", schlage ich vor. „Getränke werden serviert."

„Du bist eine Frau nach meinem Herzen", schnurrt sie und hakt ihren Arm in meinen, während sie den Weg führt, denn dieses Haus war viele Jahre ihr Zuhause und zweifellos hat sie es geliebt, hier zu leben.

„Ich liebe, was du mit dem Haus gemacht hast", lob ich sie. „Komisch, wie gut es zu unseren Persönlichkeiten passt. Nikolay liebt sein Wohnzimmer."

„Oh, das war nichts, ein frühes Hochzeitsgeschenk. Ich kenne euch beide so gut. Gelegentlich habe ich von deiner Mutter gehört. Es ist eine Schande, dass mein Mann und dein Vater nicht hier sind, um auf deine Hochzeit anzustoßen. Was passiert ist, kann ich nicht ändern. Ich bin einfach nur erleichtert, dass ihr, Nikolay und du, wohlauf seid." Sie tätschelt meinen Arm, als ob sie blutsverwandt mit mir wäre. „Ich wusste, dass du gut für Nikolay sein würdest. An seiner Seite benötigt er eine starke Frau, jetzt, erzähl mir von der Hochzeit. Ich habe gehört, dass dein Kleid das erste seiner Art ist und noch nicht den A-Prominenten vorgestellt wurde." Sie grinst schelmisch, als sie vor Aufregung meinen Arm drückt, und für einen Moment frage ich mich, ob das Kleid unter Druck nur für mich beschafft wurde. „Jetzt, die Hochzeit findet im heißesten Hotel in Paris statt. Ich kann es kaum erwarten, es wurde neu gestaltet und wir sind die ersten, die es nutzen, also werden wir sicherlich den Rekord für die modischste Hochzeit des Jahres aufstellen."

„Ich bin einfach nur glücklich, dass wir endlich heiraten können", füge ich bescheiden hinzu.

„Oh, meine Liebe, du bist der Toast von London und Wolgograd. Genieße es. Die Momente des Ruhmes sind flüchtig in unserer Welt. Lauf stolz auf. Wir haben beide einen geliebten Menschen verloren, ehre sie, wenn du den Gang hinunter schreitest und genieße deine Flitterwochen. Ich kann an dem Glanz in deinem Gesicht erkennen, dass es bereits begonnen hat."

Ich verneige meinen Kopf; sie ist so offen über alles. Ihre teuren Absätze klicken auf den Fliesen, und sie läuft immer noch wie ein Model auf dem Laufsteg. Ich weiß nicht, wie ich ihrer Anmut gerecht werden kann, da ich die neue Königin sein werde.

„Ich bin immer für dich da, für alles", flüstert sie, während sie ein Getränk von Roman annimmt. Dmitry nimmt ihren anderen Arm und plaudert über seinen Durchbruch bei Interpol, und dann prahlt Roman mit seinen Scharfschützenfähigkeiten, die zu meiner Rettung geführt haben.

Bis wir uns am Esstisch versammeln, haben wir mehr Bedienstete. Jetzt kann Hazel ihre Arbeitszeiten reduzieren und das tun, was sie liebt. Sie ist eine Köchin, die es liebt, für uns Gourmet-Mahlzeiten zu kochen und in der Nähe ihrer Hütte einen kleinen Kräutergarten zu haben.

Natasha schleicht sich nach dem Abendessen in die Küche und führt mit Hazel ein langes Gespräch bei heißem Tee, während wir anderen uns in den Billardraum zurückziehen für Getränke und Spiele. Wir sind schneller zu einer Familie geworden als die meisten und ich bin sicher, dass das daran liegt, dass uns allen bewusst ist, dass das Leben kurz ist. Jeden Tag müssen wir uns auf die Suche nach dem Guten und das Schlechten in der Welt machen und hoffen, dass das Gute siegt.

* * *

DIE MUTTER von Nikolay besteht darauf, dass ich sie 'Mama' nenne und während ich mich anziehe, betritt sie den Raum für Bräute und reicht mir eine lange, dünne Schachtel.

„Öffne sie. Das sind meine Perlen. Willkommen in der Familie."

Ich öffne die mit Seide ausgeschlagene Schachtel und darin liegt die unglaublichste schillernde, schwarze Perlenkette. Der Atem stockt mir im Hals.

„Sie werden dein Hochzeitskleid schön zur Geltung bringen, meinst du nicht?"

„Sie sind bezaubernd, danke", murmle ich, während ich die Kette vorsichtig hochhebe und sie ihr reiche, damit sie sie mir um den Hals legt.

„Trage sie; sie gehören nicht in eine Schachtel." Sie küsst meine Wange. „Ich lasse dich nun mit deiner Mutter und Schwester allein, um dich fertig zu machen."

„Bitte, bleib bei uns", sage ich. Sie hat keine Töchter, aber jetzt ist sie meine Familie und ich möchte sie einbeziehen.

Meine Mutter und Schwester treffen ein und wir plaudern alle aufgeregt während die Visagistin und Friseurin mich verwandeln.

Mein Hochzeitstag ist der erste Juni im luxuriösesten Hotel namens Hotel von Paris, mit einem herrlichen Blick auf den Eiffelturm. Die Zimmer sind eine Mischung aus alter und moderner Einrichtung, sie fangen den Charme der Vergangenheit ein und bringen ihn in die Gegenwart. Die Betten sind hoch und die Bettdecken extrem flauschig, aber ich bezweifle, dass wir das bemerken, denn sie werden wahrscheinlich auf den Boden geworfen, sobald Nikolay mich über die Schwelle trägt.

Die Kirche in der Straße ist voll mit unseren Männern und mehr als hundert Freunde und Geschäftspartner versammeln sich in den Bankreihen.

Ich gehe den Gang hinunter. Dmitry übergibt mich an Nikolay, der vorsichtig seinen Jackettärmel hochkrempelt, um die Manschettenknöpfe zu zeigen, die ich für ihn habe machen lassen. Dmitry stellt sich zu Roman an den Altar. Natasha und meine Schwester stehen für mich ein und Mama weint in der ersten Reihe, in dem teuersten

Kleid, das sie je getragen hat. Sie sieht zum ersten Mal in ihrem Leben mit einem auf sie zugeschnittenen Kleid und ihrem grauen Haar, das geschickt gefärbt wurde, um sie jünger aussehen zu lassen, fantastisch aus.

Meine Haare sind zu einer unglaublichen Frisur gesteckt, meine French-Maniküre ist perfekt, und mein Herz schlägt so laut in meinen Ohren, dass ich überrascht bin, dass es sonst niemand hört. Es ist erfüllt von Liebe zu dem Mann, den ich jetzt als meinen Lebenspartner gewählt habe und alles, was dazu gehört.

Vorerst bin ich zufrieden damit zu sagen, 'Ich will' zu Nikolay und als wir den Deal mit einem leidenschaftlichen Kuss besiegeln, bricht in der Kirche frenetischer Jubel und Applaus aus. Wir lassen viele Fotos machen, lassen ausgewählte Paparazzi herein, das ist gut fürs Geschäft, und machen uns dann auf den Weg ins Hotel für ein formelles Abendessen.

Wir haben nur Augen für einander, müssen aber alle unsere Gäste begrüßen und von Tisch zu Tisch gehen. Ich werde so vielen Paaren vorgestellt. Die Anzahl der Namen, die ich gehört habe, macht mich schwindlig.

"Nur noch ein paar Stunden, meine Liebe, und dann sind wir alleine. Morgen fliegen wir zu der Yacht. Ich kann es kaum erwarten, dir die Sehenswürdigkeiten zu zeigen.

Ich lege meine Hand auf seine Wange und küsse ihn zärtlich auf die Lippen. Er hat immer noch Schmerzen in den Rippen und sein Arm ist noch nicht hundertprozentig wiederhergestellt, doch das hält ihn nicht davon ab, mich bei unserem ersten Tanz fest in seinen Armen zu halten.

Nachdem andere uns auf der Tanzfläche beigetreten sind, darf ich mich hinsetzen, etwas essen und noch ein Glas Champagner trinken.

"Ich hoffe, du wirst mich in Russland besuchen," teilt mir Natasha mit, als sie einen männlichen Freund an der Hand hat, der sie herumführt.

"Ich freue mich darauf," sage ich und umarme sie dann. Ich bin froh, sie als Verbündete zu haben.

"Ich hätte auch nichts gegen das Plappern kleiner Füße. Babys bringen so viel Glück."

Die Nachricht ist angekommen, die informelle Genehmigung, das Erbe der Bratva fortzusetzen, wurde von der letzten Matriarchin, die es trug, weitergegeben. Der Glücksschimmer in ihren Augen nach dem tragischen Tod ihres Mannes lässt mich ihren Wunsch erfüllen wollen.

Mein Kleid fand aufgrund des Designers zweifellos Begeisterung, aber ich quietschte vor Freude, als ich das Cover der Vogue schaffte. Ich könnte das Bild einrahmen und auf meinem Schreibtisch in dem Loft im 4. Stock über dem Foyer platzieren. Ich mag den Blick auf den Eingangsbereich wegen der Sicherheit und habe den zusätzlichen Vorteil, dass ich mich an die Spitze des Herrenhauses schleichen und die Panoramaaussicht auf das Land genießen kann.

Nikolay und ich laufen die meiste Zeit nackt auf seiner Yacht namens Grace herum. Mir wurde nie bewusst, dass es die Bedeutung meines Namens auf Russisch ist, und jetzt verstehe ich, warum sein Rennpferd für ihn besonders speziell war. Sie war Gracie.

Er besitzt die Yacht seit ein paar Jahren, aber hat sie nicht viel genutzt. Unterbewusst hat er auf mich gewartet. Er erzählte mir von den Sexclubs, die er früher besuchte und wie er sich einsam fühlte, ohne zu wissen, dass er diese ganze Zeit nach mir Verlangen hatte. Dass meine Familie Russland verließ, traf ihn hart und als junger Mann, nahm er es persönlich.

Die Besatzung kümmert sich um all unsere Bedürfnisse und der Chefkoch bereitet Michelin-Qualität Essen für uns zu. Ich habe keine Lust nach Hause zu gehen, da ich Nikolay so lange wie möglich für mich alleine haben möchte.

"Weißt du, du könntest für unsere Firma arbeiten, wenn du deinen Abschluss hast." Wir essen Eggs Benedict und beobachten, wie die Morgensonne auf dem zyanblauen Wasser tanzt. Ich bin zufrieden, sogar glücklich. Ich präge mir diesen Moment ein. Er ist Perfektion.

Mein gutaussehender Ehemann hat mir nicht nur eine Hochzeit beschert, von der ich nie zu träumen gewagt hätte, sondern hat mir auch die intensivsten sexuellen Workouts mehrmals am Tag gegeben. Er stößt mich nicht mehr ab, sondern sucht jede Möglichkeit, mich näher zu ziehen, und als Geschenk hat er all seine Aufmerksamkeit mir gewidmet. Vom Einkaufen, Bootfahren, Jet-Ski fahren zum Spaß, und das Springen über die Wellen der Yachten, während sie vorbeifahren, es war ein Nervenkitzel nach dem anderen.

"Wirklich? Würde ich ins Gefängnis gehen?" Ich mache einen Scherz. Oder ist es wirklich ein Scherz?

"Warum machst du nicht schriftliche Verträge mit Schlupflöchern, die nur wir kennen und die notfalls zu durchbrechen wissen? Ich wette, du wärst gut darin."

"Ich kann nicht mal Schach strategisieren; ich bezweifle es."

Er greift über den Tisch und nimmt meine Hand. "Unterschätze nie dein Potenzial, meine Liebe."

Seine Augen sind so ernst, dass ich ihn nicht abbringen kann, und ich stimme zu, darüber nachzudenken. Ich habe noch ein Jahr mit einem Praktikum vor mir. Vielleicht kann ich meins in Vertragsrecht ändern und es versuchen.

Wir beenden das Essen und nehmen ein Bad im warmen Mittelmeer unter dem Sommersky. Die letzten vier Tage waren ein Geschenk. Wir wissen beide, dass es nicht lange anhalten wird.

Ich mache mich zurecht für das Abendessen in der Stadt. Wir werden zusammen mit ein paar Bodyguards, die uns auf diskreter Entfernung folgen, an Land gebracht. Wir besuchen die Dachterrasse im Hotel Paris, wo wir Aperol Spritz trinken und auf das Meer blicken.

"Versuchst du, mich anzutrinken? Du weißt, dass ich eine sichere Sache bin." Ich necke Nikolay, während ich mich an ihn kuschle und das verblassende Sonnenlicht beobachte, das auf dem Wasser schimmert.

"Mm, nichts ist zu gut für meine Frau. Aber ich bin hier, um sicherzustellen, dass du sicher bist. Ich möchte nie wieder, dass du das Gefühl hast, dass du heimlich aus dem Haus schleichen musst. "

"Mm. Ich habe meine Lektion gelernt, wenn das ein Trost ist."

"Ich nehme es, aber ich will das nie wieder durchmachen", er küsst meine Stirn. "Du siehst umwerfend aus in diesem Sonnenkleid, aber ich würde dich lieber ohne ansehen." Seine Stimme vertieft sich und ich fange an zu denken, dass der Mann unersättlich ist.

"Lass uns diese Drinks austrinken und am Strand Liebe machen."

"Wenn man erwischt wird, kommt es mit einer Geldstrafe."

"Wir können es uns leisten. Außerdem haben wir Bodyguards, die eingreifen würden", antworte ich, und entscheide, dass die Wächter nützlich sein können.

Er kichert und nickt. "Ich sehe, du lernst schnell, meine Liebe."

„Mm", schnurre ich, während ich meinen Drink beende und meine Zunge suggestiv über meine Lippen gleiten lasse.

„Du weißt, dass mich das anmacht", zieht er mich in eine enge Umarmung.

„Vielleicht ..." Seine Lippen suchen die meinen. Ich verschmelze mit ihm. Er besitzt mich, Körper und Seele.

Sein Telefon vibriert in seiner Tasche, und ich stöhne.

„Ja, also, ich hatte vor, dass Dmitry nach New York geht, um den Deal zu überwachen. Wenn irgendwas passiert, möchte ich, dass er dort ist, um unsere Interessen zu vertreten und unserem Bratva-Bruder zu helfen."

„Bitte sag mir, dass wir immer noch Sex am Strand haben können", stöhne ich.

„Ja." Er tippt mit der Fingerspitze auf die Spitze meiner Nase. „Aber wir müssen morgen zurückfahren. Ich habe ein paar große Geschäfte zu erledigen, und die Welt hält nicht an, nur weil wir in den Flitterwochen sind."

„Was zum Teufel, ich dachte, du beherrschst die Welt", necke ich.

„Nun, sie geht ohne mich weiter, aber manchmal ist es besser, wenn ich dabei bin", ist seine raue Antwort bevor er mich tief küsst. Ich trage keinen Slip und meine Feuchtigkeit füllt meine weibliche Öffnung. Es ist nur eine Frage der Zeit, bis mein Kleid einen nassen Fleck hat.

„Ich glaube, wir müssen den Strand finden. Jetzt."

* * *

WIR MUSSTEN DIE FLITTERWOCHEN VERKÜRZEN. Nikolay wollte Dmitry sehen, bevor er nach New York abreiste, um eine umfangreiche Kokainlieferung zu überwachen. Es scheint, dass wir dort mit einer russischen Gruppe gemeinsame Sache machen und Dimitys Freund Kirill sein Kontaktmann ist. Kokain erlebt in Europa einen Aufschwung und es ist, als ob die 80er Jahre wiederbelebt haben. Der Preis wird bestimmt durch die Kosten für den Import aus Südamerika und die Strafverfolgungsbehörden haben unsere Schmuggelmethoden durchschaut.

Im Laufe der Zeit wurde ich stärker in das Geschäft einbezogen. Es ist mein Erbe. Ich werde keine Befehle zum Töten geben, aber ich genieße es, neue Ideen für legitime Geschäftsvorhaben zu entwickeln. Es scheint meine Nische zu sein.

Ich liebte den Brautladen und durch das Investieren von Geld konnten wir eine weitere Filiale eröffnen. Ich habe alle Hände voll zu tun, Nikolay bei der Expansion unseres Imperiums zu helfen. Mein letztes Jahr Jura beginnt bald. Ich werde mein Abschluss machen, habe aber noch nicht entschieden, wie ich es einsetzen werde. Ich habe mein eigenes Geld, aber Nikolay besteht darauf, für alles zu bezahlen. Er plant Wochenendausflüge für uns, um kulinarische Köstlichkeiten aus aller Welt zu genießen, während wir Fotos von der Landschaft unserer europäischen Nachbarländer machen. Unser Plan ist, so viel wie möglich zu reisen, bevor wir anfangen, Kinder zu bekommen.

Ende

Wenn Sie King's Promise mögen, laden Sie die Geschichte von Dmitry in brutal Promise herunter.

Besuchen Sie shopzoebethgeller.com und bestellen Sie Ihre Vorbestellungen frühzeitig.

Dirty: Eine dunkle Mafia-Romanserie Micheli Mafia

Italienischer König: Ein dunkler Mafia-Roman Band 1

Schmutzige Rache: Ein dunkler Mafia-Roman Band 2

Schmutziger Handel: Ein dunkler Mafia-Roman Band 3

Geborener Schmutz: Ein dunkler Mafia-Roman Band 4

Schmutzige Geschäfte: Ein dunkler Mafia-Roman Band 5

Volkov Bratva

Des Königs Versprechen

Brutales Versprechen

Sündhaftes Versprechen

Borrelli Mafia

Mafia-König: Matteo

Zoes Facebook-Fangruppe

ZBG Mafia-Fangruppe

ZOE BETH GELLER: MAINE SPORTS

Besuchen Sie shopzoebethgeller.com und bestellen Sie Ihre Vorbestellungen frühzeitig.

Maine Megaladons Football-Serie

So tun, als ob mit dem Football-Star

Die Besessenheit des Spielers

Maine Maulers Eishockey-Serie

Verliebter Rookie (jetzt als Hörbuch)

Zackiges Eis

Heißer als der Puck

Von der Nanny auf die Bank gesetzt

Puck im Ofen

Mit dem Mannschaftskapitän pucken

Mit dem Torhüter pucken

Facebook-Fangruppe für Sport

Zoe Beth Gellers Eishockeyteich-Leser

Jake: Rauflustig

Facebook-Fangruppe für Sport

Zoe Beth Gellers Eishockeyteich-Leser

273

Jake: Rauflustig

Facebook-Fangruppe für Sport

Zoe Beth Gellers Eishockeyteich-Leser